Jennifer Waschke

Weil mein Herz dich ruft

Das Buch

Kann etwas falsch sein, wenn es sich so richtig anfühlt?

Johanna und Bea sind seit fünf Jahren beste Freundinnen, verbringen jede freie Minute miteinander und haben sich bei ihrem Lieblingshobby, dem Tanzen, mindestens schon hunderte Male berührt. Doch noch nie so, wie in dieser einen Nacht in Beas Bett. Es ist nur ein Kuss, der alles verändert und so sehr Johanna es danach auch versucht, zwischen ihr und Bea ist nichts mehr normal. Aber Johanna steht auf Jungs, so war es doch schon immer. Sie ist nicht eine, die sich in ihre beste Freundin verliebt, oder?

Von Jennifer Waschke sind bei Forever by Ullstein erschienen:

Du und ich gegen den Rest der Welt

Weil mein Herz dich ruft

Die Autorin

Jennifer Waschke wurde 1988 geboren. Aufgewachsen im Kölner Norden lebt sie inzwischen in Dormagen, fühlt sich jedoch noch immer mit Köln verbunden. Sie ist staatlich anerkannte Erzieherin und Sozialarbeiterin und arbeitet in einer Abteilung vom Jugendamt. Seit ihrer frühsten Kindheit schreibt sie Geschichten und träumt davon, ihre eigenen Bücher in den Händen halten zu können. Dabei ist es ihr ein Anliegen, mit ihren Geschichten nicht nur zu unterhalten, sondern auch zum Nachdenken anzuregen.

Jennifer Waschke

Weil mein Herz dich ruft

Roman

Forever by Ullstein
forever.ullstein.de

Originalausgabe bei Forever
Forever ist ein Verlag
der Ullstein Buchverlage GmbH, Berlin
Mai 2019 (1)

Umschlaggestaltung:
zero-media.net, München
Titelabbildung: © FinePic®
Innengestaltung: deblik Berlin
Gesetzt aus der Quadraat Pro powered by pepyrus.com
Druck- und Bindearbeiten: CPI books GmbH, Leck

ISBN 978-3-95818-447-3

Kapitel 1

Wir sitzen auf dem Boden und biegen unsere Spitzenschuhe. Nur noch zehn Minuten bis zum Training, aber ich bin nicht ganz bei der Sache. Immer wieder schweifen meine Gedanken zu dem Streit meiner Eltern, den ich heute Morgen mitangehört habe. Sie waren so in ihrer Diskussion versunken, dass sie mich nicht einmal bemerkt haben. Schon wieder. Es passiert oft in letzter Zeit. Frustriert hämmere ich den Spitzenschuh auf den Boden, um ihn weicher zu bekommen. Das beste Mittel, um aufgestaute Gefühle loszuwerden. Neben dem Tanzen.

»Kommst du morgen mit?«, fragt Bea. Sie ist bereits fertig und wickelt die Bänder ihrer Schuhe in perfekten, rosafarbenen Linien um ihre Wade.

»Zum See?«, frage ich zurück.

»Na klar zum See. Wohin denn sonst? Karsten bringt Andi mit, da wäre es nur fair, wenn ich weibliche Unterstützung bekomme.«

Ich lasse von meinen Spitzenschuhen ab. »Ich komme gerne mit.« Ein Tag mit Bea und ihrer Familie erscheint mir als genau das Richtige, um abzuschalten.

Frau Graleski kommt in den Raum. Ohne ein Wort klatscht sie in die Hände und stellt die Musikanlage an. Die Mädchen um mich herum eilen an ihre Stangen, wie aufgescheuchte Hühner.

»Johanna, brauchst du eine Extraeinladung?«, fragt Frau Graleski. Sie tut immer streng, aber hinter der Fassade ist sie viel weicher. Ich glaube, sie denkt nur, dass dieses konsequente Auftreten zum Ballett gehören muss. Ein Grund, wieso ich das Ballett zwar mag, aber meine

Liebe dem Hip-Hop und Modern Dance gehört. Dort ist alles weniger förmlich und streng, sondern eher bunter – genau wie ich.

Ich stelle mich an der Stange hinter Bea und beginne mit dem Port de Bras. Ich lasse mich auf die Musik ein, sanfte Klaviermelodien, auf die ich meine Arme zur Seite und dann nach oben bewege. Meine Bewegungen sind gekonnt, sie sind Routine, aber trotzdem sehe ich, dass Bea dabei viel fließender aussieht als ich. Sie ist die geborene Ballerina.

»Jetzt den Grand-Plié«, fordert Frau Graleski auf. Sie geht herum, begutachtet jeden von uns mit Argusaugen.

»Sehr schön, Bea. Wirklich wundervoll.« Dann kommt sie zu mir. »Johanna, deine Haare sehen heute fürchterlich aus.«

Ich verkneife mir ein Grinsen und versuche stattdessen so auszusehen, als sei ich von dieser Aussage schockiert, obwohl Frau Graleski immer etwas an meinen Haaren auszusetzen hat. Sie mag weder die rote Haarfarbe, die zwar von Natur aus gegeben ist, von mir aber durch Tönungen verstärkt wird, noch mag sie meine Naturkrause, die dazu führt, dass selbst mit Tonnen von Haarspray Babyhaare aus meinem Dutt kommen, die aussehen wie kleine Sprungfedern. Meine Haare sind immer unordentlich, egal was ich tue. Sie sollte sich deswegen lieber beim lieben Gott beschweren, nicht bei mir.

»Und was hast du da an deinem Handgelenk?«, fragt sie missbilligend. Ich sehe auf das Herz auf meiner Pulsader. Mir war im Mathekurs langweilig, und ich hatte einen Filzstift zur Hand. Dieses Herz gefällt mir. Vielleicht sollte ich es mir als Tattoo vormerken, auch wenn es noch ein Jahr dauert, bis ich volljährig bin und endlich selbst darüber entscheiden darf, wann ich wo (welche) Tinte unter meine Haut geritzt haben will. Schon seit einem Jahr versuche ich meine Eltern dazu zu überreden, mir ein Tattoo zu erlauben – nur ein ganz kleines am Hüftknochen, in der Form von einer Musiknote und einem Tanzschuh –, aber sie wollen nichts davon hören und sagen mir immer wieder, dass ich noch warten muss, bis ich volljährig bin. Innerlich zähle ich die Tage. Noch dreihundertsiebzehn.

»Konzentration, meine Damen!«, ruft Frau Graleski. »Gestern habe ich entschieden, dass wir in der diesjährigen Aufführung den Nussknacker zeigen.«

Einige Mädchen beginnen zu tuscheln. Frau Graleski klatscht in die Hände, um die Ruhe wiedereinkehren zu lassen.

»In sechs Wochen ist das offizielle Vortanzen, aber auch euer Verhalten im Vorfeld wird ausschlaggebend sein. Aus all meinen Ballettklassen kommen nur die mit der größten Hingabe und Disziplin auf die Bühne, und genau das erwarte ich von euch.«

Aus dem Augenwinkel sehe ich, wie Bea bei diesen Worten noch ein wenig mehr Spannung in ihren Körper bringt, als wolle sie Frau Graleski beweisen, wie diszipliniert sie ist. Als wüsste unsere Ballettlehrerin das nach fünf Jahren noch nicht. Bea kann unfassbar verbissen sein, wenn es um das Ballett geht. Ich weiß schon jetzt, dass die nächsten Wochen anstrengend werden. Nicht weil ich selbst so viel trainiere, sondern weil Bea dann wieder so nervös sein wird wie letztes Jahr, als es um die Rolle der Aurora ging. Bea hat wochenlang kaum gegessen und geschlafen, und ich musste sie ständig dazu zwingen, auch mal abzuschalten und ein bisschen Spaß zu haben.

»Entspann dich«, sage ich leise und lege Bea meine Hand auf ihre Schulter. »Du schaffst das sowieso.«

Meine babyblaue Vespa Lx50 steht auf dem Parkplatz vor dem Studio. Bea sieht auf den Helm in ihrer Hand. Ihr sind diese Dinger ein Dorn im Auge, aber er ist die Voraussetzung, unter der ihre Eltern erlaubt haben, dass sie mit mir fahren darf.

»Komm schon, Bea. Mach schneller. Ich habe Kohldampf«, sage ich und setze selbst meinen Helm auf.

»Du hast immer Kohldampf«, kommentiert Bea. »Ein Tag, an dem du keinen Bärenhunger hast, würde in die Geschichte eingehen.«

»Ich habe gerade trainiert wie eine Blöde. Ich habe mir Pommes verdient.«

»Na schön.« Seufzend zieht Bea den Helm auf und nimmt hinter mir

Platz. »Wenn du nicht immer diesen Helm aufhättest, würde Frau Graleski auch nicht immer an deiner Frisur rummäkeln.«

»Sie würde *immer* meine Frisur kritisieren. Egal, ob Helm oder nicht – meine Haare machen halt, was sie wollen.«

»Deine Haare oder du?«, fragt Bea und lacht leise. Ihre Hände legen sich um meine Hüfte, als Zeichen, dass ich losfahren kann, doch ich halte noch einen Moment inne. Beas Griff ist locker, aber trotzdem bin ich mir ihrer Berührung bewusst. Ich sehe nach unten, zu den zarten Händen, die sich an mir festhalten, und muss unwillkürlich lächeln. Ich genieße es immer, Bea so nah zu sein. Ich schließe kurz die Augen, um ihre Wärme zu spüren. Heute gefällt mir dieses Gefühl besonders, ihre Nähe scheint die Sorgen wegen des Streits meiner Eltern schrumpfen zu lassen, als hätte sie die Kraft, nur mit ihrer Anwesenheit meine Gedanken und Sorgen auszuschalten. Ein sanftes Kribbeln jagt durch meinen Körper, als ihre Finger sich bewegen. Die Berührung und meine Reaktion darauf verwirren mich kurz, offenbar scheine ich heute besonders empfindsam zu sein. »Was ist denn jetzt?«, fragt Bea und reißt mich damit aus meinen Gedanken. »Ich denke, du bist am Verhungern.«

»Geht schon los«, antworte ich und schüttle kurz den Kopf, um dieses merkwürdige Gefühl abzuwerfen und wieder klar zu denken. Dann starte ich die Vespa und fahre los.

Zehn Minuten später stehen wir schon auf dem Parkplatz von *Salt and Pepper*. Es ist der einzige Burgerladen hier im Ort, in dem man vernünftige Pommes bekommt. Der Laden ist super, wie diese amerikanischen Restaurants mit Sitzecken aus rotem Leder und Gitarren an der Wand. Mit dem Unterschied, dass hier keine klassischen Oldies gespielt werden, sondern nur Lieder aus den 90ern. Und auch wenn die Pommes hier nicht so göttlich wären – nämlich die perfekte Mischung aus knusprig und labberig –, würde ich den Laden alleine wegen seines Konzepts mögen.

Bea steigt vom Roller, und mich fröstelst es schlagartig, weil mir die

Wärme ihrer Hände fehlt. Ich nehme ihr den Helm ab, den ich unter dem Sitz verstaue, und betrete dann mit ihr den Laden.

»Hallo, Mädels«, begrüßt uns Bernd, der Besitzer. »Die anderen sitzen schon drüben.«

»Wir sind einfach zu oft hier«, lacht Bea und geht voraus. Die anderen – Karsten und Paula, auch genannt das Traumpaar – sitzen bereits an unserem Stammtisch. Karsten hat einen Arm um Paula gelegt, und beide kichern. Auch noch nach einem Jahr sind die beiden wie frisch verliebt.

»Hey, Bruderherz«, sagt Bea und strubbelt Karsten durch die Haare. »Hallo, Paula.«

Karsten richtet sein Haar und springt dann auf, um mich zu umarmen. Ich umarme auch Paula, und dann quetschen Bea und ich uns auf die freie Bank.

»Habt ihr schon bestellt?«, fragt Bea und schnappt sich die Karte.

»Wozu guckst du eigentlich rein?«, fragt Karsten zurück. »Du nimmst ja doch nur wieder Salat.«

»Eine Verschwendung von Bernds Kochkünsten«, sage ich und zwinkere Karsten zu.

Karsten ist der Zwillingsbruder von Bea, und auch wenn Bea nur zwei Minuten jünger ist, ist sie ganz anders als er. Karsten ist eigentlich wie ich: manchmal etwas zu direkt, manchmal etwas zu laut, und manchmal etwas chaotisch, aber mit dem Herzen am rechten Fleck. Nur äußerlich sieht man sofort, dass die beiden Zwillinge sind, auch wenn das Karsten gar nicht gerne hört. Na ja, welcher Typ will schon hören, dass er aussieht wie seine Schwester? Und natürlich gibt es auch Unterschiede: Bea hat zum Beispiel ein Muttermal an der rechten Wange, Karsten hat keins. Und Karsten hat kürzere Haare und etwas markantere Wangenknochen. Die zierliche Figur teilen sie sich, auch wenn Karsten sich selbst gerne *androgyn* nennt, als würde das irgendwie besser klingen.

Bernd kommt an unseren Tisch.

»Das Übliche?«, fragt er uns. Karsten, Paula und ich nicken. Bea sieht ein letztes Mal in die Karte, seufzt dann und nickt ebenfalls. Also wieder Salat. Und dann wird sie Karsten und mir Pommes klauen, als würden die Kalorien nicht zählen, wenn sie von einem anderen Teller kommen. Aber wenigstens den Milchshake zum Nachtisch lehnt sie niemals ab, meistens teilen wir uns einen.

»Wie war das Training?«, fragt Paula. Ich weiß, dass sie es nur höflich meint, weil sie sich absolut gar nicht fürs Tanzen interessiert, aber Bea ist wegen des bevorstehenden Vortanzens so aufgeregt, dass sie das offenbar nicht schnallt. Sie beginnt sofort zu erzählen, wie sehr sie sich die Rolle der Clara wünscht und dass sie jetzt vermehrt auf Technik und Körperspannung achten muss, um Frau Graleski zu beweisen, dass sie diese Hauptrolle verkörpern kann. Ich verkneife mir, ihr zu sagen, dass sie auch ohne Extra-Techniktraining gute Chancen hat. Bea ist die geborene Clara: Träumerisch, sympathisch und ein wenig kindlich, denn auch wenn Bea immer erwachsen wirken will, kenne ich nach fünf Jahren ihr Innerstes – vielleicht sogar besser, als sie es kennt. Ich weiß, dass hinter all der Kontrolle, dem Drang nach Perfektion und dem Traum vom Ballett ein Mädchen steckt, das einfach nur tanzen will. Sie hat mir erzählt, dass sie sich beim Tanzen frei fühlt, als könnte sie dann endlich mal loslassen, und dabei haben ihre Augen so sehr gestrahlt, dass ich sie in den Arm nehmen musste. Bea ist etwas Besonderes. Ich liebe es, wie ernst sie das Tanzen nimmt und wie sie immer das Beste aus sich herausholt. Ich liebe es, wie sie nach außen hin immer perfekt sein will, weil sie innerlich unsicher ist und dieser Perfektionismus ihre Mauer ist, die sie davor bewahrt, verletzt zu werden. Bea ist einfach Bea, und deswegen ist sie meine beste Freundin, auch wenn ich sie am Anfang gar nicht leiden konnte.

Kapitel 2

Die Pommes rutschen wie Blei in meinen Magen, genau in dem Moment, als ich die Haustür aufschließe. Schlagartig kommen die Erinnerungen an den Streit meiner Eltern wieder zurück, die ich den Nachmittag über vergessen konnte.

Ich hänge meinen Schlüssel an das hausförmige Brett neben unserer Garderobe und horche. Diesmal höre ich keine lauten Stimmen, kein Türknallen, aber in der Küche klappert Geschirr. Unsicher stehe ich im Flur und überlege, ob ich in mein Zimmer gehen soll oder nicht. Dann seufze ich schwer und betrete die Küche. Dort sitzen meine Eltern – beide, an einem Tisch, als wäre nichts gewesen.

»Da bist du ja«, begrüßt mich meine Mutter. Das Grinsen auf ihren Lippen kommt mir nach allem, was ich heute Morgen gehört habe, falsch vor, aber ich nehme es einfach hin. Ich nehme es immer so hin.

»Hast du Hunger?«, fragt mein Vater und zeigt auf den Nudelsalat vor ihm.

»Wir waren schon etwas essen«, erkläre ich. Kurz überlege ich, lieber schnell in meinem Zimmer zu verschwinden, dann setze mich aber doch zu den beiden an den Tisch. Ich gieße mir etwas von dem Eistee ein und erzähle meinen Eltern von der bevorstehenden Aufführung und dem Ausflug mit Beas Familie.

»Seid ihr dann das ganze Wochenende da?«, fragt meine Mutter.

»Wir fahren Freitag hin und kommen dann Sonntag wieder.« Ich nehme einen Schluck Eistee, ehe ich fortfahre. »Aber ich komme vorher noch mal nach Hause, damit ich meine Schulsachen nicht mit an den See nehmen muss. Das verdirbt sonst nur die Laune.«

»Ihr habt auf jeden Fall Glück mit dem Wetter. Morgen soll es richtig warm werden.«

»Das hoffe ich doch«, antworte ich. Von dem Regen in den letzten Wochen habe ich ohnehin genug.

Meine Mutter streckt ihre Hand aus, um sich etwas von dem Ofenbrot zu nehmen, aber mein Vater ist schneller. Er reicht ihr das Brot an und schenkt ihr ein Lächeln.

Mir wird schlagartig warm ums Herz. Was auch immer zwischen meinen Eltern los war, scheint vergessen. Ich bleibe noch eine Weile am Tisch sitzen und genieße den Anblick meiner versöhnten Eltern. Er verdrängt diese kindliche Angst, die ich immer in mir trage, wenn meine Eltern sich streiten. Ich versuche nicht zu viel darüber nachzudenken. Letztendlich sind es doch nicht die Regentage, sondern die Tage, an denen die Sonne scheint, die eine Ehe ausmachen. Ich finde es gut, dass ich morgen an den See fahre und ihnen Zeit für sich gebe, damit sie die Sonne genießen können.

Die Aussicht auf den Tag am See und die Tatsache, dass Freitag ist und das Wochenende bevorsteht, lassen meine Laune stetig steigen. Eine Laune, die unsere Deutschlehrerin ziemlich nervig findet, so oft, wie sie mich dazu ermahnt, endlich ruhig zu sein.

»Johanna«, stöhnt sie. »Jetzt reiß dich doch mal zusammen. Es sind noch nur noch drei Minuten bis zur Pause. Diese Minuten wirst du es doch wohl noch schaffen, deinen Redefluss zu stoppen.«

Einige meiner Mitschüler drehen sich zu mir um und grinsen. Bea neben mir grinst ebenfalls. In der Schule ist sie nicht so ernst wie beim Training. Gott sei Dank. Alles andere wäre kaum zu ertragen.

»Das kann ich nicht versprechen, Frau Schubert«, sage ich und unterdrücke ein Lachen. Dafür kichern einige der anderen. Frau Schubert hingegen schüttelt nur den Kopf.

»Auch wenn das Wochenende sonnig werden soll: Denkt bitte

daran, dass eure Essays bis nächsten Dienstag abgegeben werden müssen. Solltet ihr also noch nicht fertig sein, würde ich euch dringend raten, euch am Wochenende
dranzusetzen.«

Einige stöhnen bei ihren Worten. Ich auch. Dieses dumme Essay war in den tiefen Windungen meines Gehirns vergraben. Seit wir die Aufgabe vor zwei Wochen bekommen haben, habe ich kaum mehr Gedanken daran verschwendet; nicht nach meinem zweistündigen Versuch, bei dem ich nur auf den Laptop gestarrt, Toasterpizza gegessen und Däumchen gedreht hatte. Mir wollte einfach nichts über die Beziehung zwischen Mensch und Maschine einfallen. Ich bin mir sicher, dass Frau Schubert eine kritische Auseinandersetzung mit dem Thema wünscht, aber ich bin so vernarrt in meine Vespa, dass es mir vollkommen heuchlerisch vorkommt, etwas Negatives darüber zu schreiben. Das Ergebnis, nach dem kläglichen Versuch, diesen Konflikt in Einklang zu bringen, waren vier Wörter. *Mir fällt nichts ein*. Kein sehr gelungenes Essay.

»Hast du's schon fertig?«, flüstert Bea mir zu.

»Nee. Aber ist egal. Der See geht trotzdem klar.«

»Sicher? Also ich bin schon fertig mit meinem. Ich kann dir auch helfen.«

»Nix da. Am See wird nicht gearbeitet. Ich mach dieses doofe Essay einfach am Sonntag. Das passt schon.«

»Johanna«, ermahnt mich Frau Schubert wieder, im gleichen Moment läutet die Klingel.

»Pause!«, rufe ich und klappe mein Buch zu. Frau Schubert blickt auf mich und seufzt noch mal leise, lässt uns dann aber alleine. Die Lehrer verbringen ihre Pausen immer im Lehrerzimmer, und wir aus den oberen Stufen dürfen in den Kursräumen bleiben. Am Anfang war es komisch, keine festen Klassen mehr zu haben und stattdessen von Kursraum zu Kursraum zu gehen und immer mit anderen Leuten im Raum zu sein, aber inzwischen habe ich mich daran gewöhnt. Zum Glück habe ich Bea in Deutsch und in Englisch an meiner Seite.

Freddy Günthers dreht sein Handy auf. Dancehall-Musik vom Feinsten ertönt, und sofort beginnen ein paar der Mädchen aus unserem Deutschkurs zu tanzen, als wären sie in einem dieser billigen Musikvideos.

»Jo!«, ruft Freddy. »Komm schon, sitz nicht da rum.«

»Du weißt, was ich brauche, Freddy«, sage ich theatralisch. Manchmal liebe ich es, die Rolle der Zicke zu spielen, auch wenn jeder hier weiß, dass ich keine Zicke bin. So gar nicht. Freddy, Valentin und Stefan sagen immer, dass ich eher der *Kumpeltyp* sei.

Freddy drückt auf seinem Handy rum, drei Sekunden später ertönt mein Lieblingslied von seiner Playliste: *So what* von Vybz Kartel. Sofort springe ich auf. Ich lasse den Beat auf mich wirken und beginne meinen Körper im Einklang mit der Musik zu bewegen. Genau das liebe ich am Tanzen so: sich fallen lassen, alles ausblenden und eins werden mit der Musik. Die anderen bilden einen kleinen Kreis um mich, ich höre einige Anfeuerungsrufe, unter anderem von Bea. Grinsend tanze ich auf sie zu.

»Komm schon. Mach mit«, sage ich und versuche, sie zu mir zu ziehen.

»Lass mal. Ich gucke lieber zu«, sagt Bea. Ich schüttle aber den Kopf, weil ich diese Antwort nicht gelten lasse. Bea mag vielleicht das Ballettmäuschen sein und sich ganz der klassischen Musik hingeben, aber sie ist mindestens genauso begabt in Hip-Hop und Dancehall. Sie traut sich nur manchmal nicht, alles abzuschütteln und sich auf diese Art von Musik einzulassen, weil das Tanzen weniger kontrolliert ist. Man lässt alles von sich abfallen und eskaliert, man feiert sich selbst und das Leben. Bea schafft es nicht immer, über ihren Schatten zu springen und die Kontrolle abzugeben. Aber sie kann es. Oft schon habe ich mit ihr so getanzt.

Ich kehre Bea den Rücken zu und beginne meinen Hintern im Takt der Musik auf und ab zu bewegen. Ich twerke Bea zu, bis sie lachend kapituliert. Dann stellt sie sich neben mich, die Jungs grölen und klatschen. Bea braucht nur wenige Sekunden, bis sie sich meinen Bewegungen anpasst und mit mir im Gleichklang tanzt.

»Du weißt, was jetzt kommt«, sage ich zu ihr, Bea nickt lächelnd.

Synchron zueinander neigen wir unsere Oberkörper nach vorne und schütteln unseren Kopf, wie wir es schon so oft in meinem Zimmer gemacht haben. Meine Locken, die ich sowieso immer offen trage, fliegen umher. Beas Zopf hingegen droht sich aufzulösen, aber sie stört sich nicht daran. Der vertraute Duft ihres Apfel-Shampoos weht zu mir herüber, und ich atme tief ein. Diesen Geruch mochte ich von Anfang an, er ist in meinem Unterbewusstsein fest mit Bea verankert und weckt etwas in mir, als würde mein Innerstes damit all die positiven Erinnerungen an sie freisetzen. Zusammen mit den Glücksgefühlen, die das Tanzen auslöst, ist es wie eine Droge. Ich sehe zu Bea, die die Magie nun auch zu spüren scheint. Wir tun das, was wir lieben, das, was uns zusammengeschweißt hat. Wir tanzen, als wären wir alleine, als würde die Welt um uns herum nicht existieren.

Vier Stunden später hält meine Vespa in der staubigen Einfahrt. Ich blicke auf das kleine Holzhaus, in dem ich in den letzten fünf Jahren so viele Sommer verbracht habe. Ich liebe diesen Ort. Bea ist hier quasi aufgewachsen. Das Haus ist seit Generationen im Familienbesitz und dient als Wochenendhaus und Ruhepol. Manchmal kommt es mir vor, als wäre auch ich hier aufgewachsen, so sehr fühlt es sich nach Heimat an.

Im letzten Jahr hat es einen neuen Anstrich bekommen und ist nun hellbraun. Die Bäume rundherum sind noch älter als das Haus selbst, und an einer der Weiden hängt noch eine alte Schaukel, die Bea und Karsten als Kinder benutzt haben. Inzwischen macht sie keinen soliden Eindruck mehr, vermutlich würde sie zusammenbrechen, sobald einer von ihnen auch nur den Versuch starten würde, sich daraufzusetzen. Aber Veronika, Beas Mama, bringt es nicht über sich, die Schaukel abzuhängen. Zu viele Erinnerungen.

Ich schnappe mir meinen Rucksack, nehme den Helm ab und gehe dann über den kleinen Weg auf die andere Seite des Hauses. Jetzt an der Tür zu klingeln, wäre nur verschwendete Energie. Im Garten würden sie die Glocke nicht hören.

Bereits auf dem Weg zum Garten überkommt mich das Kribbeln in meinem Bauch. Die Bäume und Pflanzen verströmen so viel Duft, als würden sie mich damit willkommen heißen wollen. Dann höre ich jemanden jauchzen und schreien und höre Wasser spritzen.

»Veronika!«, rufe ich, als ich Beas Mutter entdecke. Sie ist dabei, den Gartentisch abzuwischen.

Emma, die kleine Mopsdame, die seit einem Jahr zur Familie gehört, läuft auf mich zu und springt an mir hoch, um mich zu begrüßen.

»Da bist du ja, meine Süße.« Veronika umarmt mich und drückt mir einen Kuss auf die Wange. »Ich habe mich schon gefragt, wann du kommst.«

»Da war eine Baustelle«, erkläre ich. »Ich musste darum herum fahren, das hat etwas länger gedauert.«

»Ja, Thomas hat auch davon gehört, deswegen sind wir gleich anders gefahren. Und ich habe Bea noch gesagt, sie soll dir schreiben.«

Ich winke ab. »Kein Ding. Die Sonne ist ja noch da.«

»Das stimmt. Die anderen sind schon im Wasser. Thomas und ich bereiten alles fürs Essen vor, geh du ruhig zu den anderen.«

»Okay.« Ich lasse Helm und Rucksack einfach liegen, ziehe mir mein Kleid über den Kopf und eile hinunter zum Ufer. Ich sehe Karsten, seinen Freund Andi und Bea im See. Karsten und Andi liefern sich eine Wasserschlacht. Ich laufe auf das Seil zu, das an einem der Bäume hängt, und nehme Schwung.

»Aufgepasst!«, rufe ich, ehe ich loslasse und durch die Luft, direkt in den See, fliege. Mein Körper taucht unmittelbar neben Andi ins Wasser ein. Es ist kühl, aber erfrischend. Keuchend stoße ich wieder durch die Wasseroberfläche, schwimme ein wenig näher ans Ufer und suche Halt im schlammigen Boden.

»Da bist du ja endlich.« Bea umarmt mich, ihre nassen Haare klatschen mir dabei ins Gesicht. Schlagartig bekomme ich eine Gänsehaut.

»Hab schon gedacht, du lässt mich mit den Bekloppten hier alleine«, sagt Karsten und deutet auf Andi und Bea.

»Wieso denn bekloppt?«, frage ich.

»Weil sie sich während der gesamten Autofahrt nur über Bewerbungen unterhalten haben. Und das am Wochenende. Hält doch keiner aus.«

Ich sehe mahnend zu Bea. »Wirklich? Ich dachte, wir wollen uns erst Sonntag um schulische Angelegenheiten kümmern.«

»Erstens«, sagt Bea und stupst mich an, »hast *du* das mit Sonntag gesagt, nicht ich. Und zweitens reden wir nicht von schulischen Dingen, sondern von Dingen, die *nach* der Schule passieren.«

»Ja, aber es kommt doch aufs selbe hinaus«, antwortet Karsten seiner Schwester. »Es geht um Pflichten. Und wenn du über Pflichten redest, muss ich daran denken, und dabei möchte ich gar nicht daran denken, weil wir schließlich Wochenende haben.«

»Und noch massig Zeit«, sage ich. »Bewerbungen für Ausbildungen und Studienplätze laufen doch eh erst ab Herbst. Und wir haben gerade erst die Sommerferien hinter uns.«

»Man kann nie früh genug dran sein«, antwortet Bea. »Erst recht nicht, wenn es um einen Studienplatz im Tanz geht. Du weißt, wie rar die Plätze da sind. Die nehmen nur wenig Leute und dann auch nur die Besten.«

»Jetzt fängt sie schon wieder an.« Karsten verdreht die Augen und taucht unter, als wolle er so Beas Erzählungen entgehen.

»Okay«, sage ich. »Ab Sonntag kauen wir die Themen wieder durch, aber heute geht es nur darum, Spaß zu haben.«

»Du willst Spaß?«, fragt Bea grinsend. Kurz darauf merke ich, wie Bea auf meinen Rücken springt und versucht, mich unter Wasser zu drücken. Ich kreische und probiere sie abzuschütteln, während sie versucht, mich irgendwie tiefer ins Wasser zu ziehen. Ihre Haare klatschen mir ins Gesicht.

»Du schafft es nicht«, stachle ich sie an. Bea ist so ein Fliegengewicht, dass es mir spielend leicht gelingt, sie an der Hüfte zu packen, hochzuheben und ihr anzudrohen, sie ins Wasser zu werfen.

»Nein«, ruft sie lachend. »Ich tue auch alles, was du willst.«

Wasser tropft von ihren Haaren und rinnt auf meine Hände.

»Wirklich alles?«, frage ich.

Bea zappelt so stark, dass ich meinen Griff festige. Auf Beas Haut hat sich eine Gänsehaut gebildet, ich spüre sie ganz deutlich an meinen Fingerspitzen und bekomme mit, wie sie leicht erschaudert. Ich selbst habe auch das Gefühl, als würde ich gleich eine Gänsehaut bekommen ... aber es fühlt sich merkwürdig an, als würde sie von innen kommen.

»Jo«, lacht sie nun. »Lass mich runter.«

»Okay«, sage ich grinsend und lasse los. Bea plumpst vor mir in den See und erzeugt kleine Wellen. Ich tauche ebenfalls unter Wasser, um diese merkwürdige Gänsehaut loszuwerden. Kalt ist mir jedenfalls nicht, das Wasser ist zwar kühl, aber die Lufttemperatur ist warm genug, um das auszugleichen.

Bea und ich stoßen gleichzeitig wieder an die Oberfläche. Sie keucht und pustet, aber ich höre sie auch lachen. So verbissen Bea manchmal sein kann: Sie weiß zum Glück auch, wie man Spaß hat.

»Das bekommst du zurück«, lacht sie und schwimmt wieder auf mich zu.

Wir verbringen noch eine Stunde im Wasser, bis mir fast die Zehen abfallen.

Pünktlich zum Essen sitzen wir geduscht am Tisch. Veronika und Thomas haben sich selbst übertroffen. Thomas hat im Steinofengrill gefüllte Pizzabrötchen gemacht, die original wie aus einem italienischen Restaurant schmecken. Sie sind klein, oval und haben die perfekte Konsistenz, und wenn man hineinbeißt, läuft Käse hinaus. Es ist genau das Richtige für mich, wo ich doch alles liebe, was fettig ist. Käse, Pizza, Burger, Pommes, Schokolade – ich kann nicht genug davon bekommen, ganz zum Missfallen von Frau Graleski, die mir sagt, ich solle mehr auf meine Ernährung achten. Ich höre ihre Stimme immer mal wieder in meinem Kopf, wenn ich Fast Food esse. *Als Tänzerin musst du einfach disziplinierter sein, Johanna. Dein Körper ist dein Erfolg, also pflege ihn auch.* Bea nimmt diese Einwände ernst, auch wenn sie sich immer wieder auch mal Süßigkeiten oder Shakes gönnt, aber sie ist viel disziplinierter als ich. Ich denke mir, dass es schon einen Grund hat, wieso mein Körper nach dem Training immer nach Pommes verlangt, er würde sich selbst doch niemals wissentlich schaden. Solange an meiner Figur klar erkennbar ist, was Taille, Busen und Po ist, fahre ich gut. Ich bin halt weiblich. Nicht zu dick, nicht zu dünn, mit Rundungen an den richtigen Stellen. Durch das regelmäßige Training wird die Haut ohnehin straff. Da schwabbelt nichts, egal, wie sehr Frau Graleski manchmal auch drauf herumreitet.

Nach dem Essen bleiben wir noch eine Weile im Garten sitzen. Andi hat seine Gitarre mitgebracht und spielt ein paar Lieder. Veronika hat überall Kerzen und kleine Fackeln aufgestellt, die ein gemütliches Licht erzeugen. Nur die Mücken sind lästig. Bereits nach zehn Minuten habe ich das Gefühl, keine ungestochene Hautpartie mehr frei zu haben. Hier am See sind die Viecher besonders aggressiv. Da helfen auch heftige Chemiekeulen kaum. Als es immer dunkler wird, ziehen wir ins Haus um, wo wir dank der Mückengitter geschützt sind. Thomas macht den Beamer an und lässt Fotos von früher laufen. Eine alte Familientradition während der Zeit am See: in Erinnerungen schwelgen.

»Das Foto ist von der Hochzeit von Tante Dagmar«, erklärt Veronika und lächelt bei dem Foto, auf dem Thomas und sie verliebt tanzen. Sie sind ein echtes Traumpaar. Veronika trägt auf dem Foto dieses tolle fliederfarbene Kleid, das bis zum Boden reicht. Zusammen mit ihrer Hochsteckfrisur könnte sie damit glatt in einem dieser Promi-Klatschblätter als Schauspielerin auf dem roten Teppich durchgehen.

»Ist das hinter euch Bea, die mit Tommy Feldmann tanzt?«, lacht Karsten und stupst Bea an, die diesen Kommentar gar nicht lustig zu finden scheint.

»Das ist er«, erwidere ich.

»Oh, Mann. Ich wusste nicht, dass es Fotos von uns gibt.«

»Ihr wart drei Monate zusammen und zusammen mit uns auf dieser Hochzeit. Natürlich haben wir Fotos von euch«, sagt Thomas. »Ich finde, ihr wart ein tolles Paar.«

Bea schüttelt den Kopf. »Waren wir nicht. Er war ein furchtbarer Freund. Seine Hände waren immer total schwitzig, und er hat so schlechte Witze gemacht.«

»Und zu feucht geküsst«, flüstere ich Bea ins Ohr, und wir beide müssen lachen. Wieso Bea mit Tommy gegangen ist, weiß ich bis heute nicht, denn sie wirkte in den drei Monaten einfach nur unfassbar genervt von ihm. Ich glaube, dass es daran lag, dass sie unbedingt einen Freund haben wollte und keine Lust mehr hatte, darauf zu warten, dass der Richtige kommt. Also hat sie sich einfach den Erstbesten – oder in Tommys Fall nicht gerade das Erstbeste, sondern das Erstschlechteste – geschnappt und schnell gemerkt, dass es ein Fehler war.

»Was ist mit Patrick? Habt ihr kein Foto von ihm? Mit ihm war ich viel länger zusammen.«

»Stimmt«, sagt Veronika. »Aber zu der Zeit gab es keine Hochzeiten oder Familienfeiern.«

»Ich mochte ihn eh nie«, sagt Karsten. Mir ist klar, dass Karsten etwas gegen Patrick hatte, weil er der Freund war, der mit Bea mehr gemacht hat als nur Händchen zu halten. Karsten kennt keine Details, aber er weiß genug, um seinen Beschützerinstinkt einzuschalten, wenn es um ihn geht. Ihm gefällt die Vorstellung nicht, dass seine Schwester Sex haben könnte, was ziemlich bescheuert ist, wenn ich bedenke, dass er seit einem Jahr mit Paula schläft, die genauso alt ist wie wir. Aber das ist wohl so eine Bruder-Schwester-Sache, die ich als Einzelkind nicht verstehe.

»Hat ja auch nicht gehalten«, sagt Bea. »Also gut, genug von Ex-Freunden, wir sind hier ja nicht in der Bea-Show. Können wir mal das nächste Foto ansehen? Bitte?«

Ihre Stimme klingt locker, aber ich als ihre beste Freundin höre den leicht genervten Unterton heraus. In letzter Zeit ist Beas Liebesleben ziemlich eingeschlafen, und sie redet nicht mehr so offen darüber wie sonst. Ich fürchte, sie ist gefrustet, weil sie seit einem Jahr weder einen Freund hatte noch jemanden geküsst oder mit jemandem geschlafen hat. Nicht, dass es bei mir in letzter Zeit viel aufregender gewesen wäre, aber zumindest kann ich in den letzten Monaten ein paar Dates vorweisen, auch wenn letztendlich nichts draus geworden ist.

»Da sind Bea und Jo«, sagt Thomas und deutet auf das nächste Bild auf der Leinwand. »Wie jung ihr zwei da noch wart. Das war in dem Jahr, in dem ihr euch kennengelernt habt. Wisst ihr noch?«

»Klar«, sage ich, während ich das Foto von Bea und mir betrachte. Eigentlich haben wir uns gar nicht so sehr verändert. Ich habe noch immer diese störrischen Locken, auch wenn sie jetzt etwas rötlicher und länger sind. Und Bea hatte auch da schon die kleine Zahnlücke zwischen den Vorderzähnen und ihr Muttermal auf der rechten Wange. Nur ihr Gesicht ist auf dem Foto noch ein wenig rundlicher als jetzt.

»Als könnte ich das vergessen«, sagt Bea. »Jo hat mich total gehasst.«

»Ich habe dich nicht gehasst«, erwidere ich. »Ich habe dich nur falsch eingeschätzt.«

»Und wenn ich mich recht erinnere, warst du am Anfang auch nicht gerade ein Fan von ihr.« Karsten räuspert sich. »Warst du nicht diejenige, die mir tagelang erzählt hat, wie doof sie Jo findet?«

»Ja, aber doch nur, weil sie in Reli immer so laut war. Und dann kam sie auch noch zum Ballett und hat dort alles gesprengt, weil sie sich nie an die Regeln gehalten hat.«

»Hat sich wirklich nicht viel verändert seitdem«, sage ich und muss lachen. Tatsächlich hatte ich damals gar keinen Bock auf diese Ballerinas und ihre Tutus und Dutts. Ich hatte mich nur für diesen dummen Unterricht angemeldet, weil er zur Tanzausbildung dazugehört – zumindest dann, wenn man vorhat, irgendwann mal professionell zu tanzen. Also hatte ich mir ein neonfarbenes Tutu angezogen und war in diesen Raum reinspaziert, um allen zu zeigen, dass ich zwar Ballett tanze, aber kein Ballettmäuschen bin. Und dann traf ich auf Bea: das schüchterne Mädchen aus meiner Parallelklasse, mit dem ich vorher nicht ein Wort gewechselt hatte. Die perfekte Ballerina, mit ihrem rosafarbenen Tutu, dem perfekten Dutt und der zierlichen Tänzerfigur, die von Frau Graleski immer gelobt wurde. Immer hieß es, *guckt mal, wie toll*

Bea die Arme hält, guckt euch die Fußstellung von Bea an ... Klar war ich genervt. Erst recht, weil ich immer nur ermahnt wurde. Lob hörte ich eigentlich niemals. Kurz gesagt: Bea und ich waren so unterschiedlich, dass ich niemals gedacht hätte, dass wir einmal Freundinnen werden könnten. Und mehr als das. Schwestern im Herzen.

Letztendlich haben wir das einem Zufall zu verdanken ... vielleicht war es aber auch Schicksal, dass wir beide in derselben Umkleidekabine eingeschlossen wurden. Damals, ziemlich genau vor fünf Jahren, unmittelbar vor dem Vortanzen für die alljährliche Herbstaufführung. Ich stand in der Toilettenkabine, als ich Beas Hilferufe gehört habe. Sie hämmerte wie eine Wilde gegen die Tür, aber durch die laute Musik vom Vortanzen hatte sie keine Chance, gehört zu werden. Ich weiß noch, wie blass sie war, als ich endlich zu ihr gegangen bin, um dann festzustellen, dass wir wirklich in der Umkleide festsaßen. Für Bea eine mittelschwere Katastrophe, wo sie für die Hauptrolle vortanzen wollte. Ich selbst war nicht so aufgebracht, weil ich mir zu dem Zeitpunkt noch sehr wenig aus Ballett gemacht habe und nie dachte, eine Rolle in dem Stück zu bekommen, aber irgendwann konnte ich Beas Gejammer nicht mehr ertragen, weil sie komplett in Panik verfallen ist. Sie dachte wohl, sie würde nicht vortanzen können und deswegen nicht mal eine Statistenrolle bekommen. Ich hatte versucht, ihr die Angst zu nehmen, weil sie als Liebling von Frau Graleski sowieso irgendeine Rolle bekommen würde. Aber ich hätte genauso gut mit einer Wand reden können, denn Bea war gar nicht in der Lage, mir richtig zuzuhören. Also hatte ich Nägel mit Köpfen gemacht und uns einen Ausweg gesucht: ein kleines Fenster, das zur Jungskabine führte. Wir platzten direkt in eine Horde Jungs in Unterhosen, die einen Riesenaufstand machten, weil wir ihre Privatsphäre verletzt hätten. Aber was hätten wir tun sollen? Es war Beas einzige Chance, doch noch vortanzen zu können. Sie hat sich überhaupt nicht davon aus der Ruhe bringen lassen, dass die Jungs panisch ihre Unterhosen verdeckten oder ihr unterstellten, sie sei eine Spannerin. Sie hatte sich einfach vor sie gestellt, ihnen gesagt, dass man in Notsituationen manchmal Regeln brechen musste und sie das verstehen müssten ... und war dann grinsend aus der Kabine spaziert. Ich habe mich noch mal amüsiert umgesehen, den Jungs einen schönen Tag gewünscht, und bin ihr gefolgt.

Am Ende bekam Bea die Hauptrolle und ist mir bei der Verkündung um den Hals gefallen. Sie hat mir gesagt, dass sie es ohne mich nie geschafft hätte. An diesem Tag bekam ich nicht nur eine Statistenrolle, sondern auch eine beste Freundin. Es war plötzlich egal, wie nervig ich sie zuvor fand, denn seit diesem Tag war mir klar, dass Bea mehr ist als dieses kleine perfekte Ballettmädchen. Sie ist jemand zum Pferdestehlen, jemand, den ich an diesem Tag in mein Herz geschlossen habe. Wir sind unzertrennlich geworden, und jetzt, wo auch die Klassen nicht mehr bestehen und wir im Englisch- und Deutschkurs zusammen sind, ist es noch mal enger geworden.

»Guckt mal, das war auf dem sechzehnten Geburtstag von Karsten und Bea.« Veronika tätschelt die Arme der Zwillinge, woraufhin beide ein genervtes »Mama« hören lassen und mich damit vollkommen aus dem Strudel der Erinnerungen befreien. Ich sehe auf die ganzen Bilder aus den letzten Jahren. Es bedeutet mir viel, dass ich auf so vielen Fotos drauf bin, als wäre ich Teil dieser Familie. Irgendwie bin ich das auch. Seit dem Moment unserer Freundschaft waren Bea und ich nie wirklich getrennt.

Bea hat mich überall mit hingenommen: Auf Familienfeste, Wochenendausflüge. Ich schlafe so oft bei Bea, dass ich sogar eine eigene Zahnbürste und eigene Bettwäsche dort habe. Veronika und Thomas wurde es nie zu viel. Andere Eltern hätten vielleicht irgendwann die Reißleine gezogen und ihrer Tochter gesagt, dass es auch mal Zeiten für die Familie geben muss – ohne Freunde, ohne Leute von außen -, aber das haben sie nie gemacht, sie haben mich einfach mit aufgenommen. Wie immer, wenn ich daran denke, breitet sich Wärme in mir aus, bis mein Körper zu kribbeln beginnt.

Ich lehne mich gegen Beas Schulter, die prompt ihren Arm um mich legt und gedankenverloren mit ihrem Daumen auf meiner Schulter Kreise zieht. Die Wärme in meinem Körper steigt an, während ich genüsslich die Augen schließe und mich geborgen fühle. Die Kreise, die Bea mit ihren Fingerspitzen malt, werden größer und größer, genau wie das Kribbeln auf meiner Haut stärker wird. Ich lächle glückselig, ich mochte es schon immer, wenn Bea das bei mir macht. Gerade scheint alles andere weit entfernt zu sein – der Streit meiner Eltern und auch die kindlichen Ängste und die Sorgen um meine und Beas Zukunft. Ich kann einfach abschalten und zur Ruhe kommen. Bea hilft mir dabei, wie sie mir immer hilft.

Kapitel 3

Zwei Wochen vergehen, in denen ich meinem Alltagstrott nachgehe und mir wünsche, wieder Ferien zu haben. Das Erholungsgefühl ist längst verblasst, die Sommerferien scheinen monatelang her zu sein. Die Lehrer haben ihre Schonfrist beendet und beginnen jetzt eine Klausur nach der anderen rauszuhauen, und dann fangen sie auch noch so an wie Bea und reden über unsere Zukunft. Das Ding mit der Zukunft ist, dass ich nicht weiß, was ich darin sehe. Natürlich fände ich es genauso cool wie Bea, einen Studienplatz im Tanz zu bekommen, vielleicht auch noch im Bereich Schauspiel. Deswegen habe ich mit dem Ballett angefangen, um überhaupt eine Chance zu haben. Aber ich brauche Alternativen, einen Plan B für den wahrscheinlichen Fall, dass daraus nichts wird. Und das Problem ist ganz einfach, dass ich keinen Plan B habe. Wenn ich versuche, mir einen zurechtzulegen, ist da nichts als gähnende Leere in meinem Kopf. Mir fällt einfach nichts ein, was ich außer dem Tanzen kann. Es scheint das Einzige zu sein, in dem ich wirklich Talent habe.

»Ich brauche heute Abend echt Ablenkung«, sage ich zu Bea. Sie sitzt auf ihrem Bett, vor ihr das Englischbuch aufgeschlagen, während ich es mir mit Kissen auf dem Boden gemütlich gemacht habe, um für Mathe zu üben. Eine eindeutige Verschwendung des schönen Wetters, aber draußen lernen klappt bei mir einfach nicht. Zu viel Ablenkung. Dann bin ich wie ein kleines Kind und nicht mehr fähig, mich auf meine Aufgabe zu konzentrieren.

»Was schwebt dir denn vor?«, fragt Bea.

»Weiß nicht. Wir könnten zu Salt and Pepper gehen.«

»Da sind wir doch schon morgen.«

Ich zucke mit den Schultern. »Wir sind doch eh dauernd da.«

»Ja, genau. Ich habe schon das Gefühl, dass meine ganzen Klamotten nach Pommes stinken.«

»Du isst doch gar keine Pommes.«

»Das nicht, aber der Duft hängt doch im ganzen Laden.«

»Willst du mir etwa sagen, dass du nicht mehr zu Bernd gehen möchtest? In unser Stammlokal? Das ist eine Kränkung für Bernd und für alle Pommesliebhaber.«

Bea schlägt das Englischbuch zu und richtet sich auf. »Natürlich gehen wir weiter dahin. Da gibt es nun mal die besten Milchshakes.«

»Stimmt«, erwidere ich.

»Ich fände es nur cool, mal was anderes zu machen. Ich brauche auch Ablenkung. Diese Bewerbung für die Tanzausbildung macht mich fertig. Ich will besonders originell sein, aber mir fällt einfach nicht ein, wie ich das anstellen soll. Letzte Nacht hatte ich sogar einen Albtraum deswegen.«

»Was war es?«, frage ich und lasse endgültig von meinem Mathebuch ab.

»Ich war beim Vortanzen für einen Studienplatz in München und bin hingefallen, und alle haben mich angestarrt und ausgelacht.«

»Klingt eher so, als wäre das etwas, was mir passieren würde. Nicht dir.«

»Das ist nicht witzig«, sagt Bea. »Das war wirklich schlimm. Was, wenn das eine Vorahnung war?«

»Du bist keine Hellseherin«, sage ich, merke aber, dass Bea diese Sorge wirklich ernst meint, dass sie wirklich Angst davor hat, ein wichtiges Vortanzen zu versauen. Ich rücke zu ihr und lege meine Stirn gegen ihre, während meine Hände sich um ihre schließen und sanft zudrücken. »Du bist gut, Bea. Hör auf, dir solche Sorgen zu machen. Wenn eine von unserer Ballettschule Chancen hat, dann du.«

»Aber gerade weil mir das alle sagen, bin ich irgendwie besonders nervös.«

»Weil du denkst, Erwartungen nicht erfüllen zu können?« Bea nickt gegen meine Stirn. »Wenn es so weit ist, dann trainiere ich bis zum Erbrechen mit dir. Wir machen alles, was ich hasse: Salat futtern, Techniktraining, Pilates. Und dann gehst du da raus und haust die Leute beim Vortanzen um, so wie du es immer machst. Und wenn du es dann geschafft hast, feiern wir das auf meine Art: mit Pommes und Burgern.« Als ich Bea leise lachen höre, fühlt sich mein Herz an, als wäre es in eine warme Decke gehüllt worden. Ich mag dieses Lachen, und ich kann es nicht ertragen, wenn Bea traurig ist oder sich Sorgen macht. »Trotzdem brauche ich Ablenkung«, sagt Bea. »Und Vollfuttern bei Bernd zählt heute nicht.«

»Okay. Dann heute mal was anderes.«

Plötzlich knallt eine Tür. Bea und ich zucken zusammen und stoßen mit den Stirnen aneinander. »Au. Was zum Teufel?« In diesem Haus eine Tür knallen zu hören, ist so ungewöhnlich wie Schnee im Hochsommer. So was gibt es hier einfach nicht. Bea sieht mich fragend an und reibt sich ihre Stirn.

»Schön!«, ruft jemand. Mehr nicht. Dann knallt erneut eine Tür – die Haustür offensichtlich, denn Emma kläfft im Erdgeschoss.

»War das Karsten?« Bea ist längst aufgestanden, ich eile ihr hinterher.

»Was ist los?«, fragt Bea. Karsten steht an der Tür zu seinem Zimmer, sein Gesicht ist gerötet.

»Wer hat denn so mit der Tür geknallt?«, frage ich.

»Paula. Sie ... wir ... es ist aus.« Karsten sieht mich gequält an.

»Was? Wieso? Ihr zwei seid doch das perfekte Paar.« Bea schiebt ihren Bruder in sein Zimmer, wo sie sich auf sein Bett fallen lassen. Ich folge ihnen und schließe die Tür hinter mir.

»Wir *waren* das perfekte Paar. Aber jetzt sind wir es eben nicht mehr.«

»Aber dafür muss es doch einen Grund geben«, bohrt Bea weiter.

»Sie findet, dass ich zu oft mit den Jungs rumhänge. Was absolut bescheuert ist, schließlich geht sie ja auch ständig mit ihren Freundinnen shoppen. Aber ich bin natürlich der, der zu wenig Zeit für sie hat. Das ist doch lächerlich. Und dann fing sie davon an, dass sie jemand anderen kennengelernt hat, der ihr mehr Aufmerksamkeit schenkt. Da bin ich dann ausgestiegen und habe Schluss gemacht. Das brauche ich mir schließlich nicht anzuhören. Ich will nichts über einen anderen Typ wissen, und ich will auch nicht, dass sie mir die Schuld daran gibt.«

Bea drückt Karstens Hand. »Vielleicht wird das ja wieder.«

»Vielleicht«, sagt Karsten leise, aber er scheint es nicht so zu meinen. Es tut weh, ihn so zu sehen. Ich weiß, dass er Paula geliebt hat – immer noch liebt – und ihm diese Beziehung wichtig war.

»Sieht aus, als bräuchte noch jemand eine Ablenkung. Bea und ich haben überlegt, heute noch was zu machen. Kommst du mit?«

Karsten lächelt gequält. »Klar. Wieso nicht. Besser als hier alleine Trübsal zu blasen.«

»Super.« Ich klatsche in die Hände. Zeit für einen Notfall-Anti-Liebeskummer-Plan. »Dann ruf Andi an, und bestell ihn ins *Karaoke-Inn.*«

»Karaoke? Ist das dein Ernst?« Bea sieht mich an, als hätte ich einen Dachschaden.

»Was gibt es Besseres als Karaoke, um Frust abzulassen? Andere mit der eigenen Stimme quälen, dazu fettige Chips, Bier und die Chance, all deine Gefühle in deinen Gesang zu legen und herauszuschmettern.«

»Finde ich gut«, sagt Karsten, und diesmal meint er anscheinend das, was er sagt.

Eine Stunde später stehen Andi und Karsten auf der Bühne und schmettern tatsächlich ein Lied heraus. *I will always love you* von Whitney Houston in einer grauenvollen, Ohrenschmerz verursachenden Version. Bea und ich kringeln uns vor Lachen.

Die Leute applaudieren und pfeifen, vermutlich zur Hälfte aus Belustigung und zur anderen Hälfte aus Mitleid. Karsten verbeugt sich tief und grinst uns dann an, während er von der Bühne geht.

»Vielen Dank, Andi und Karsten, für diesen herzergreifenden Auftritt.« Noch mal ein paar Pfiffe. »Kommen wir zu unseren nächsten Sängerinnen: Bea und Jo, das ist eure Bühne!«

Hand in Hand steigen wir auf die Bühne. Mein Herz schlägt Purzelbäume, obwohl es nicht das erste Mal ist, dass ich hier oben stehe. Ich habe schon öfter hier gesungen, wenn Karaoke-Abend war, und dennoch bin ich jedes Mal aufs Neue aufgeregt. Ich blicke auf die ganzen Menschen vor mir, die uns erwartungsvoll ansehen. Dann drücke ich Beas Hand und schnappe mir das Mikrofon, Bea nimmt sich das andere.

Die ersten Töne von den Spice Girls ertönen, und sofort wippe ich mit dem Beat. Bea und ich brauchen den Monitor, der uns den Text vorsagt, nicht. Das Lied haben wir schon so oft zusammen gesungen, dass wir es auswendig können. Aber welches Mädchen kennt den Text von *Wannabe* nicht auswendig? Es ist doch eine Hymne für jede Mädchenfreundschaft, die man einfach laut mitkreischen *muss*.

Als der Rap-Part von Mel B kommt, bin ich nicht mehr zu stoppen. Bea überlässt mir das Feld, weil sie weiß, dass es meine Lieblingsstelle ist. Das Publikum klatscht und pfeift, diesmal sicherlich, weil es ihnen gefällt. Ich bin bestimmt nicht die größte Sängerin, aber ich mache es mit Leidenschaft, genau wie das Tanzen, und das ist es schließlich, was zählt.

Am Ende fallen Bea und ich uns lachend in die Arme. Das Adrenalin strömt durch meine Adern. Es ist ein gutes Gefühl, ich mag es, mich so lebendig zu fühlen.

»Das war klasse«, sagt Karsten, als wir uns wieder an unseren Tisch setzen.

Ich leere in einem Zug mein Bier und sehe dann zu, wie ein Mann die Bühne betritt und ein Solo von Robbie Williams singt.

»Das hat echt gutgetan«, sagt Karsten, als wir den Laden verlassen. Er kickt einen kleinen Stein weg, der auf dem Gehweg liegt.

»Und der Abend ist noch jung«, erwidert Andi und sieht auf die Uhr. »Wollen wir nicht noch was machen?«

Bea sieht ihn an. »Was denn?«

»Ich denke, ich weiß da was«, rufe ich. Dann schnappe ich mir Beas Hand und ziehe sie mit mir.

»Was hast du denn vor?«, fragt Bea. Die Jungs folgen uns, während wir durch die Straßen laufen. Ich antworte nicht darauf, sondern fokussiere mich auf unser Ziel. Erst vor dem Bankgebäude bleiben wir stehen.

»Was willst du denn hier?«

Ich zeige nach oben. »Schon mal auf dem höchsten Gebäude der Stadt gewesen?«

»Du willst da hoch?« Andi folgt meiner Handbewegung. »Und wie? Die Bank ist doch geschlossen.«

»Die Bank schon, aber die ist nur im untersten Stockwerk. Da drüber sind Wohnungen.«

»Und du kennst jemanden, der da wohnt?«

»Nein«, sage ich und gehe zum Eingang. »Aber wie willst du dann ...?«

»Lass mich mal machen.« Kurzerhand klingele ich überall. Karsten sieht mich fragend an. »Na, irgendeiner wird schon öffnen.« Tatsächlich erklingt nach einigen Sekunden das Geräusch des Türöffners. Niemand fragt an der Gegensprechanlage, wer geklingelt hat. Wir huschen durch die Türöffnung. Das Treppenhaus ist geräumig und mit hellen Marmorfliesen ausgelegt. Vor uns befindet sich ein grauer Aufzug.

»Aber die, die uns reingelassen haben, wissen doch jetzt, dass wir hier sind«, flüstert Bea.

»Bleib ruhig. Die denken, wir haben falsch geklingelt und sind bei irgendwelchen Nachbarn gelandet.«

Wir steigen in den Aufzug, ich drücke den Knopf für die oberste Etage.

»Kommen wir denn überhaupt aufs Dach?«, fragt Andi. »Der Zugang ist doch sicher gesperrt.«

»Weiß nicht. Aber ich will es herausfinden.«

Der Aufzug hält, die Türen öffnen sich. Wir befinden uns im obersten Stockwerk. Von hier aus geht noch eine kleine Treppe nach oben. Ich bedeute den anderen, mir zu folgen, und beginne die Treppe hinaufzusteigen. Wir halten vor einer kleinen, grauen Tür.

»Und jetzt?«, flüstert Bea.

Ich zeige auf das Notausgang-Schild darüber. »Hier geht es auf jeden Fall nach draußen.«

»Was, wenn ein Alarm losgeht?«

»Schwesterchen, hör auf, so ein Schisser zu sein. Ist ja nicht so, als würden wir hier bei einem Juwelier einbrechen. Selbst wenn ein Alarm losgeht: Dann hauen wir einfach ab.«

»Hey, ich werde mich doch wohl noch informieren dürfen«, sagt Bea, aber ich sehe an dem Blitzen in ihren Augen, dass sie zwar die Vernünftige spielt, in Wirklichkeit aber genauso gerne aufs Dach will.

»Habt ihr jetzt genug diskutiert? Können wir jetzt endlich da raus?«

Es ist Bea, die nickt. »Okay«, sagt sie, und ich weiß, dass ich das Blitzen in ihren Augen richtig gedeutet habe.

Ich drücke die Klinke hinunter. Die Tür ist schwer, ich muss mich mit meinem ganzen Gewicht dagegendrücken, aber sie öffnet sich, ohne dass ein Alarm ertönt. Ich unterdrücke ein Jubeln und gehe hinaus.

»Wir sollten irgendwas zwischen die Tür stellen, damit sie nicht zufällt. Kann ja sein, dass wir von außen nicht mehr ins Treppenhaus kommen.«

»Gut mitgedacht, Andi.«

Neben der Tür liegt ein großer Stein, der sicherlich genau für diesen Zweck dort ist. Die Jungs schieben ihn zwischen die Tür, sodass sie nun einen Spalt offen bleibt. Bea ist bereits nach vorne getreten. Sie dreht sich zu mir um, auf ihrem Gesicht ist ein breites Grinsen. »Das ist so cool.«

Ich trete neben sie. Von hier aus kann man kilometerweit sehen. Jetzt, wo es dämmert, sind überall Lichter zu erkennen, die die Stadt erhellen.

»Wie hoch wir hier wohl sind?«, fragt Bea ehrfürchtig.

Andi und Karsten kommen zu uns. »Ich denke, das sind so dreißig Meter«, schätzt Andi. »Vielleicht auch vierzig.«

»Schwer zu sagen von hier oben. Aber es ist traumhaft.« Karsten streckt die Arme aus.

»Also dann«, sage ich. »Wir sind nicht zum Spaß hier.«

»Sind wir nicht?«, fragt Bea.

»Natürlich nicht. Alles hat einen tieferen Sinn. Heute Abend sind wir losgezogen, um uns abzulenken, und ich denke, es wird Zeit, uns von unserem Ballast zu befreien.«

»Kapiere ich nicht«, sagt Andi.

»Wir schreien es hinaus«, erkläre ich. »Was immer unser Ballast ist: Dies ist die Chance, es hier in die Welt hinauszubrüllen und loszulassen. Und wenn wir dann wieder unten in der Realität sind, fühlen wir uns sicher besser.«

»Du bist verrückt«, sagt Karsten. Er geht einen Schritt nach vorne. Dann holt er tief Luft. »Ich bin wieder Single!«, ruft er aus voller Kehle. »Es ist aus. Keine Paula mehr!«

Ich nicke ihm aufmunternd zu. Karsten atmet noch mal tief ein, ehe er wieder zurücktritt. »Gar nicht schlecht«, sagt er. »Jetzt du, Andi.«

»Habe ich denn überhaupt Ballast?«

»Hat das nicht jeder Mensch?«, frage ich zurück.

»Na gut, aber ihr dürft nicht lachen.«

»Würden wir nie tun«, sage ich. »Das hier ist ein ernstes Ritual. Alles, was hier gesagt wird, bleibt auch hier.«

»Okay.« Andi tritt nun einen Schritt nach vorne. »Ich liebe Vanessa Hellers! Und sie hat keine Ahnung, dass ich existiere!«

»Das Mädchen aus der Basketball-AG?«, fragt Karsten.

»Das müssen wir ändern«, kommentiere ich. »Glaub mir: Sie wird dich bald kennen.«

Andi lächelt mich an. Bea tauscht mit ihm den Platz.

»Ich habe Angst davor, nicht gut genug zu sein!« Ich weiß sofort, dass sie vom Tanzen spricht.

Als sie wieder neben mich tritt, hat sie Tränen in den Augen, wirkt aber entschlossen und stark. So ist sie eben. Sie macht sich um so vieles einen Kopf, will immer alles perfekt machen, aber gerade dieser Perfektionismus ist ihr Antrieb. Dadurch schafft sie es, Ziele umzusetzen und so hart zu arbeiten.

»Jetzt du«, sagt Karsten und gibt mir einen kleinen Schubs. Es ist das erste Mal seit der Aktion, dass ich nervös bin. Ich weiß genau, was ich loswerden muss, aber es auszusprechen, fällt mir schwer.

Trotzdem atme ich tief durch und straffe meine Schultern.

»Ich mache mir Sorgen, weil meine Eltern so oft streiten!«, rufe ich hinaus in die Welt. Jetzt ist es raus. Es fühlt sich an, als hätte sich der Knoten in meiner Brust gelöst. Manchmal muss man Dinge laut aussprechen, Gedanken zulassen. Beas Hand legt sich auf meine Schulter. Erst da wird mir klar, dass ich nicht zurück auf meinen Platz gegangen bin, sondern noch immer vorne stehe.

»Davon wusste ich gar nichts«, sagt Bea. Aber es klingt nicht nach einem Vorwurf.

»Es ist vermutlich auch gar nichts«, sage ich. »Ich mag es einfach nur nicht, wenn sie streiten. Und in letzter Zeit kommt es oft vor.«

»Es ist sicher nicht so schlimm, wie du denkst«, sagt Andi. »Meine Eltern streiten auch immer wieder, aber sie sind trotzdem glücklich.«

Ich atme tief ein, um mich wieder zu fangen. Es tat gut, die Gedanken kurz zuzulassen und es auszusprechen, und ich möchte an Andis Worten festhalten. Ich bin ein positiver Mensch, ich will optimistisch sein und mir nicht so viele Gedanken machen.

Wieder etwas gefasster, drehe mich zu den anderen um. »Ballast abgeworfen?«, frage ich in die Runde. Alle nicken. »Gut, dann haben wir unsere Mission erfüllt.«

Bea umarmt mich von hinten, ihre Hände liegen auf meinem Bauch, und sie drückt mir einen kleinen, sachten Kuss auf die Wange. Er ist tröstend und vertraut, ihr Kuss hinterlässt ein sanftes Kribbeln auf meiner Haut, das mir gefällt. Eine beste Freundin wie Bea zu haben, ist wie ein Sechser im Lotto, ich weiß, dass sie immer für mich da sein wird. Ich kuschle mich an ihren Rücken und drücke ihre Hände, die immer noch um meinen Bauch gelegt sind. Mein Herz macht einen kleinen, verwirrenden Hüpfer, aber ich habe keine Zeit, mich näher damit zu befassen. Die Jungs nehmen unsere Umarmung als Anlass und stürzen sich auf uns, um in ein peinliches Gruppenkuscheln zu verfallen. Ich hasse so was, und das wissen sie auch, aber sie drücken uns so fest, dass ich gar nicht entkommen kann.

»Hey«, sage ich lachend. »Lasst das.«

»Aber das hat uns gerade zusammengeschweißt«, sagt Andi. »Das müssen wir mit einer Umarmung besiegeln.«

»Du spinnst«, kommentiere ich und versuche weiter, mich zu befreien. Lachend hält mich Karsten fest und drückt nur noch fester zu, ehe er mich endlich loslässt und ich mich wieder frei bewegen kann. Ich versuche Karsten aus Rache in den Oberarm zu kneifen, aber er weicht mir aus, und wir leisten uns ein kleines Katz-und-Maus-Spiel, das diesen Hüpfer in meinem Herzen vollkommen aus meinen Gedanken verbannt. Lachend lassen wir uns auf den Boden fallen und atmen schwer, ehe wir unsere Knie mit den Händen umschlingen und raus auf die Lichter der Stadt sehen. Wir werden alle ruhiger, versinken in unseren eigenen Gedanken, bevor wir uns wieder der Realität stellen müssen. Hier oben scheint alles leichter zu sein.

Kapitel 4

Ich lege meine Spitzenschuhe ab und tausche sie gegen Turnschuhe. Mittwochs ist es immer besonders hart: Ballett und Hip-Hop nacheinander, aber inzwischen haben sich meine Muskeln an die Doppelbelastung gewöhnt. Am Anfang hatte ich immer tierischen Muskelkater.

»Bleibst du noch?«, frage ich Bea. Ab und an kann ich sie dazu überreden, beim Hip-Hop oder Dancehall Training mitzumachen, aber diesmal schüttelt sie den Kopf.

»Ich trainiere lieber zu Hause noch etwas. Das Vortanzen ist schon in drei Wochen. Und ich bin noch nicht bereit.«

»Natürlich bist du das«, erwidere ich überflüssigerweise. Bea hört mir ja doch nicht zu, ihr Kopf ist vollgestopft mit Sorgen, Tanzschritten und Leistungsdruck. Ich kann sie nur ziehen lassen, in Momenten wie diesen dringt niemand zu ihr durch – nicht mal Karsten oder ich.

»Dann viel Erfolg.«

»Danke. Euch viel Spaß.« Bea gibt mir einen Kuss auf die Wange und verlässt die Umkleide. Eine Weile bleibe ich noch sitzen, der Duft von Bea umhüllt mich wie eine Wolke. In letzter Zeit mischt sich in die Geborgenheit, die ich bei ihrem Geruch fühle, auch immer Sorge. Sorge, ob sich unsere Freundschaft nach der Schule verändern wird. Nur noch zehn Monate bis zu unserem Abitur. Und danach? Vielleicht landen wir dann in unterschiedlichen Städten oder sogar Bundesländern. Bea will sich für Studienplätze in ganz Deutschland bewerben, und wer weiß schon, wo sie angenommen wird. Es fällt mir schwer, darüber nachzudenken, weil sich alleine bei dem Gedanken daran mein Herz zusammenzieht.

Also hole ich mich wieder in die Realität zurück, verdränge all die Sorgen und Gedanken und kontrolliere noch mal mein Outfit im Spiegel. Es ist immer wieder verrückt, wie ich mich innerhalb von fünf Minuten von der Ballerina in eine Hip-Hopperin verwandle – einfach nur durch eine andere Frisur und weitere Klamotten.

Die anderen sind schon in der Halle, also beeile ich mich und verlasse die Umkleide.

Das Training ist schweißtreibend, aber spaßig. Hip-Hop ist viel lockerer, jeder darf auch mal Freestyle tanzen, und wir fahren nicht so einen strengen Trainingsplan. Unsere Lehrerin Sandra lässt uns alles mitgestalten und ist mehr wie eine von uns, weniger wie eine Lehrerin, obwohl sie Tanz studiert und mit ihrer Streetdance-Gruppe bei einer Meisterschaft gewonnen hat. Ein absolutes Vorbild.

»Super Training, Leute.« Sandra nickt uns anerkennend zu. Die Ersten gehen in die Umkleidekabine.

»Bleibst du noch was?«, fragt mich Denise, eines der Mädchen. »Ich wollt noch ein bisschen was ausprobieren.«

Ich gucke auf die Uhr. Ein bisschen Zeit habe ich, und mein Körper will trotz des anstrengenden Trainings noch.

»Bin dabei«, sage ich.

Die anderen verabschieden sich, Sandra sagt uns, wir sollen nicht so lange machen und hinterher den Strom abschalten. Sie setzt sich in der Zeit ins Büro. Inzwischen ist es schon fast Gewohnheit, dass einer von uns noch dableibt, um noch ein bisschen zu üben oder um neue Moves auszuprobieren, die noch nicht reif sind, um sie anderen zu zeigen.

Letztendlich albern Denise und ich mehr, als dass wir trainieren. Wir versuchen zwar, einige Tanzschritte
nachzutanzen, die Denise im Internet gefunden hat, scheitern aber so kläglich an dieser Aufgabe, dass wir uns irgendwann lachend auf den Boden fallen lassen und einfach liegen bleiben.

»Wir sind schlecht«, lacht Denise. »Wir bekommen echt gar nichts hin.«

»Memo an uns selbst: Breakdance üben. Wir müssen besser werden.«

»Definitiv. Wir sollten Sandra sagen, dass sie so was öfter mit uns üben muss.«

»Aber jetzt ist erst mal Schluss für heute.« Ich raffe mich auf. »Vielleicht schaffe ich es nur nicht, mich oben zu halten, weil meine Arme von dem ganzen Training schon wie Pudding sind.«

»Kann sein.« Denise steht auf. »Dann lass uns mal zusammenräumen.«

Wir albern in der Umkleidekabine noch etwas herum und ziehen uns gegenseitig wegen unserer schlechten Tanzschritte auf, bis wir den Strom abstellen und uns auf den Heimweg machen.

Ich grinse noch immer, als ich die Wohnungstür aufschließe und meine Trainingstasche auf die Kommode lege.

»Bin wieder da!«, rufe ich.

»Johanna, kommst du bitte mal ins Wohnzimmer?«, ruft meine Mutter. Auch ohne das Zittern in ihrer Stimme hätte ich gewusst, dass es etwas Ernstes sein muss. Sonst hätte sie nicht Johanna gesagt. Es ist immer ein schlechtes Zeichen, wenn sie das tut, meistens heißt es, ich habe etwas ausgefressen, nur dass mir nichts einfallen will. Meine gute Laune verliere ich auf halber Strecke zum Wohnzimmer, stattdessen macht sich ein mulmiges Gefühl in mir breit, das sich noch verstärkt, als ich das Wohnzimmer betrete und meine Eltern ansehe. Irgendetwas stimmt nicht.

»Setz dich bitte«, sagt mein Vater. Er guckt mir nicht in die Augen.

»Ich will mich nicht setzen«, erwidere ich. Eigentlich will ich nur noch wissen, was zum Teufel hier los ist.

»Deine Mutter und ich ...« Mehr sagt er nicht. Dafür schluckt er ziemlich viel. Fünfmal, direkt hintereinander, dabei sollte spätestens nach dem dritten Mal gar keine Spucke mehr in seinem Mund sein.

Langsam werde ich nervös. Ich beginne mit meinen Fingern zu knacken. Eine schreckliche Angewohnheit, die Bea regelmäßig in den Wahnsinn treibt, aber es ist das Einzige, das mir gerade dabei hilft, die innere Spannung abzubauen, die sich in mir breitmacht.

»Spuckt's schon aus«, sage ich irgendwann, als ich die Stille nicht mehr ertragen kann.

Meine Mutter holt tief Luft.

»Du weißt, dass wir uns in den letzten Monaten viel gestritten haben. Das weißt du doch, oder?« Sie sieht mich an, ich nicke nur. Mein Kopf will die Puzzleteile ineinanderfügen, mein Bauch zieht sich zusammen, weil er offenbar schon ahnt, was jetzt kommt. »Wir wissen schon länger, dass etwas zwischen uns nicht mehr stimmt«, springt mein Vater ein, weil meine Mutter offenbar wieder ihre Sprache verloren hat. Am liebsten würde ich mir die Ohren zuhalten, laut summen und denken: »Ich höre euch nicht. Wenn ich es nicht höre, ist es nicht echt.« Aber wem mache ich etwas vor? Es ist tatsächlich so, dass meine Eltern nur noch streiten. Die ganzen Sorgen, all die Gedanken, die ich mir dazu gemacht habe: Ich habe dieses Gespräch kommen sehen. Und doch habe ich diese kindliche Seite in mir, die trotzig die Arme verschränken will, um das alles nicht zuzulassen. In diesem Moment kann ich nicht die fast volljährige, verständnisvolle Tochter sein, sondern fühle mich wieder wie ein kleines Mädchen.

»Deine Mutter und ich, wir haben entschieden, uns zu trennen.«

Boom. Die Bombe explodiert, ich spüre die Wucht, höre das Dröhnen auf den Ohren. Obwohl ich auf die Explosion vorbereitet war, trifft sie mich dennoch mit voller Wucht.

»Was?«, frage ich, obwohl ich genau verstanden habe. Es ist wie ein Reflex, aus dem Wunsch heraus, beim zweiten Mal doch etwas anderes zu hören.

»Ich weiß, das ist ein Schock«, sagt mein Vater. »Aber es funktioniert einfach nicht mehr.«

»Und da habt ihr euch gedacht, ihr zerstört unsere Familie? Einfach so? Es gibt doch Möglichkeiten, die Dinge zu ändern ... eine Eheberatung zum Beispiel.«

»Wir haben darüber gesprochen, aber das ist für uns keine Option. Es reicht einfach nicht«, sagt meine Mutter. »Dein Vater wird ausziehen.« Tränen rollen ihr über die Wange. Auch ich spüre, wie mir Tränen aufsteigen. Ich habe das Gefühl, nicht richtig atmen zu können, irgendetwas steckt in meinem Hals, ich bekomme keine Luft. Mein Vater bemerkt es und kommt auf mich zu. Er legt seine Hand auf meinen Rücken, aber ich taumle rückwärts und schüttle den Kopf.

»Lass mich«, sage ich. Und dann eile ich zur Tür. Ich höre meine Eltern nach mir rufen, ich warte fast, dass einer der beiden mich aufzuhalten versucht, aber sie kennen mich. Sie wissen, dass ich für solche Dinge Zeit brauche. Ich bin nicht gut in so etwas, ich bin nicht gut im Denken, wenn um mich herum alles einstürzt. Ich brauche Zeit. Und Ruhe. Und Bea.

Karsten öffnet mir die Tür. Emma kommt sofort angelaufen und springt mir um die Beine, um mich zu begrüßen. Schniefend bücke ich mich und kraule Emma, bis sie zufrieden davonläuft. Karstens Blick huscht von meinen geschwollenen Augen zu meiner feuerroten Nase. Es ist so offensichtlich, dass ich geheult habe, dass wir gar nichts sagen müssen. Er fragt nicht, was mit mir los ist. Ich sehe ihm zwar an, dass er neugierig ist, aber er kennt mich gut genug, um nichts dazu zu sagen. Stattdessen tritt er zur Seite, um die Tür frei zu machen.

»Bea ist auf dem Dachboden«, sagt er. Natürlich ist sie das. Bea ist ständig da oben, seit ihre Eltern ihr vor zwei Jahren den Boden zu einem kleinen Trainingsraum umgebaut haben. Sie hatte sich so lange einen Proberaum gewünscht, und der große Dachboden wurde vorher nur als Rumpelkammer genutzt, obwohl er durch die große Fläche und die hohe Decke ideal ist, um sich darin zu bewegen. Bea hat den Proberaum dann zu Weihnachten bekommen: eine Spiegelwand, eine Musikanlage, Eierkartons an den Wänden und eine Stange, mehr braucht es nicht, um Bea glücklich zu machen.

Ich schlüpfe aus meinen Schuhen und gehe die Treppe hinauf, bis ich zur Dachbodenluke komme. Am Anfang bin ich die kleine Leiter immer nur langsam hochgeklettert, weil die Stufen so klein sind, dass meine riesigen Füße kaum Halt darauf finden. Aber inzwischen besteige ich die Leiter mit Leichtigkeit.

Aus den Boxen dröhnt die Musik vom Nussknacker. Bea hat einen Teddybären in der Hand, der offensichtlich als Ersatz für den Nussknacker dient, und übt das Solo. Trotz der Trauer und der Wut in mir bemerke ich, wie wundervoll Bea sich bewegt. Seit der letzten Probe hat sie es geschafft, Magie in jede einzelne ihrer Bewegungen fließen zu lassen, wie nur Bea es kann. Es sieht nicht mehr anstrengend aus, nicht mehr wie eine Aneinanderkettung von Tanzabfolgen. Die Übergänge sind fließend, alles wirkt leicht. Nichts erinnert an die schweißtreibenden Proben oder die blutigen Füße, nichts daran, wie viel Druck sich Bea wegen der Aufführung macht.

Eine Weile stehe ich unbemerkt an der Leiter und sehe Bea zu. Ich will sie nicht unterbrechen. Diesen magischen Moment zu stören, erscheint mir falsch und egoistisch, wo ich doch auf ihren Lippen dieses Lächeln sehe. Ich lächle auch, während ich sie beobachte, und trotzdem rinnen die Tränen ungehindert über meine Wangen. Die Rolle der Clara verkörpert so viel Naivität, dass ich mich in ihr wiederfinde, weil ich so naiv gewesen bin, zu glauben, meine Eltern würden über ihren Streitereien stehen. Hinter all den Sorgen habe ich tief im Innern gedacht, Streitereien könnten wahre Liebe nicht zerstören. Es schmerzt, dass das Kind in mir nun einen Schlag abbekommen hat und erwachsen werden muss. Ich muss die Welt voller Zuckerwatte und Regenbogen verlassen und in die reale, grausame Welt eintauchen, in der Ehen auseinanderbrechen und Väter die Familie verlassen.

Die Musik verstummt, Beas unsichtbarer Vorhang fällt. Und dann schluchze ich laut auf. Bea zuckt zusammen und dreht sich zu mir um.

»Jo?«, fragt sie erschrocken und geht auf mich zu. Ihre Spitzenschuhe klatschen bei jedem Schritt auf den Dielenboden. »Was ist los?«

Ich antworte nicht, sondern schluchze noch mal auf, bevor ich sie umarme und meinen Kopf auf ihre Schulter lege. Ihr Geruch dringt in meine Nase. Die mir bekannte Mischung von Apfelshampoo und Babypuder, was sie jeden Abend zu einer Gesichtsmaske anrührt, seit sie vor einem Jahr gelesen hat, es würde dem Gesicht überschüssiges Fett entziehen. Ich liebe den Geruch. Er lullt mich ein, ich fühle mich direkt geborgen.

Bea lässt mir so viel Zeit, wie ich brauche. Sie bohrt nicht nach, stellt keine Fragen, sondern lässt mich einfach weinen, bis mein Kopf so stark schmerzt, dass ich mich fühle wie von einem Schlaghammer getroffen und mir Rotz aus der Nase läuft. Nichts, was Bea noch nicht gesehen hat. Ein Vorteil von langen und festen Freundschaften: Nichts schreckt ab, nichts ist zu viel. Man ist, wie man ist. Egal ob mit fettigen Haaren, verrotzter Nase, ob mit Fieber und Schüttelfrost.

»Tut mir leid wegen diesem Überfall«, sage ich irgendwann und löse mich von ihr, um mir geräuschvoll die Nase zu putzen.

»Hör auf, dafür bin ich doch da«, sagt Bea. Sie sieht zu Boden, ich verstehe auch ohne Worte, dass sie mir anbietet, mich mit ihr hinzusetzen. Ich bin hin- und hergerissen zwischen dem Bedürfnis, ihr alles zu erzählen, und dem Wunsch, alles zu verdrängen. Ich bin eine Künstlerin im Verdrängen, ich habe diese Eigenart perfektioniert. Ich könnte jetzt die Musik anschalten und so lange tanzen, bis ich mir selbst eingeredet habe, dieses Gespräch mit meinen Eltern hätte nie stattgefunden und alles würde gut werden. Aber letztendlich muss ich mir eingestehen, dass genau dieses Verhaltensmuster wohl dazu geführt hat, dass mich das Gespräch so geschockt hat, weil ich den ganzen Streit meiner Eltern verdrängt habe. Und nun ist dieses sorgsam aufgebaute Kartenhaus aus Wunschdenken zusammengestürzt.

»Meine Eltern«, schluchze ich. Ich muss es aussprechen, damit ich mir nicht länger einreden kann, es würde nicht geschehen. Ich muss kapieren, dass es real ist.

»Was ist mit ihnen?«, fragt Bea nach.

»Sie trennen sich. Sie haben es mir gerade gesagt.«

Beas Hand legt sich auf meine, ihr Daumen kreist über meinen

Handrücken. Die Berührung beruhigt mich ein wenig, sie sorgt dafür, dass die Kälte in mir ein wenig nachlässt.

»Das tut mir so leid«, sagt Bea. »Kann ich irgendwas tun?«

»Kann ich hier schlafen? Ich will jetzt nicht nach Hause.«

Bea nickt. »Natürlich. Du kannst immer hier schlafen, das weißt du doch.«

Alleine diese Worte zu hören und Beas Freundschaft zu spüren, lässt mich erneut weinen. Ich falle ihr in die Arme und gebe mich meinen Gefühlen hin.

Zwei Stunden später sitze ich mit Bea auf ihrem Bett. Im Zimmer ist es dunkel, nur ein paar Kerzen spenden Licht und geben Beas Raum eine gemütliche, tröstliche Stimmung. Bea hat diesen Kerzen-Tick. Überall stehen Teelichter, Kerzenständer und Windlichter, als wären wir in einem Raum ohne Strom. Sie liebt den Geruch von geschmolzenem Wachs und Streichhölzern, dabei ist es auch egal, ob wir Sommer oder Winter haben. Für Bea ist immer Kerzenzeit.

Ich trage eine Jogginghose von Karsten, weil mir Beas Sachen nicht passen. Sie ist zu zierlich, mit meinen Rundungen passe ich nicht hinein. Neben mir steht eine Tasse Früchtetee, den Veronika mir gemacht hat. Sie hat nicht nachgefragt, wieso es mir schlecht geht, aber es ist ihr nicht entgangen, dass ich Kummer habe.

Auch wenn ich mich beruhigt habe, spüre ich die Trauer und die Verwirrung noch tief in mir. Es hat sich wie ein Stein in meinem Innersten abgelegt, und ich bin mir sicher, dass die Gefühle noch mal hochkochen werden. Es ist nicht wie ein Tsunami, der sofort alles mit sich reißt, sondern es kommt in stetigen Wellen, und ich weiß nie, wann eine neue Welle kommt und wie groß sie sein wird.

»Sollen wir darüber sprechen?«, fragt Bea nach einer Weile. Ich habe ihr noch nicht viel gesagt, ich schaffe es einfach nicht, darüber zu sprechen, also schüttle ich nur den Kopf.

»Oder sollen wir einen Film gucken?«

Diesmal nicke ich. Bea steht auf und streamt *Step up to the Streets*, weil sie genau weiß, dass es mein Lieblingstanzfilm ist. Sie legt ihren Arm und mich und zieht mich enger zu sich. Mein Kopf ruht jetzt auf Beas Schulter, ihre Finger tänzeln über meinen Oberarm. Zusammen mit der Decke, die um meine Beine geschlungen ist, und ihrer Körperwärme fühle ich mich direkt geborgen. Es tut gut, ihren Duft einzuatmen und ihren Herzschlag zu spüren.

Ich kuschele mich noch ein wenig näher an sie und versuche mich auf den Film zu konzentrieren und alle blöden Gedanken auszublenden.

Kapitel 5

Der Schultag zieht an mir vorbei. Ich bin wie ein Zombie, mein Kopf ist voller Fragen und gleichzeitig so leer, dass ich keinen klaren Gedanken fassen kann. Es ist, als würde ich versuchen, Seifenblasen zu fangen. Immer dann, wenn ich einen Gedanken greifen will, zerplatzt er oder fliegt davon. Und es sind so viele, dass ich nicht weiß, welchen Gedanken ich zuerst nachgehen sollte.

Als es zum Schulende läutet, stehe ich unschlüssig im Klassenzimmer. Bea steht neben mir, niemand von uns sagt etwas, wir stehen einfach nur da.

»Ich kann noch nicht nach Hause«, sage ich endlich.

»Ich weiß«, sagt Bea nur. Sie kennt mich gut, sie versteht, dass ich noch nicht so weit bin, mich mit der Trennung meiner Eltern auseinanderzusetzen. Ich brauche noch Zeit, brauche Abstand.

»Du kannst so lange bei uns bleiben, wie du willst.«

»Ich brauche Sachen.«

»Ich kann welche holen.«

Dann bewege ich mich endlich Richtung Ausgang. Wir gehen gemeinsam zu meinem Roller. Ich bin nicht sicher, ob ich in dieser Verfassung fahren sollte, aber wir setzen uns trotzdem drauf und fahren los. Ich halte eine Straßenecke entfernt, damit ich nicht zufällig auf meine Eltern treffe. Eigentlich müssten sie noch auf der Arbeit sein, aber jetzt ist alles anders, die Welt ist in Schräglage. Vielleicht arbeitet mein Vater ein paar Tage nicht, um seinen Umzug vorzubereiten? Wer weiß das schon?

Bea nimmt sich den Haustürschlüssel und geht los. Ich warte wie ein feiges Huhn versteckt hinter einem großen Baum, aber ich kann gerade einfach keinen von ihnen treffen.

Quälende zwanzig Minuten später kommt Bea zurück, in der Hand meine Reisetasche.

»Karin und Günther waren nicht da.«

»Ach so.« Ich nehme die Tasche entgegen.

»Aber ich habe ihnen einen Zettel geschrieben, damit sie sich keine Sorgen machen und wissen, wo du bist. Auch wenn sie sich das denken können.«

»Danke.« Ich seufze schwer. Plötzlich habe ich wieder das Gefühl, gleich weinen zu müssen. Karin und Günther. Bea sagt das so, als wären die beiden noch ein Paar. Dabei wird es ab jetzt Karin *oder* Günther heißen. Zwei getrennte Menschen, keine Familie mehr.

Ich schüttle den Gedanken ab und fahre los. Weg von meiner Wohnung, hin zu meinem zweiten Zuhause – dort, wo ich noch Teil einer Familie sein kann, auch wenn es nicht meine eigene ist. Wenigstens muss ich mich hier für niemanden entscheiden.

Es ist Freitagabend. Drei Tage sind vergangen, aber ich fühle mich noch nicht besser. Meine Mutter hat mir ein paar Mal geschrieben, doch ich antworte ihr nicht. Ich gehe auch nicht ans Telefon, wenn sie anruft. Von Veronika weiß ich, dass sie auch bei ihnen angerufen hat, und Veronika hat ihr gesagt, dass es mir gut geht und ich noch Zeit brauche. Von meinem Vater habe ich nichts gehört. Vielleicht ist er schon längst über alle Berge. Ich fühle mich von beiden verraten. Es heißt zwar immer, dass Eltern sich nur voneinander scheiden lassen, nicht von den Kindern – aber dass mein Vater auszieht, fühlt sich an, als hätte mein Vater auch entschieden, mich zu verlassen. Als wäre ich ihm egal. Als wäre ihm unsere ganze Familie egal. Wie sonst kann er einfach so entscheiden, zu gehen, ohne auch nur eine Eheberatung auszuprobieren? Es ist, als würde man einen Marathon laufen und dann zwei Kilometer vorm Ziel einfach aufgeben. Die beiden sind seit zwanzig Jahren verheiratet. Das muss doch etwas bedeuten. Immer dann, wenn ich Veronika und Thomas ansehe, weiß ich, dass es richtig wäre, wenn meine Eltern kämpfen würden.

Immer wieder haben sie mir gesagt, ich müsse an mir arbeiten und einfach durchhalten, ob es nun ein kniffliges Training oder eine schlechte Note in der Schule war. Aber letztendlich waren das nur Lügen. Sie selbst arbeiten nicht daran, sie werfen einfach die Flinte ins Korn. Es macht mich stinkwütend. So wütend, dass ich sofort wieder weinen möchte, weil es nicht in einen Schädel geht, dass meine Eltern so entschieden haben.

Jeden Abend liegen Bea und ich in ihrem Bett, mein Kopf auf ihrer Brust. Sie an meiner Seite zu wissen, ist das Einzige, was mich aufrechterhält. An den Abenden, an denen ich vor lauter Gedanken nicht einschlafen kann, schafft es ihr gleichmäßiger Atem, mich abzulenken und zu beruhigen. Ich wünschte, ich könnte einfach hier bleiben: ein Teil von Beas Familie, in einer heilen Welt voller Spieleabende, gemeinsamer Abendessen und Alles-wird-wieder-gut-Tees von Veronika. Einfach eins sein mit Bea, meiner Vertrauten, meiner Seelenverwandten. Sie versteht mich einfach ... selbst dann, wenn ich gar nichts sage. Sie weiß, wann ich Ruhe oder Berührungen brauche, und sie weiß auch, wann mir nach Reden zumute ist.

Das Zimmer ist nur durch eine kleine Lampe beschienen. Es ist noch früher Abend, aber trotzdem haben wir schon unsere Schlafsachen an. Unsere Gesichter liegen nah beieinander, damit wir leise miteinander sprechen können, ohne dass Karsten im Zimmer nebenan unsere Stimmen hört.

»Weißt du noch, als du vor zwei Jahren unbedingt blaue Strähnen haben wolltest und ich dich ins Zimmer einsperren musste, um es zu verhindern?« Beas Stimme ist nur ein Flüstern, während wir uns Anekdoten aus unserer Freundschaft erzählen.

»Damals war ich total wütend auf dich, aber inzwischen bin ich dir einfach nur dankbar.«

»Hätte sicherlich furchtbar ausgesehen.«

Ich lächle. »Dafür habe ich dich davon abgehalten, diesem einen Typ einen Liebesbrief zu schreiben. Dieser Typ aus der Eisdiele, der eine Freundin hatte. Wie hieß der noch mal? Marc?«

»Marc Graum. Gott, war ich damals verblendet. Der ist doch so ein Angeber.«

»Gut, dass ich dich davor bewahrt habe, diesen Fehler zu begehen.«

Bea nickt. Dann nimmt sie meine Hand in ihre und drückt sie leicht. »Du bist halt immer da, wenn ich dich brauche.« Die Art, wie sie es sagt, lässt mich schlucken. Die Atmosphäre verändert sich. So ist es in den letzten Tagen immer: In einem Moment bin ich fröhlich und ausgelassen und im nächsten wieder nachdenklich und dankbar.

»Und du bist immer für mich da«, sage ich ernst.

Ich gucke Bea direkt ins Gesicht. In dem Licht der Lampe sehen ihr hellblauen Augen viel dunkler aus als sonst. Ich mustere ihr Muttermal und ihre blonde Haarsträhne, die sich aus dem Dutt gelöst hat und nun in ihr Gesicht fällt, und spüre so viel Verbundenheit mit diesem Mädchen, so viel Dankbarkeit.

»Die letzten Tage waren wirklich hart für mich. Danke, dass ich hier schlafen konnte.«

»Dafür musst du dich doch nicht bedanken. Ich bin deine beste Freundin, es ist mein Job, mich um dich zu kümmern, wenn es dir schlecht geht. Du hättest das für mich auch gemacht.«

Ich nicke und rücke noch ein wenig näher, sodass Bea und ich fast Stirn an Stirn liegen.

»Ich bin dir trotzdem dankbar«, sage ich leise. »Ich glaube, ohne dich würde ich gerade verrückt werden. Nach allem, was passiert ist, ist es gut, einen Ort zu haben, an dem ich zur Ruhe kommen kann. Und ich bin einfach gerne in deiner Nähe.«

Wie von alleine schiebt meine freie Hand Bea die Haarsträhne hinter das Ohr. Meine Fingerspitzen streifen ihre Wange, Bea sieht mich an. Obwohl ich ihre Augen schon so lange kenne, fällt mir das erste Mal auf, wie schön sie sind – hellblau, mit einem kleinen, fast goldenen Fleck im linken Auge.

»Ich weiß wirklich nicht, was ich ohne dich machen würde«, flüstere ich. Ich sehe Bea schwer schlucken, sie ist mir so nah, dass nur noch wenige Millimeter zwischen uns sind, ich kann jede einzelne ihrer dichten Wimpern zählen.

»Ich wüsste auch nicht, was ich ohne dich machen soll«, flüstert sie zurück. Sie sieht mich immer noch an, unsere Nasenspitzen berühren sich, und ich verliere mich in dem Gefühl von Geborgenheit, verliere mich in dem Blau ihrer Iris. Meine Hand verharrt an ihrer Wange, und mein Gehirn setzt aus. Ich denke nur noch daran, wie schön sie ist und wie gerne ich ihre Nähe mag …

Plötzlich treffen sich unsere Lippen. Ihre sind weich, ganz anders als alle Lippen, die ich bisher geküsst habe. Ich spüre ihren warmen Atem, als sie überrascht seufzt. Bei diesem Geräusch breitet sich eine Gänsehaut auf meinen Armen aus. Es fühlt sich gut an, so gut, dass ich die Augen schließe, um mich auf dieses Gefühl zu konzentrieren. Bea rutscht noch näher zu mir, unsere Körper berühren sich, bis ein Kribbeln durch meinen Körper jagt. Ich spüre diesen Kuss mit jeder Faser. Ich nehme Beas Duft wahr, spüre, wie ihre Hand plötzlich zu meiner Hüfte rutscht und sie festhält. Es ist berauschend.

In dem Moment, wo unsere Zungen sich treffen, Bea noch mal aufseufzt und ich das Gefühl habe, als stünde alles unter Strom, setzt mein Verstand wieder ein. Mein Herz hämmert – ein Zustand, der diesmal damit zu tun hat, dass mir klar wird, was hier gerade läuft. Ich küsse gerade Bea. Bea, ein Mädchen, meine beste Freundin, verflucht noch mal!

Keuchend löse ich mich von ihr. Ohne sie anzusehen, stolpere ich aus dem Bett und packe meine Sachen zusammen. Da ich aus der Tasche gelebt habe, geht es schnell.

»Was hast du vor?«, fragt Bea. Sie ist noch atemlos, ihre Wangen sind leicht gerötet, aber ich schaffe es nicht lange, sie anzusehen. In meinem Kopf ist Chaos ausgebrochen. Ich denke immer nur: Es ist Bea! Bea! Dabei versuche ich, meinen Körper zu beruhigen, der immer noch kribbelt.

»Ich muss weg«, sage ich. Ohne ein weiteres Wort stürme ich aus ihrem Zimmer. Auf der Treppe treffe ich Karsten, er fragt mich, was los ist und warum ich es so eilig habe, aber ich antworte ihm nicht. Ich verlasse das Haus, als wäre der Teufel hinter mir her.

Kapitel 6

Fuck. Was war das? Ich lehne mich an eine Hauswand, um meine Atmung zu beruhigen und die Gedanken zu sortieren. Rast mein Herz, weil ich gelaufen bin, oder liegt es noch am Kuss?

Ein Kuss.

Mit Bea.

Meiner besten Freundin.

Was zum Teufel ist in uns gefahren? In mich. Ich habe doch angefangen, oder nicht? War ich es, die den Kuss begonnen hat, oder Bea? Ich versuche, mir die Situation ins Gedächtnis zu rufen, aber alles ist voller Nebel. Ich kann nicht klar denken, ich stecke tief drin in einem Sumpf, nicht fähig, mich aus der dickflüssigen Brühe zu befreien. Ein Sumpf voller Ängste, ausgelöst durch diese Situation gerade, weil ich niemand bin, der Mädchen küsst.

Vor drei Jahren habe ich einmal mit Lea Heine geknutscht, aber es war pubertär und bedeutungslos gewesen. Wir hatten es hauptsächlich getan, um die Jungs scharfzumachen, weil es doch immer heißt, die würden auf so was stehen, und wir Lust darauf hatten, sie damit ein bisschen aus der Reserve zu locken. Es war nichts dabei, es war einfach ein bisschen Knutschen. Wir haben es einfach getan, ohne Bedeutung, ohne körperliche Reaktionen darauf. Klar war dieser Kuss schön, weil Küsse nun mal meistens schön sind, aber er hat mich nicht berührt. Es war nur Strategie gewesen. Aber das mit Bea? Das war anders. Mein Körper hat reagiert. Alles hat reagiert. Sogar mein Kopf, der laut »Ja« gebrüllt hat, obwohl er doch eigentlich »Nein« rufen sollte, wenn ich mit meiner besten Freundin knutsche. Weil es nicht geht. Auf so vielen verschiedenen Ebenen geht es nicht.

Erstens ist Bea ein Mädchen. Und ich stehe nicht auf Mädchen. Ich bin eine, die Jungs mag. So war es schon immer.

Ich habe zuvor nie an Mädchen gedacht, in keiner Weise. Schon in der Grundschule war ich total in einen Jungen verschossen – Ole Grasshof. Ich habe ihm einen Liebesbrief geschrieben, den er vor meinen Augen zerrissen hat, weil er mich doof fand. In der fünften Klasse hatte ich meinen ersten Kuss mit einem Jungen aus meinem Hip-Hop-Kurs. Seit der Siebten war ich immer wieder auf Partys, ich habe Jungs geküsst, manchmal sogar ein bisschen mehr. Mit fünfzehn bin ich dann mit Leon zusammengekommen und hatte mein erstes Mal, auf das viele weitere Male mit ihm folgten. Und es war gut. Wirklich gut. An Mädchen habe ich dabei nie gedacht, nicht im Entferntesten. Es passt einfach nicht zu mir.

Zweitens ist es Bea. Sie ist doch wie eine Schwester für mich, oder?

Drittens hat das gerade vermutlich alles zerstört. Freunde küssen sich nicht, das ist einfach ein ungeschriebenes Gesetz. Ein Begrüßungsküsschen auf die Wange vielleicht, meinetwegen auch auf den Mund. Aber so was war das nicht. Niemals könnte dieser Kuss unter diese Kategorie fallen. Dafür war er zu ... ich kann es kaum denken. Alle Worte, die mir einfallen, klingen falsch.

Ich schüttle den Kopf, schüttle alles ab. Dann laufe ich los. Meine Schritte hallen durch die dunklen Straßen, die nur von den schwachen Laternen beschienen werden. Hin und wieder fährt ein Auto an mir vorbei und taucht den Weg vor mir kurz in Licht, aber ansonsten kreuzt niemand meinen Weg. Ich nehme jede meiner Bewegungen bewusst war, laufe durch Pfützen, die der letzte Regen hinterlassen hat. Es ist reinigend und gibt mir das Gefühl, ich könnte vor allem davonlaufen. Tief im Innern weiß ich, dass ich irgendwann anhalten muss und dann meine Probleme noch immer meine Probleme sein werden. Der Kuss wird noch ein Kuss sein, Bea wird noch Bea sein. Aber für den Moment tut es gut, das alles zu vergessen, als wären meine Gedanken noch an der Häuserwand und ich wäre ihnen schon einen Kilometer voraus.

Vor unserem Wohnhaus bleibe ich stehen. Ich starre auf die Wohnung in der obersten Etage. Unsere Wohnung. Es brennt kein Licht. Ich könnte einfach raufgehen, mich auf meine Kissen schmeißen und schlafen gehen. Aber ich kann nicht. Ich stehe nur da, starre auf die dunklen Fenster und rühre mich nicht, denn selbst wenn der Kuss und all die Gedanken, die um ihn kreisen, noch an der Häuserwand sind und mich noch nicht eingeholt haben; dieses Problem mit meinen Eltern ist da. Es hat hier auf mich gewartet, für einen kurzen Moment hat der Kuss es geschafft, mich alles vergessen zu lassen, aber jetzt sieht mir mein anderes Problem direkt ins Gesicht. Als würden wir dieses Spiel spielen, bei dem man sich so lange anstarrt, bis einer blinzelt. Wer hat den längeren Atem? Wer knickt ein? Ich weiß, dass ich es sein werde. Ich bin diejenige, die verlieren wird und die wieder von ihren Gefühlen übermannt wird. Deswegen stehe ich nur da.

Ich habe keine Ahnung davon, was mich da oben erwarten wird. Ist Papa schon weg? Oder schläft er auf der Couch und wartet darauf, noch mal über alles reden zu können? Wird es überhaupt helfen, darüber zu reden, wenn es doch nichts ändert, wenn doch eh schon alles feststeht?

Ich kann nicht nach oben gehen, um es herauszufinden. Und ich kann nicht zurück zu Bea. Also stehe ich hier und versuche, die Tränen, die sich anbahnen, wegzuatmen. Ich versuche, mir das hier nicht über den Kopf wachsen zu lassen. Aber der Kuss mit Bea, die Angst, damit alles zerstört zu haben, und die Frage, was das zu bedeuten hat, sind die letzten Tropfen in einem Fass, das ohnehin schon dabei war, überzulaufen. Die Tränen lassen sich nicht mehr zurückhalten. Jetzt läuft das Fass über, ich habe bereits das Gefühl, in einer Pfütze zu stehen. Bald werde ich ertrinken.

In einer letzten Verzweiflung krame ich mein Handy aus der Hosentasche. Für einen kurzen Moment bin ich enttäuscht, keine Nachricht von Bea zu sehen, auch wenn ich eigentlich keine erwartet habe. Dann scrolle ich durch meine Kontakte, warte auf eine Eingebung, zu wem ich gehen könnte. Wäre dieser Kuss nicht gewesen, wäre meine erste Wahl Leon, mein Ex-Freund. Weil er immer für mich da ist und weil seine Eltern locker genug drauf sind, um eine nächtliche Streunerin aufzunehmen. Aber es würde auch alles noch komplizierter machen, weil Leon eben Leon ist und wir unsere Vergangenheit haben, von der er sich immer noch wünscht, sie wäre weiter Gegenwart. Ich brauche nicht noch einen Kuss, nicht noch jemanden, der alles nur noch schwieriger macht. Und offenbar neige ich in verletzlichen Situationen dazu, etwas zu emotional auf Freundschaft zu reagieren. Das ist zumindest die einzige Erklärung für das Bea-Debakel, die ich momentan akzeptieren kann.

Dann fällt mir Nicole ein. Wir sind Freunde, zwar nicht besonders enge, aber ich habe ihr vor einem halben Jahr dabei geholfen, ihren nächtlichen Rotwein-Absturz zu tarnen, indem ich ihrer Mutter erzählt habe, sie wäre bei mir. Sie schuldet mir also etwas.

Zwei Stunden später liege ich bei Nicole im Bett. Ihr Atem geht regelmäßig, hin und wieder seufzt oder schmatzt sie leise, und ich genieße die Geräusche, weil sie mir dabei helfen, meine Gedanken zu sortieren. Es hilft, jemanden in meiner Nähe zu wissen. Wenn ich jetzt alleine wäre, würde ich wieder in den Gedanken-Strudel geraten und mich im Kreis drehen und drehen und dabei vergessen zu atmen. Aber die Geräusche von Nicole sind wie kleine Rettungsringe. Wann immer ich sie höre, kann ich danach greifen und mich aus dem Strudel befreien, um mich auf das Wesentliche zu konzentrieren.

Um mich kreisen so viele Gedanken, so viele Wörter. Papa. Mama. Familie. Auszug. Bea. Kuss. Freundschaft. Kuss. Immer wieder dieser Scheiß-Kuss.

Ich drehe mich zu Nicole und starre auf ihren Rücken. Vielleicht sollte ich aufhören, mir so einen Kopf zu machen. Vielleicht bedeutet dieser Kuss gar nichts. Es war nur ein kurzer Moment, und ich habe dabei etwas gespürt. Aber wer sagt, dass diese Gefühle nicht tiefe Freundschaft bedeuten? Freundschaft ist doch wie Liebe, Freundschaft ist tief.

Besonders so eine Freundschaft wie die zwischen Bea und mir. Mädchenfreundschaften haben doch ohnehin eine besondere Dynamik. Mädchen sind viel offensiver darin, ihre Zuneigung zueinander zu zeigen, ständig wird sich umarmt, es wird Händchen gehalten. Alle Mädchen tun das. Könnte der Kuss auch zu so einer Dynamik gehören?

Begleitet von Nicoles Seufzen, entschließe ich mich dazu, den Kuss unter »Freundschaftsbekundung in einem schwachen Moment« abzustempeln. So werde ich das Bea erklären. Kein Grund zur Panik, kein Grund, sich komisch zu fühlen. Der wahre Grund, um sich zu sorgen, ist die Situation in meiner Familie, das ist es, worum ich mich jetzt kümmern sollte.

Ich starre in meinen Kaffee. Eigentlich mag ich Kaffee nicht, selbst mit jeder Menge Zucker ist mir das Zeug zu bitter. Aber nachdem ich in der Nacht kein Auge zugetan habe, brauche ich Koffein. Ich glaube, es ist heute das Einzige, was mich irgendwie durch den Tag bringt.

»Du siehst furchtbar aus«, kommentiert Nicole. Sie hat ihren Kaffee längst getrunken – ohne Zucker, einfach schwarz. Mich schüttelt es bereits bei dem Gedanken.

»Ich konnte nicht schlafen.«

»Wegen mir? Habe ich geschnarcht? Meine Mutter sagt, ich schnarche manchmal.«

»Nein. Daran lag es nicht.«

»Verstehe.« Nicole mustert mich. »Willst du sagen, was los ist? Ich meine, irgendetwas muss ja gewesen sein, wenn du so spät hier auftauchst.«

»Streit mit meinen Eltern«, murre ich und nippe an meinem Kaffee. Sofort verziehe ich das Gesicht.

»Aber wieso bist du nicht zu Bea gegangen?«

Alleine der Klang ihres Namens lässt meinen Magen sich zusammenziehen. Wird es jetzt immer so sein?

»Sie ist übers Wochenende nicht da«, lüge ich schnell. Nicole hinterfragt diese Aussage zum Glück nicht.

»Ich wollte gleich ein bisschen trainieren. Machst du mit?« Ich nicke.

Eine halbe Stunde später stehen wir im Keller. Nicole hat hier einen kleinen Fitnessraum eingerichtet. An der Wand klebt Spiegelfolie, sodass man sich sehen kann, auch wenn das Bild optisch ein wenig verzerrt wirkt. Wir beginnen uns aufzuwärmen, Nicole auf dem Crosstrainer, ich auf dem Laufband. Bereits nach den ersten Minuten merke ich, wie gut mir die Bewegung tut. Meine Gedanken schweifen zwar immer noch zu Bea und dem Kuss, aber sie wirken nicht mehr so gewaltig auf mich, als könnte ich sie nun besser sortieren. Während mir der Schweiß über die Schläfen läuft, wird mir bewusst, dass ich mich nicht ewig bei Nicole verstecken kann, auch wenn ich gerne würde. Aber die Realität wird mich einholen – sowohl bei der Sache mit Bea als auch bei der Sache mit meinen Eltern. Ich kann nicht immer alles verdrängen.

Nicole steigt vom Crosstrainer und dreht die Musikanlage noch ein wenig auf. Ich erkenne das Lied sofort. *Black Shoes* von *The Films*. Eigentlich ist mir die Musik zu rockig, aber ich erinnere mich daran, wie Nicole und ich auf ihrer Geburtstagsparty darauf getanzt haben. Ich stoppe das Laufband und trete neben Nicole, die sich vor den Spiegel gestellt hat. Wir beide grinsen uns an, mehr Zeichen braucht es für uns nicht. Die Schritte, die wir uns letztes Jahr im halb betrunkenen Zustand ausgedacht haben, sind alle noch in meinem Kopf. Ich hatte schon immer ein gutes Gedächtnis, wenn es um Tanzschritte und Songtexte geht. So etwas vergesse ich nicht, als hätten sich jedes einzelne Wort und jeder Schritt in mein Gehirn gebrannt.

Nicole nimmt meine Hand und dreht mich. Ich drehe perfekte Pirouetten, aber das Schöne ist, dass mich niemand beurteilt. Wir tanzen einfach, weil wir Lust darauf haben, und mischen alle Tanzstile zusammen, bis es ein buntes Knäuel aus Bewegungen ist. Nicole löst ihr Haargummi und schüttelt ihre Haare. Ich drehe Pirouetten um sie herum, bis mir schwindelig wird. Obwohl ich dachte, mein Lachen auf der Strecke zu Nicole verloren zu haben, breitet sich ein Lächeln auf meinen Lippen aus. Die Bewegungen werden wie eine Droge, das Adrenalin und die Glückshormone pumpen durch meinen Körper und machen mich high. Ich konzentriere mich auf das berauschende Gefühl, alles loszulassen, bis die Musik immer verrückter wird. Das Lied schwingt in schrille Gitarrenklänge um, die nicht mehr tanzbar sind, aber das kann Nicole und mich nicht stoppen. Wir beginnen zu springen und unsere Haare zu schwingen. Im Spiegel erhasche ich einen Blick auf uns. Wir sehen absolut bescheuert aus, aber das stachelt mich nur noch mehr an, weil es so guttut, mir für ein paar Minuten keine Gedanken zu machen. Nach dieser schrecklichen Nacht ist es genau das Richtige. Es ist besser als jeder Kaffee, besser als alles.

Der Mut, den ich durch das Tanzen bekommen habe, sackt in dem Moment wieder ab, als ich den Schlüssel im Schloss umdrehe und unsere Wohnung betrete. Sofort ist alles wieder da: die Wut, die Trauer und vor allem die Sorge darüber, wie mein Leben nun sein wird. Meine Mutter kommt in den Flur. Mit Schrecken stell ich fest, wie mitgenommen sie aussieht. Anscheinend geht es ihr mit dieser Situation nicht besonders gut. Sie wirkt blass, und irgendwie ausgezerrt. Hat sie in den letzten Tagen genug gegessen? Genug geschlafen hat sie den Augenringen nach zu urteilen zumindest nicht.

»Du bist wieder da«, sagt sie. Tränen schimmern in ihren Augen und verursachen mir einen Kloß im Hals. Meine Mutter zieht mich in ihre Arme, ihre Umarmung ist fest, als würde sie sich an mich klammern und sich Kraft und Halt von mir holen. Auf einmal habe ich ein schlechtes Gewissen. Bei meiner Flucht habe ich nur an mich gedacht. Dass es meinen Eltern mit dieser Trennung auch schlecht geht und meine Mutter unter Umständen hier alleine in der Wohnung hängt und trauert, habe ich gar nicht bedacht.

»Tut mir leid, dass ich abgehauen bin«, flüsterte ich ihr ins Ohr.

Meine Mutter löst sich von mir und schüttelt den Kopf. »Es muss dir nicht leidtun. Ich weiß, was für ein Schock es für dich war.«

Ich setze meine Tasche ab. »Ist Papa noch hier?« Meine Stimme ist leise, ich traue mich kaum, die Frage zu stellen. Sofort steigen wieder Tränen in den Augen meiner Mutter auf.

»Er ist erst mal zu Onkel Holger gefahren und schläft dort im Gästezimmer, bis er eine Wohnung hat. Es hat sich einfach nicht richtig angefühlt, dass er hier ist, wo wir uns doch für die Trennung entschieden haben.«

»Verstehe.« Jetzt ist mir auch wieder zum Heulen zumute. »Wann sehe ich ihn denn wieder?«

Meine Mutter führt mich zum Sofa, wo wir uns gemeinsam in die Kissen kuscheln. Sie legt behütend einen Arm um mich.

»Du kannst ihn sehen, wann immer du willst. Du musst ihn nur anrufen. Es ist eine Trennung von mir, nicht von dir.«

Das sagen Eltern doch immer, aber es fühlt sich trotzdem so an, als würde mein Vater auch mir den Rücken zukehren. Es ist bitter.

»Was ist passiert?«, frage ich offen heraus. Ich muss es einfach verstehen, und momentan verstehe ich noch gar nichts wirklich. Das alles kommt so schnell, so unvorbereitet. Der Streit kann einfach nicht alles sein, es kommt mir zu banal vor. Es waren Kleinigkeiten, sofern ich das mitbekommen habe – nur Streit über Papas Arbeitszeiten, darüber, wer den Haushalt macht und dass Mama sich wünschen würde, öfter mit ihm auszugehen. Aber das sind doch alles Dinge, die nicht gleich zu einer Trennung führen, schon gar nicht, wenn die Ehe so lange besteht. Durch solche Kleinigkeiten geht Liebe doch nicht einfach weg. Ist es nicht sogar gut für die Liebe, wenn es hin und wieder mal kriselt und man sich danach wieder versöhnen kann? Das sagt man doch so. Aber was weiß ich schon von der Liebe? Leon war bisher mein einzig richtiger Freund, der einzige, für den ich wirklich etwas empfunden habe. Wir haben uns manchmal angezickt, aber einen richtigen Streit hatten wir nie. Jemand anderen außer Leon gab es nie, zumindest niemanden, mit dem es über ein oder zwei Küsse und ein paar Fummeleien hinausging.

Kurz flackert der Gedanke an Bea und den Kuss in meinem Kopf auf, aber ich schüttle ihn schnell ab. Das mit Bea muss ich unbedingt klären, alleine bei dem Gedanken zieht sich wieder alles in mir zusammen, aber erst mal muss ich mich auf meine Familie konzentrieren. Zeit, den ersten Punkt auf dem Realitäts-Check abzuhaken und ein Stück erwachsen zu werden, auch wenn es schwerfällt.

Meine Mutter schluckt ein paar Mal, ehe sie antwortet. »Wir haben uns so oft gestritten. Manchmal geht es einfach nicht mehr.«

Ich sehe an ihren Augen, dass es nicht alles ist. Irgendetwas verheimlicht sie vor mir, aber sie macht es nicht sonderlich gut. Meine Mutter kann einfach nicht lügen.

»Da ist noch mehr«, sage ich und sehe sie an. Wieder schluckt sie. Ich weiß, dass ich recht habe. »Was ist es noch?«

»Es ist besser, wenn du nichts davon weißt.« Ihre Stimme ist nur noch ein Krächzen.

»Ich bin kein Kind mehr«, antworte ich. »Du kannst es mir sagen. Du *musst* es mir sogar sagen. Ich muss doch verstehen können, warum das alles passiert. Wie soll ich sonst damit klarkommen?«

Meine Mutter kämpft offensichtlich mit sich. Ich versuche sie anzusehen ohne zu blinzeln. Irgendwie denke ich, dass ich es nur so schaffe, sie zum Reden zu bewegen.

Schließlich seufzt sie. »Ich möchte nicht, dass du schlecht von deinem Vater denkst oder wütend auf ihn bist.« Diesmal blinzle ich. Wütend? Auf meinen Vater? Ein ungutes Gefühl macht sich in mir breit – eine Ahnung, was gleich kommen mag, auch wenn mein Herz mir noch sagen will, dass es gar nicht sein kann.

»Weißt du, wenn man lange verheiratet ist, wird vieles schwer. Man ist nicht mehr frisch verliebt, der Alltag wird zur Routine, und selbst die Routine wird routiniert. Irgendwann gleicht jeder Tag dem anderen, die Momente, in denen man vom anderen überrascht ist, werden weniger, ebenso die Momente, in denen man sich dem anderen wirklich nah fühlt. Es ist eine Herausforderung, über Jahre hinweg zusammen zu sein, egal, wie der andere sich entwickeln mag. Aber ich dachte immer, dass dein Vater und ich diese Herausforderung meistern würden. Wir haben es uns mit der Ehe versprochen, und ich habe an diesem Versprechen festgehalten. Ich dachte, es wäre etwas wert.« Sie lacht verbittert auf. »Ich habe wirklich alles versucht, du weißt, wie oft ich mit ihm ausgehen wollte, um einfach mal wieder etwas mit ihm zu erleben, aber er hat mich dauernd versetzt, oder war zu müde oder zu gestresst. Da hätte ich es schon ahnen müssen. Da hätte ich erkennen müssen, dass er kein richtiges Interesse mehr an unserer Ehe hat. Tief im Innern wusste ich, dass etwas nicht stimmt, und war schon lange unzufrieden damit, aber ich hätte nie – wirklich niemals -gedacht, dass er so weit gehen würde. Dass er mich so verletzen würde, habe ich nicht kommen sehen.«

Meine Mutter macht eine kurze Pause, um an ihrem Wasserglas zu nippen, das auf dem Couchtisch gestanden hat, aber ich habe so eine Ahnung, dass sie das nur macht, um Zeit zu schinden. Das Wasserglas in ihrer Hand zittert ein wenig. Ich entscheide mich dafür, ihr die Last abzunehmen, es auszusprechen. Ich weiß doch längst, wo diese Erklärung hinführt. Ich bin siebzehn Jahre alt, ich weiß genau, was Sache ist. Auch wenn ich dazu neigen mag, Dinge zu verdrängen, verstehe ich durchaus – selbst dann, wenn meine Mutter um den heißen Brei herumredet. Sie muss es nicht aussprechen.

»Er hat dich betrogen«, spreche ich aus. »Oder?«

Meine Mutter nickt. Mehr braucht es nicht, diese Kopfbewegung und die Träne, die über ihre Wange kullert, reichen mir. Ich bin in diesem Moment so wütend auf ihn, dass ich zittere.

Die Worte meiner Mutter hallen durch meinen Kopf. Ich soll ihn nicht verurteilen und nicht wütend auf ihn sein. Aber in meinem Innersten lodert ein Feuer. Natürlich bin ich wütend auf ihn, natürlich verurteile ich ihn. Er hat meine Mutter betrogen! Uns betrogen! Unsere Familie. Wie kann er das machen? Ich versuche mir vorzustellen, wie er sich heimlich mit einer anderen trifft, aber es will einfach nicht zu dem Mann passen, den ich meinen Vater nenne. Es will nicht zu dem Mann passen, der meiner Mutter sonntags Frühstück ans Bett bringt oder der ihr Komplimente für ihr neues Kleid macht.

»Wer ist sie? Mit wem hat er dich betrogen?«

»Ist das so wichtig?«

Eigentlich nicht, trotzdem nicke ich. Ich will es wissen, wieso, weiß ich auch nicht. Vielleicht, um es in meinen Kopf zu kriegen.

»Es war eine Frau aus dem Büro. Ich kenne sie nicht. Und ich will sie auch nicht kennenlernen ... es schmerzt zu sehr, daran zu denken.«

Ich rutsche ein Stück näher zu meiner Mutter. »Es tut mir so leid, Mama.«

»So ist das eben manchmal. Man kann es nicht ändern. Ich habe ja versucht, ihm zu verzeihen und weiterzumachen, aber ich schaffe es einfach nicht.«

»Weil man so etwas nicht verzeihen kann. Er hat dein Vertrauen missbraucht«, antworte ich. »Unser Vertrauen«, ergänze ich noch, weil es mir wichtig ist, dass meine Mutter weiß, dass ich mich ebenso verraten fühle. Mein Vater wusste doch, was er damit aufs Spiel setzt.

»Ich möchte nicht, dass du deinen Vater hasst. Er hat einen Fehler gemacht, aber das macht ihn nicht zu einem schlechteren Menschen.«

»Aber ich darf wütend darauf sein. Das ist doch mein gutes Recht, oder nicht?«

»Ja, natürlich. Aber er ist und bleibt dein Vater. Vergiss das nicht.«

Ich antworte nicht darauf, sondern lege meinen Kopf auf ihre Schulter. Eine Weile sitzen wir einfach nur da. So wird es wohl ab jetzt sein: sie und ich, ein Frauenhaushalt. Und auch wenn ich meinen Vater nicht verlieren will, weiß ich, dass ich eine Weile brauche, um das alles zu verkraften.

Kapitel 7

Das Gespräch mit meiner Mutter beschäftigt mich noch am nächsten Morgen. Die Erinnerung an ihre Tränen bereitet mir immer wieder ein dumpfes Gefühl in der Magengegend. Ich fühle mich schuldig, dass ich zu Bea geflüchtet bin und sie – natürlich unwissentlich – in dieser Situation alleine gelassen habe. Von dem eigenen Mann betrogen zu werden, auch noch nach so vielen Jahren, muss wie ein Schlag ins Gesicht sein. Meine Mutter braucht mich jetzt.

Das ist der Grund, wieso ich früh aufstehe und alles zusammensuche, um meine berühmten Bananen-Blaubeer-Pfannkuchen zu machen. Berühmt vor allem deswegen, weil es das Einzige ist, was ich kochen kann und was auch wirklich gut schmeckt. Meine Mutter liebt diese Pfannkuchen, und eigentlich mache ich sie viel zu selten.

Als meine Mutter im Morgenmantel in die Küche schlurft, ist bereits Tee aufgesetzt, und die Pfannkuchen sind in der Pfanne.

»Das duftet ja himmlisch.« Meine Mutter gibt mir einen Kuss auf die Wange und gießt sich einen Tee ein, ehe sie sich an den Tisch setzt und mir zusieht, wie ich die Pfannkuchen wende. »Das ist genau das Richtige heute Morgen.«

Ich nicke wissend, dann drehe ich den Herd herunter und drapiere die Pfannkuchen auf zwei Teller, die ich mit ein wenig Puderzucker verziere. Einen der Teller reiche ich meiner Mutter, den anderen stelle ich auf den leeren Platz ihr gegenüber. Eigentlich ist das Papas Platz, ist er schon immer gewesen, seit ich denken kann, aber ich setze mich ohne mit der Wimper zu zucken darauf. Es ist besser, wenn ich darauf sitze und wir nicht den leeren Stuhl anstarren, der uns nur immer wieder ins Gedächtnis rufen würde, dass er nicht da ist und auch so schnell nicht wiederkommt. Ab jetzt wird es eben mein Stuhl sein. Die Dinge verändern sich. Vielleicht schneller als mir lieb ist, aber ich werde versuchen damit umzugehen.

»Guten Hunger«, sage ich und schenke meiner Mutter ein leichtes Lächeln.

»Lass es dir schmecken«, erwidert sie und nimmt einen ersten Bissen. Dann seufzt sie genüsslich. »Gott, das schmeckt wirklich toll. Ich wünschte, das gäbe es jeden Tag.«

»Am Wochenende gerne, aber in der Woche ist das viel zu viel Arbeit. Sonst schaffe ich es nicht pünktlich in die Schule.«

»Leider. Aber ich könnte mich daran gewöhnen, so verwöhnt zu werden.«

Wir essen unsere Pfannkuchen, meine Mutter erzählt mir von einer Diskussion der Nachbarn über die neuen Mülltonnen, und ich stelle erleichtert fest, dass sie wieder etwas besser aussieht. Ihre Haut hat wieder etwas mehr Farbe, und ich sehe sie sogar ein, zwei Mal lächeln. Vielleicht hat es ihr geholfen, die Wahrheit auszusprechen. Vielleicht ist sie aber auch nur beruhigt, weil ich wieder da bin und sie nicht mehr alleine in der Wohnung ist.

»Hast du heute noch etwas geplant?«, fragt meine Mutter.

Ich weiß nicht, was ich darauf antworten soll. Mir ist bewusst, dass meine Vespa noch vor Beas Haustür steht, weil ich so aufgebracht war, dass ich sie nicht fahren wollte. Und mir ist auch klar, dass ich mit ihr reden muss, aber der Gedanke macht mich nervös.

Meine Mutter mustert mich. »Alles klar? Du wirkst gerade so weit weg.«

»Bea und ich hatten gestern einen Streit.« Ich schlucke schwer. Das Wort Streit ist so falsch. Kuss. Bea und ich haben uns gestern geküsst. So müsste es heißen, aber das kann ich vor meiner Mutter nie und nimmer aussprechen.

»Aber ihr streitet euch doch nie. Worum ging es?«

Ich zucke mit den Schultern. »Unwichtig. Ich war einfach aufgebracht. Die Sache mit Papa und dir hat mich verwirrt.« Schon als ich es ausspreche, fühle ich, wie die Schwere sich ein wenig lichtet, denn genau so ist es: Ich war verwirrt. Meine Welt war gerade am Zusammenbrechen, und Bea war mein rettender Anker. Mehr nicht. Ich muss aufhören, etwas hineinzuinterpretieren, und muss Bea verständlich machen, dass auch sie nichts interpretieren darf. Wir sind und bleiben Freunde, Kuss hin oder her.

»Ist es okay, wenn ich gleich zu ihr fahre und das kläre?«

»Das halte ich für eine gute Idee. Ihr zwei seid so gute Freundinnen, dass eine kleine Unstimmigkeit das nicht zerstören darf. Und auch nicht kann. Ihr müsst euch nur zusammensetzen und darüber reden, um das Problem aus der Welt zu schaffen.«

Sie hat recht. Bei der Sache mit meinen Eltern bin ich machtlos, ich muss es verdauen und versuchen, die Ängste und die Sorgen, die diese neue Situation auslöst, zu bewältigen. Eine andere Wahl habe ich nicht. Aber bei Bea und der Sache mit dem Kuss habe ich noch ein wenig Kontrolle – zumindest so weit, dass ich es aus der Welt schaffen kann. Hier muss ich nicht ohnmächtig zusehen, wie alles im Chaos versinkt, auch wenn dieser Kuss mein Innerstes in Unruhe versetzt und ich das Gefühl habe, neben mir zu stehen. Ich werde es klären, am besten so schnell wie möglich.

Als ich zwei Stunden später vor dem Haus der Mönnings stehe, ist diese Unruhe wieder präsent, dieses Gefühl zwischen Tatendrang und Lähmung, ein Gefühl von Überforderung. Bea hat sich noch immer nicht gemeldet, und das hinterlässt einen bitteren Beigeschmack bei mir, sie könnte sich schließlich genauso melden, wie ich es jetzt tue. Wieso muss ich den ersten Schritt machen, wo doch gar nicht genau zu analysieren ist, wer jetzt eigentlich genau mit diesem elenden Kuss angefangen hat? Aber ich straffe meine Schultern und schüttle diese negative Energie ab, weil sie mich nicht weiterbringen wird. Bea ist verbissen und stur, ich weiß, dass sie zu stolz ist, um einen Schritt auf mich zuzugehen. Ich kenne sie einfach zu gut. Also ist es an mir, die Sache aus der Welt zu schaffen.

Meine Handflächen schwitzen dennoch, als ich die Türklingel betätige und Emmas Bellen höre. Veronika öffnet die Tür und strahlt mich an.

»Jo, ich habe mich schon gefragt, wo du abgeblieben bist. Bea war so wortkarg.«

»Ich musste das mit meinen Eltern einfach klären.«

»Das verstehe ich.« Sie umarmt mich und streichelt mir über den Rücken. »Ist denn alles wieder gut zu Hause?«

»Das wird schon werden«, sage ich. »Ist Bea da? Ich würde sie gerne sehen.«

»Aber klar, Süße. Komm rein.« Sie macht mir Platz, und ich gehe ins Haus. Emma begrüßt mich und leckt mir über den Handrücken, als ich mich bücke und sie streichle. Dann schlüpfe ich aus meinen Sneakers. Im Hintergrund höre ich den Fernseher und Karsten und Thomas, die über irgendein Autorennen reden, das offenbar gerade läuft.

»Bea ist in ihrem Zimmer«, sagt Veronika. Ich tätschle ein letztes Mal Emma und gehe dann die Stufen nach oben. Der Weg bis zu ihrem Zimmer kommt mir endlos vor, so viele Gedanken schießen mir durch den Kopf, so viele Zweifel. Trotzdem klopfe ich, als ich an ihrer Tür stehe.

Ich höre Bea genervt seufzen. »Was ist?« Oha, ihre Laune scheint wirklich mies zu sein. Manchmal kann Bea furchtbar zickig sein, wenn ihr eine Laus über die Leber gelaufen ist, und ich habe so eine Ahnung, dass ich diese Laus bin.

Ich antworte nicht, sondern öffne die Tür.

»Boah, ich habe doch gesagt, ich habe keinen Bock, nach unten zu kommen. Ich will meine Ruhe.« Bea dreht sich um … und sieht mich. Ihr Gesichtsausdruck verändert sich von genervt zu überrascht.

»Hey«, sage ich leise.

»Hey«, sagt sie zurück.

Ich schließe die Tür und habe augenblicklich das Gefühl, sie wieder aufreißen zu wollen. In der Luft hängen so viele unausgesprochene Dinge, dass ich sie fast schmecken kann, und durch die verschlossene Tür sind sie alle eingeschlossen. Mein Blick fällt auf das Bett. Bilder von dem Kuss flackern in mir auf. Genau da ist es passiert, ich erinnere mich an das Gefühl ihrer Lippen und an das kleine Seufzen. Auf meinem Arm breitet sich eine Gänsehaut aus.

»Ich denke, wir sollten reden«, sage ich und versuche, mich aufs Hier und Jetzt zu konzentrieren.

Bea nickt. Sie guckt aufs Bett, ich bin mir sicher, dass ihr die gleichen Erinnerungen durch den Kopf schießen, denn kurz darauf wendet sie sich vom Bett ab und geht zur Couch. Wir setzen uns, unsere Körper bleiben wie von selbst auf Abstand, obwohl wir sonst immer viel enger zusammensitzen.

»Hör zu«, beginne ich. »Es tut mir leid, was da passiert ist. Die Sache mit meinen Eltern hat mich aus der Bahn geworfen. Ich war verwirrt und wohl nicht ganz bei mir, verstehst du? Ich war verletzt und fühlte mich von meinem Vater verraten, deswegen habe ich Dinge gemacht, die ich sonst nie ... du weißt schon.«

Bea ist angespannt, ich sehe, wie sie den Kiefer zusammenpresst, während sie meinen schwachen Erklärungsversuchen folgt.

»Es war einfach dumm, und es tut mir leid.« Bea nickt, aber ihr Gesicht bleibt ausdruckslos.

»Das mit diesem Kuss ...«, beginne ich erneut, weil ich das Gefühl habe, es nicht richtig erklärt zu haben.

»Das war, weil du verwirrt warst«, beendet Bea den angefangenen Satz. Es klingt ein wie eine Frage, weniger wie eine Feststellung.

»Ja, genau«, sage ich deswegen. »Wir sind so gute Freundinnen – beste Freundinnen. Du bist wie eine Schwester für mich, und ich will nicht, dass sich irgendwas zwischen uns verändert, nur weil ich einen komischen Tag hatte.«

»Das wird es nicht«, sagt Bea. Endlich entspannt sich ihr Kiefer ein wenig. »Es ist okay. Es war ja nichts weiter.« Kurz bilde ich mir ein, in

Beas Augen Traurigkeit zu sehen, aber es vergeht so schnell wieder, dass ich sicher bin, es nur hineininterpretiert zu haben.

»Dann vergessen wir diesen schrecklichen Abend einfach? Und alles, was passiert ist?«

»Machen wir.«

Ich atme erleichtert aus. Dann falle ich Bea um den Hals. Für einen kurzen Moment rast mein Herz, weil es das erste Mal ist, dass ich ihr seit dem Kuss nah bin. Ich rieche den Babypuder, und mir wird warm, aber ich schiebe es auf die Erinnerungen und die Scham über das, was passiert ist. Schneller als sonst löse ich mich aus der Umarmung. Beas Wangen sind leicht gerötet, offenbar hat sie auch an den Kuss gedacht. Es wird wohl noch ein paar Tage dauern, bis wir den Abend *wirklich* vergessen können. Aber es wird am einfachsten sein, wenn wir tatsächlich einfach weitermachen wie bisher und so tun, als hätte es den Kuss nie gegeben.

Bea räuspert sich. »Warst du inzwischen wieder zu Hause?«

»Allerdings«, sage ich und beginne ihr von dem Gespräch mit meiner Mutter und der Fremdgeherei von meinem Vater zu erzählen. Es tut gut, alles loszuwerden, und es fühlt sich so an, als würde sich der Kuss Stück für Stück auflösen. Der Nebel lichtet sich, die Luft im Raum wird wieder angenehmer. Bea und ich werden einfach wieder zu Bea und Jo, zu normalen Freundinnen. Auch wenn mir nicht entgeht, dass der Abstand zwischen unseren Körpern immer noch etwas größer ist als normalerweise.

Kapitel 8

Wir beschließen nach unserer Aussprache, zu Bernd zu gehen. Es ist das Einfachste, um zur Normalität zurückzufinden. Wir setzen uns einander gegenüber an einen Zweiertisch. Durch das Wochenende ist der Laden gerappelt voll, und es herrscht eine gewisse Lautstärke, aber ich mag es, wenn es so laut zugeht, vor allem in einer Situation wie heute, in der ich Stille nicht ertragen kann. Und Bea ist mir viel zu still. Sonst redet sie mehr, oder nicht? Bilde ich mir nur ein, dass sie sich anders verhält?

Ich werfe einen Blick auf sie. Ihre Haare sind wie immer zu einem perfekten Dutt drapiert, und sie trägt ein lockeres Ringelshirt in Grau und Rosa, das ihr trotz dieser strengen Frisur etwas Lässiges verleiht. Sie studiert die Karte, und gleichzeitig knibbelt sie an ihren Fingernägeln. Ist sie etwa nervös? Sonst macht sie das mit den Nägeln nur, wenn sie nervös ist. Zugegeben, schlägt mir mein Herz auch bis zum Hals, aber so sollte es nicht sein. Wir sollten ganz normal hier sitzen können, wie sonst auch.

»Isst du einen Salat?«, frage ich, um die komische Stimmung zu durchbrechen.

Bea sieht zu mir hoch. »Ich glaube, ich nehme heute nur einen Shake.«

»Gute Idee. Ich glaube, ich nehme auch einen.«

Bernd kommt zu uns, und wir bestellen zwei Erdbeershakes. Und dann herrscht wieder Stille.

Irgendwo habe ich mal von diesem rosa Elefanten gehört, der immer dann auftaucht, wenn Unausgesprochenes im Raum ist. Ich glaube, ich sehe diese Elefanten jetzt, er steht genau zwischen Bea und mir und drängt sich zwischen uns. Irgendwie scheint es nicht möglich zu sein, wieder normal miteinander umzugehen. Ich kann mich jedenfalls nicht daran erinnern, wann wir das letzte Mal so verkrampft miteinander waren. Selbst als wir uns noch nicht mochten, waren wir nicht so unlocker.

»Bea«, sage ich leise. »Können wir bitte miteinander reden? Diese Stille ist furchtbar.«

Bea kaut auf ihrer Unterlippe herum, aber sie nickt. »Worüber willst du reden?«

»Ganz egal«, sage ich, denn ich will einfach nur, dass wir über etwas anderes nachdenken als diesen Kuss. »Fühlst du dich bereit fürs Vortanzen?«, frage ich. Ballett ist eine gute Wahl, ich weiß, dass ich Bea damit aus der Reserve locken kann.

»Ich habe ein gutes Gefühl«, sagt sie, und ich atme erleichtert aus. »Hoffentlich bekomme ich die Rolle der Clara.«

»Das wirst du ganz sicher. Es ist die perfekte Rolle für dich.«

»Welche Rolle willst du?«

Bernd unterbricht unser Gespräch und stellt uns die Shakes vor die Nase. Wir bedanken uns und nehmen einen Schluck.

»Ich wäre eigentlich mit allem zufrieden«, antworte ich.

»Eine große Rolle wäre gut. Das würde sich besser für die Bewerbungen machen.«

»Das stimmt.«

Ich nehme noch einen Schluck und genieße die Erfrischung. Es ist noch nicht so wie früher, aber immerhin ist es ein Gespräch. Es ist ein Anfang.

»Hat dein Vater sich inzwischen gemeldet?«

»Er hat mir eben eine Nachricht geschrieben«, seufze ich.

»Und?«

»Ich habe ihm nicht geantwortet. Ich weiß einfach nicht, was ich schreiben soll. Er hat meine Mutter betrogen, wie soll ich ihm das verzeihen? Ich darf nicht mal daran denken, sonst wird mir schlecht.«

»Ist doch klar. Mir würde es auch so gehen, wenn mein Vater so was machen würde. Aber deinem Vater einfach nicht zurückzuschreiben, ist doch auch keine Lösung. Vielleicht solltest du ihm schreiben, wie du dich fühlst und dass du Zeit brauchst.«

Ich weiß, dass das vernünftig wäre. Ich habe ja auch versucht, ihm zurückzuschreiben, aber immer, wenn meine Finger über die Tasten gefahren sind, hatte ich ein Kopfkino von ihm und dieser anderen, auch wenn sie eine gesichtslose Frau für mich ist. In meiner Vorstellung hat sie hautenge Sachen an und hat sich an meinen Vater rangemacht, aber letztendlich weiß ich, dass sie auch einen Kartoffelsack hätte anhaben können, denn ob sie nun geflirtet hat oder nicht, ändert nichts an der Tatsache, dass mein Vater drauf eingestiegen ist, obwohl er eine Frau hatte. Und eine Tochter. Zwei Frauen, die er in diesem Moment offenbar vergessen hat.

Nein, ich kann ihm nicht schreiben. Dafür schmerzt es zu sehr. Vielleicht will ich ihm auf eine trotzige, kindische Art klarmachen, wie sauer ich auf ihn bin. Vielleicht soll er sich scheiße fühlen, weil ich denke, dass er das verdient, weil er daran schuld ist, dass Mama und ich uns scheiße fühlen. Nicht sonderlich reif, ich weiß.

Plötzlich spüre ich Beas Hand auf meiner, sie holt mich damit zurück aus meinen Gedanken. Es ist nur eine flüchtige Bewegung. In dem Moment, als unsere Blicke sich treffen, zieht Bea ihre Hand schon wieder zurück, als wäre sie von einer Tarantel gestochen worden. Sie senkt den Kopf, weicht meinem Blick aus und konzentriert sich auf ihren Shake, aber ich starre noch auf meine Hand, die unter den Berührungen von Bea verräterisch gekribbelt hat. Mein Herz beginnt zu rasen, und ich spüre, wie der rosa Elefant wieder in den Raum tritt. Er ist da, hellrosa und groß, und obwohl Bea entspannt weiterspricht, höre ich ihr gar nicht richtig zu. Ich bin gefangen im Chaos, das in mir drin herrscht. Ich wünschte, ich könnte die Zeit zurückdrehen. In eine Zeit, in der es noch keinen Kuss gab und mein Vater noch nicht fremdgegangen ist. Dann könnte ich das alles vielleicht verhindern.

Als wir zahlen und aufstehen, zögert Bea kurz, ehe sie mich umarmt. Es ist das Zögern, was mich aus der Bahn wirft, weil sie vorher nie gezögert hat, mich zu berühren. Und ich hätte vorher niemals so auf eine Umarmung reagiert. Während wir uns nah sind – und wenn es nur Sekunden sind –, höre ich Bea leise atmen. Es ist der Moment, in dem vollends das Chaos in mir drin ausbricht und ich am liebsten wieder weglaufen würde. Ihr Atem erinnert mich daran, wie sie bei dem Kuss geseufzt hat, wie es sich angefühlt hat, sie zu küssen. Ich spüre förmlich ihre Lippen auf meinen, die Erinnerung scheint sich tiefer und tiefer in mir einzugraben. Wieso gehen die Bilder nicht weg? Wieso muss ich immer wieder daran denken? Geht es Bea genauso?

Schnell löse ich mich aus der Umarmung. Bea guckt mich verwirrt an, ich lächle schief, aber es wirkt wie eine Grimasse, und Beas Lächeln verrutscht. Ich wüsste zu gerne, was in ihr vorgeht, was sie denkt, würde es gerne aus ihren blauen Augen herauslesen, um einordnen zu können, was das hier alles ist. Aber es geht nicht, ich schaffe es nicht mal mehr, ihr richtig in die Augen sehen zu können. Ich habe Angst davor, etwas zu sehen, was mich noch mehr verwirren würde. Und wenn ich ehrlich bin, habe ich noch mehr Angst davor, dass Bea etwas in meinen Augen sehen könnte – einen kleinen Funken, von dem ich noch nicht weiß, ob ich ihn im Keim ersticken oder weiter schüren soll. Denn ich weiß, wie schnell daraus ein regelrechtes Feuer entflammen könnte, das ich dann nicht mehr kontrollieren kann. Und Kontrolle ist gerade alles, was ich noch habe, in einer Welt, die um mich herum zusammenbricht.

»Alles okay?«

»Natürlich«, krächze ich. »Aber wir sollten langsam gehen. Ich muss nach Hause.«

Im Augenwinkel sehe ich, wie mich Bea nachdenklich mustert, aber ich reagiere nicht auf diese Blicke, sondern gehe vor – direkt hinaus aus Bernds Laden und rein in die warme Sommerluft.

Ich liege auf meinem Bett und versuche meine Gedanken mit Musik zu bekämpfen, aber sie sind so laut, dass sie alles übertönen, egal, wie laut ich Spotify einstelle. Genervt drehe ich mich um und presse mein Gesicht in das Kissen. Am liebsten würde ich schreien, würde am liebsten alles herauslassen, bis keins dieser Bilder mehr in meinem Kopf ist. Immer wieder schwimmen sie an die Oberfläche – der Kuss, Beas Hand auf meiner Hüfte und immer wieder dieses Seufzen. Die Erinnerung daran geht mir durch Mark und Bein, es scheint mich zu besitzen, sodass alles andere ausgeblendet wird. Nur noch dieses Seufzen zählt, wie ein Echo dringt es durch meinen Kopf, meinen Körper ... mein Herz. Ich hasse dieses Geräusch, aber auf erschreckende Art und Weise liebe ich es auch, es mir immer wieder ins Gedächtnis zu rufen. Ich will nicht daran denken – ich will es wirklich nicht –, aber ich kann nicht anders.

Verdammter Kuss.

»Jo, reiß dich zusammen«, ermahne ich mich selbst. »Sie ist deine beste Freundin. Nur eine Freundin. Sie ist ein Mädchen, und du stehst nicht auf Mädchen.« Meine Hand krallt sich in mein Kopfkissen, um irgendetwas zu tun, um mich abzulenken. Ich muss aufhören. Ich kann das gerade einfach nicht. Ich brauche Bea – jetzt mehr denn je –, und ich kann gerade nichts gebrauchen, was diese Freundschaft zerstören könnte. Ich muss einen klaren Kopf bewahren, immerhin habe ich einen Arsch als Vater, eine traurige Mutter und eine entzweite Familie. Es gibt Dinge, um die ich mich kümmern muss, und da haben verwirrende Gefühle einfach keinen Platz.

Ich greife unter mein Bett und ziehe eine kleine Schachtel mit Fotos heraus, die aus der Zeit stammen, als ich noch mit Leon zusammen war. Dreizehn Monate. Auf jedem Foto sehe ich glücklich aus, lache oder werfe ihm verliebte Blicke zu. Auch wenn es am Ende nicht gehalten hat, hatte es dennoch etwas zu bedeuten. Ich war in ihn verliebt, obwohl ich Bea zu der Zeit schon kannte. Wenn ich wirklich Gefühle für sie hätte, die über Freundschaft hinausgehen, hätte ich doch niemals mit Leon zusammen sein können. Oder?

Kapitel 9

Heute ist es sonnig und warm, und ich habe so eine Ahnung, dass es einer der letzten richtig heißen Tage sein wird, bevor die kühlere Herbstluft kommt und die Tage wieder kürzer werden. Karsten liegt neben uns im Gras und hört mit geschlossenen Augen Musik, während Bea und ich auf unseren Jeansjacken hocken und unsere Freistunde damit verbringen, Studienplätze herauszusuchen und eine Liste aufzustellen. Es ist genau das Richtige, um mich von allem, was in letzter Zeit passiert ist, abzulenken, auch wenn es nicht mein Lieblingsthema ist und ich wieder Angst verspüre, wenn ich mir die Liste durchlese – Angst davor, ohne Bea auskommen zu müssen, von ihr getrennt zu sein und sich aus den Augen zu verlieren.

Mein Handy vibriert. Ich sehe nur kurz drauf und drücke dann die eingegangene Nachricht weg, als wäre nie etwas gewesen.

»Schon wieder dein Vater? Er versucht es ganz schön oft in den letzten Tagen.«

»Seit seinem Auszug«, seufze ich.

»Und du antwortest nicht?«

Ich schüttle den Kopf. »Ich kann einfach nicht. Ich bin noch zu wütend auf ihn.«

»Aber meinst du, es ist fair, sich gar nicht zurückzumelden? Er muss sich doch richtig schlecht fühlen.«

»Er sollte sich auch schlecht fühlen, immerhin ist er fremdgegangen.«

»Du weißt, wie ich das meine.«

»Ja. Ich weiß. Und es ist vermutlich auch nicht fair, aber an dieser Trennung ist *nichts* fair. Und ich kann und will ihn gerade einfach nicht sehen.«

»Verstehe«, sagt Bea. »Hier ist noch etwas Interessantes in Berlin«, murmelt sie mit Blick auf das Tablet, und ich bin froh, dass wir nicht mehr über meinen Vater sprechen müssen. »Aber ich denke, das ist eher was für dich. Schauspiel und Modern Dance.«

»Cool, zeig mal her«, sage ich und ziehe ihr Tablet in meine Richtung. »Mhm, hier steht, dass sie ein Bewerbungsvideo wollen. Sicher um zu sehen, ob man genug Talent mitbringt. Und die nehmen pro Jahr nur fünfzehn Leute. Da sind die Chancen ja gleich null.«

»Stimmt nicht«, erwidert Bea. »Die Chancen ständen nur auf null, wenn du es gar nicht erst versuchen würdest.«

»Na schön, dann nicht null, aber trotzdem minimal.«

»Jede Chance ist eine Chance.«

Ich schmunzle. »Welcher esoterischen Postkarte hast du den Spruch denn geklaut?«

Bea kneift mir in den Oberarm, und obwohl es wirklich wehtut, bin ich froh um den Schmerz. Es ist das erste Mal, seit diesem Kuss, dass ich wieder einen Funken Normalität spüre. Nichts ist verkrampft, meine Gedanken sind nicht mehr so verwirrt, als hätte ich mich aus einer Ohnmacht befreit und wäre plötzlich wieder voll bei Sinnen. Trotzdem bin ich froh, dass Karsten noch in unserer Nähe ist und dafür sorgt, dass dieser rosa Elefant fernbleibt und mich nicht wieder überrascht.

»Ich setze den Studiengang mal auf die Liste«, sage ich, obwohl mir schmerzlich bewusst ist, dass Berlin zurzeit noch nicht auf Beas Liste steht.

»Bis wann muss das Bewerbungsvideo eingereicht werden?«

Ich scrolle runter. »Bis Ende Januar, das Vorsprechen wäre dann im März.«

»Bei den Studiengängen in Köln, Leipzig und Frankfurt müssten wir uns schon im November bewerben. Das sollten wir als Erstes in Angriff nehmen.«

»Vor allem, weil wir die Städte beide auf der Liste haben«, sage ich und suche Beas Blick, den ich in den letzten Tagen immer vermieden habe. »Ich finde den Gedanken komisch, dass wir vielleicht in zwei verschiedenen Städten studieren. Du nicht?«

»Doch«, antwortet sie leise. »Deswegen habe ich mir auch schon Gedanken gemacht.« Bea kaut auf ihrer Unterlippe herum, und ich würde sie gerne in den Arm nehmen, ihr zeigen, was sie mir bedeutet – diesmal spricht keine Verwirrung aus mir. Diesmal spüre ich nur die tiefe Freundschaft und Verbundenheit, die ich schon seit fünf Jahren spüre. Bea und ich gehen schon so lange auf demselben Weg, helfen uns gegenseitig über Steine und Wurzeln, sind füreinander da, und plötzlich ist nicht mehr klar, ob wir weiterhin dieselbe Richtung einschlagen. Plötzlich wird diese Weggabelung kommen, und dann kann es passieren, dass ich nach rechts gehe und Bea nach links, und dann werde ich alleine auf dem Weg sein. Das kann ich nicht, ich kann es mir nicht einmal vorstellen. Denn neben allem, was Bea in meinem Kopf anstellt, ist ein Gedanke ganz klar: Ich will sie nicht verlieren.

»Seid ihr bald fertig?«, unterbricht uns Karsten und zerstört damit den Moment. »Die Freistunde ist bald rum, und wir wollten uns doch noch ein Eis kaufen.«

»Ich denke, ein Eis kann nicht schaden«, erwidert Bea.

»Jo, was ist mit dir?«, fragt Karsten und stupst mich an.

»Klar, ich bin dabei«, sage ich und packe meine Sachen zusammen.

Der Kiosk ist nur eine Straße entfernt. Karsten geht ein wenig vor, Bea und ich bummeln nebeneinanderher. Ich sehe zu ihr hinüber, ihre blonden Haare schimmern im Sonnenlicht, sodass sie beinahe golden wirken. Die Normalität, die ich während unserer Zukunftsplanung gespürt habe, splittert ein wenig. Ich spüre deutlich, wie es etwas in mir auslöst, Bea so zu sehen – wie sie genüsslich ihr Gesicht in die Sonne streckt und wie ihre Mundwinkel sich zu einem leichten Lächeln formen. Bea bemerkt meinen Blick und sieht zu mir. Und plötzlich sehe ich, wie das kleine Lächeln verschwindet und etwas in ihren Augen aufblitzt. Ist es Trauer? Oder Ablehnung? Mein Herz beginnt zu rasen, während ich versuche herauszufinden, was dieser Blick mir sagen soll und wieso Bea plötzlich so guckt, als wäre eine Last auf ihrer Schulter. Habe ich etwas nicht mitbekommen? Liegt es daran, dass ich eben über die Zukunft gesprochen und ihr damit Angst gemacht habe? Oder liegt es wieder an diesem dummen Kuss?

Ich weiß es nicht, aber als wir am Kiosk ankommen, scheint dieser Moment vorbei zu sein, denn Bea geht einfach zur Eistruhe und holt sich ein Wassereis heraus. Mir selbst ist plötzlich gar nicht mehr nach Eis zumute. Dieser Blick hat die Leichtigkeit, die ich in den letzten Minuten gefühlt habe, wieder verschwinden lassen. Nun ist alles wieder da: Sorgen, Gedanken, Nervosität. Immer wieder sehe ich verstohlen zu Bea, ich achte auf ihre Mimik und ihre Körpersprache, auch dann noch, als wir mit unserem Eis zurück zur Schule gehen. Es scheint alles so wie immer zu sein, ich kann keine negativen Gefühle mehr in Beas Augen lesen.

Aber dennoch bleibt der Eindruck, dass ich etwas nicht mitbekommen habe. Irgendwelche Gedanken, die durch Beas Kops gegangen sind, irgendwelche Stimmungsschwankungen, die ich nicht erkennen kann. Und es bleibt dieses Gefühl, dass der Kuss etwas zwischen Bea und mir verändert hat, denn früher wusste ich immer, was mit Bea los ist. Ich hatte einfach ein gutes Gespür für sie. Denke ich zumindest. Ich mustere Karsten, der zufrieden sein Schokoladeneis isst. Er scheint weder etwas von diesem Moment noch von meinen Gedankengängen mitzubekommen. Er wirkt vollkommen gelassen. Ich höre nur am Rande zu, wie er uns von seiner Bioklausur erzählt. Meine Gedanken sind ganz bei Bea. Bilde ich mir das alles nur ein? Sind das alles Hirngespinste, weil ich der Normalität nach dem Kuss noch immer nicht traue? Vielleicht. Vielleicht rechne ich insgeheim doch noch mit einem Sturm, warte auf einen Windhauch, irgendetwas, das mir zeigt, dass Bea und ich doch nicht wieder zur Normalität zurückfinden. Aber jetzt wirkt Bea wieder so gelassen wie immer.

Ich muss es einfach vergessen, muss aufhören, alles zu analysieren, denn so zerstöre ich die Normalität, die ich anstrebe. Bea und ich können es schaffen, diesen Kuss zu vergessen. Wir sind auf dem besten Weg dahin. Zeit, mich endlich zusammenzureißen.

Kapitel 10

Bea trägt ein schwarzes Trikot, das ihre blasse Haut geradezu zum Leuchten bringt. Aus ihrem Dutt haben sich ein paar Strähnen gelöst, und ein leichter Schweißfilm hat sich auf ihrer Haut gebildet. Trotz des zweistündigen Trainings sieht sie toll aus, die leicht geröteten Wangen geben ihr etwas mehr Farbe. Farbe, die ich heute vielleicht zu viel habe, denn im Vergleich zu ihr sehe ich fast aus wie ein Zirkusclown, mit meinem pinken Trikot und meinen roten Haaren.

Frau Graleski beendet die Musik und ruft uns zusammen, alle reagieren sofort. Auch wenn es bei der Modern-Dance-Stunde viel weniger streng zugeht als im Ballett, verfehlt unsere Trainerin ihre Wirkung nicht, auch hier ist sie für knallharte Ehrlichkeit und einen strengen Blick bekannt. Aber ich mag das an ihr, denn sie spornt einen dazu an, besser zu werden.

»Auch wenn das Vortanzen für den Nussknacker bald ist, möchte ich nicht, dass ihr die anderen Tanzrichtungen vernachlässigt. Deswegen bekommt ihr eine Aufgabe von mir, die ihr in der nächsten Woche bearbeiten müsst. Teilt euch bitte in Zweiergruppen auf, und übt eine Choreografie ein. Seht es als Übung für die, die bald ihr Vortanzen in den Tanzakademien haben.«

Sie sieht eindeutig zu Bea, Bianca und mir. Die anderen sind noch jünger und machen ihr Abi erst nächstes Jahr, ausgenommen Tina, die keine weitere Tanzausbildung plant.

Ich schaue Bea an, aber ihr Blick ist zu Bianca gerichtet, als würde sie mit ihr ein Paar bilden wollen. Verwirrt runzle ich die Stirn und sehe mich unsicher um. Eigentlich sind Bea und ich bei solchen Partnerarbeiten immer ein Team, es wundert mich, dass sie sich nicht automatisch zu mir stellt, wie sonst auch. Die anderen sind schon dabei, Paare zu bilden, nur ich stehe unschlüssig in der Mitte des Saals und weiß nicht, wohin mit mir. Doch Bianca wendet sich von Bea ab und stellt sich neben Tina. Ich sehe Bea seufzen, ihre Schultern bewegen sich eindeutig, und dann dreht sie sich zu mir um. Wir sind die Einzigen, die noch keinen Partner haben, ob Bea will oder nicht, sie muss mit mir vorliebnehmen. Nur verunsichert mich total, dass sie es offenbar gar nicht geplant hat. Wieso nicht, wo wir doch sonst immer alles zusammen machen? Was ist auf einmal los? Ist es noch wegen der ominösen Sache in der Freistunde – diesem Moment, in dem ich das, was in Beas Kopf passiert ist, nicht mitbekommen habe?

Bea lächelt zaghaft.

»Da bist du ja«, sagt sie, als hätte sie mich gesucht. Dabei weiß ich genau, dass das nicht der Fall ist. Trotzdem versuche ich tapfer zu lächeln und so zu tun, als wäre ich nicht irritiert über ihr Verhalten.

»Ich verteile Lose, auf denen euer Lied steht. Danach könnt ihr euch gerne mit euren Partnern zurückziehen und die Choreografie planen«, sagt Frau Graleski mit Blick auf die Paare. Sie geht mit einer kleinen Dose herum, in der gefaltete Zettel liegen. Bea zieht für uns. Ich schaue ihr über die Schulter, während sie den Zettel auseinanderfaltet. *Lost myself von Halisha.*

»Kennst du den Song?«

Ich schüttle den Kopf. »Er sagt mir zumindest nichts.«

»Okay. Wir sollten uns sofort damit befassen, denke ich. Oder? Wir könnten zu mir gehen und uns die Choreo überlegen?«, fragt Bea.

Ich nicke ihr zu und schnappe mir meine Tasche. Keiner von uns beiden macht sich die Mühe, sich umzuziehen. Wir werden bei Bea eh gleich wieder trainieren, sodass wir unsere Trikots gleich anbehalten und in diesem Outfit auf meinen Roller steigen. Bea legt ihre Arme um mich. Sie hat es schon so oft gemacht, beinahe täglich, nur heute fühlt sie sich etwas zaghafter an.

Das Lied verursacht einen dicken Kloß in meinem Hals, der sich einfach nicht herunterschlucken lässt. Es ist gefühlvoll und so echt ... ich bekomme eine Gänsehaut, während sich vor meinem inneren Auge schon die Tanzschritte formen.

»Ich finde, wir sollten eine Geschichte erzählen«, schlägt Bea vor. »Es geht doch in dem Lied um einen Kampf mit sich selbst und darüber, die Kontrolle zu verlieren. Vielleicht können wir das irgendwie darstellen.«

»Finde ich gut. Wir können den Kampf darstellen und Dynamik reinbringen. Sie singt doch davon, von einem Freund gehalten werden zu wollen. Wir könnten immer wieder versuchen, uns anzufassen und nacheinander zu greifen, aber wir gelangen nie richtig zueinander. Weißt du, wie ich das meine?«

»Meinst du so?«

Bea macht eine Pirouette und streckt eine Hand nach mir aus, aber als ich sie berühren will, wird Bea von einer unsichtbaren Kraft weggestoßen und gleitet zu Boden. Dort legt sie sich hin, ihr Atmen geht gleichmäßig mit dem Takt des Liedes, ihre Hände formen diese Bewegung mit. Es ist wunderschön – theatralisch und sehnsuchtsvoll.

»Es ist perfekt«, sage ich. »Genau so können wir das gestalten.«

Nach einer Weile gesellt sich Karsten zu uns in den Trainingsraum und sieht uns zu. Er hält eine Chipstüte in der Hand, als würde er einem spannenden Kinofilm folgen. Irgendwann reicht es mir, weil mein Magen bereits laut knurrt, und ich schnappe mir die Tüte und stopfe mir die Chips in den Mund.

»Also wirklich, Karsten. Du weißt doch, dass Jo sich nicht konzentrieren kann, wenn etwas Essbares im Raum ist.«

»Scho schlimm isses auch nich«, nuschele ich und schlucke die Chipskrümel herunter. »Aber wir trainieren schon seit Stunden, und ich hatte zum Mittagessen nur ein Brötchen und dieses kleine Eis.«

Bea rollt mit den Augen. »Na schön. Dann bestellen wir Pizza. Aber danach gehen wir die Choreo noch mal durch.«

»Geht klar«, sage ich und schnappe mir mein Handy. Oben auf dem

Dachboden habe ich keinen Empfang, deswegen gehe ich runter in Beas Zimmer, um den Lieferservice anzurufen. Mein Blick fällt unwillkürlich auf ihr Bett. Seit dem Gespräch mit Bea war ich nicht mehr in ihrem Zimmer, und es ist komisch, wieder hier zu sein. Das Bett, in dem ich so oft geschlafen habe und das immer nur ein Bett war, scheint jetzt so viel mehr zu sein – es zieht meinen Blick auf sich, zieht mich in seinen Bann. Erst der Mann vom Lieferservice am Telefon schafft es, mich wieder daraus zu befreien, und ich drehe dem Bett den Rücken zu, während ich meine Bestellung aufgebe.

Am nächsten Tag gehen wir direkt nach der Schule zu Bea, und auch den Tag danach. Die Choreo sitzt inzwischen, wir wissen genau, wann wer was zu tun hat. Aber es fehlt der Feinschliff, um die Emotionen der Geschichte richtig zu transportieren.

Karsten und Andi gucken uns zu, um zu beurteilen, ob wir es schaffen, die Gefühle rüberzubringen. Bea trägt ein weißes Trikot, ich habe ein schwarzes an. Es soll für den Zwiespalt stehen, der in dem Lied beschrieben wird. Der Kampf zweier Seiten. Ich versuche mich diesmal weniger auf meine Schritte und mehr auf die Emotionen zu konzentrieren, aber schon nach den ersten Tönen spüre ich, wie sich mein Magen zusammenzieht.

Es ist, als würde ich das Lied zum ersten Mal bewusst hören – anders hören. Plötzlich fügen sich die Zeilen zu einer ganz anderen Bedeutung ineinander. Ich versuche, ruhig zu atmen und meinen Herzschlag zu beruhigen, aber bei jeder Berührung mit Bea spüre ich es. Ich spüre die Intensität der Gefühle, spüre die Sehnsucht, spüre den Zwiespalt, von dem Halisha in ihrem Lied singt – dieses Gefühl, wenn zwei Seiten in einem toben und man sich machtlos fühlt und Halt braucht.

Ich sehe zu Bea, nehme ihre Hand, genau wie wir es einstudiert haben. Ich spüre den Schmerz und die Sehnsucht nach ihr. Nicht diese Sehnsucht, die ich sonst nach ihr habe, wenn es mir schlecht geht. Es ist anders ... seit dem Kuss scheint alles anders zu sein, und jetzt scheint es aus mir herausbrechen zu wollen.

Bea und ich schaffen es nicht, uns zu greifen, ich drehe eine Pirouette und lasse mich zu Boden gleiten. Halisha singt davon, dass sie sich selbst verliert. Passend dazu lasse ich meine Hand über meinen Körper gleiten und strecke ein Bein in die Höhe. Bea wird gleich wieder ihre Hand nach mir ausstrecken. Ich spüre Tränen in mir aufsteigen. Denn es ist wirklich so, dass ich einen Teil von mir verloren habe. Die Veränderungen, die Verwirrung, und die Frage, was das alles zu bedeuten hat und wieso ich das alles nicht mit mir selbst in Verbindung bringen kann. Wieso tue, fühle, denke ich plötzlich so? Wieso kann ich es nicht abschütteln, wieso nicht verdrängen, wie ich sonst immer alles verdränge? Beas Blick ruht auf mir, als sie die Hand nach mir ausstreckt. Ob sie die Tränen in meinen Augen sieht? Ob sie weiß, was in mir vorgeht und welcher Kampf in meinem Inneren tobt? Ein Kampf, den ich gar nicht austragen will. Ich will doch nur Normalität, will alles so haben, wie es mal war.

Ich sehe Bea schwer schlucken. Dann ergreife ich ihre Hand uns lasse mich von ihr hochziehen. Ich sehe Verunsicherung in ihrem Blick aufflackern, aber wir beide überspielen die Situation. Wir ziehen den Tanz bis zum Ende durch, doch ich fühle, dass es anders ist als in den Proben davor. Es hat sich wieder eine unsichtbare Wand zwischen uns geschoben. Wir beide wissen es.

Als das Lied verstummt, höre ich das Klatschen von Karsten und Andi nur verzerrt. Ich bin noch zu sehr in der Situation gefangen, um die Lobeshymnen der beiden zu empfangen. Jemand berührt mich an der Schulter und holt mich damit wieder in die Realität. Ich blinzele und sehe zu Karsten auf, der mich anlächelt.

»Wirklich spitze«, sagt er. »Damit könnet ihr glatt beim Vortanzen auftreten.« Ich sehe zu Bea, aber sie weicht meinem Blick aus.

»Und jetzt? Zu Bernd?«

»Pommes klingt gut«, sage ich, auch wenn ein Teil von mir am liebsten nach Hause gehen würde, um Beas Nähe zu entkommen. Ich spüre sie in einer solchen Intensität, als würden kleine elektrische Stöße durch meinen Körper fahren, als würde ich sie das erste Mal bewusst wahrnehmen.

Bea nimmt ein Handtuch und wischt sich damit den Schweiß von der Stirn.

»Ich gehe mich nur schnell abduschen.« Sie sieht mich nicht an, bevor sie die Leiter hinuntersteigt.

»Ich geh in der Zwischenzeit pinkeln«, sagt Andi. Karsten und ich sind Sekunden später alleine, und ich spüre einen prüfenden Blick auf mir.

»Stimmt irgendetwas nicht?«, fragt er.

»Wieso? Was soll sein?«

»Ich weiß nicht. Irgendwie benimmst du dich anders. Und Bea auch.«

Ich beginne meine Sachen zusammenzupacken und mir einen Rock über mein Trikot zu werfen. »Keine Ahnung, was du meinst«, sage ich dabei. Aber im Innern fühle ich mich ertappt, und ich fühle mich schlecht, weil ich das Gefühl habe, dass ich diejenige bin, die mit dem Kuss nicht klarkommt und sich deswegen zu viele Gedanken macht. Ich bin das Problem. Nicht Bea.

Kapitel 11

Frau Graleski klatscht laut in die Hände. »Meine Damen, also bitte. Ich weiß, dass ihr alle aufgeregt seid, weil bald das Vortanzen vom Nussknacker stattfindet, aber das bedeutet nicht, dass ihr jetzt unkonzentriert sein dürft.«

Sofort verstummen die Gespräche, Frau Graleski nickt zufrieden. »Dann zeigt mir doch mal das Ergebnis von eurer Übungsaufgabe. Bea und Johanna, ihr als Erstes.« Ich sehe Bea unsicher an, aber sie hat wieder ihren professionellen Blick drauf, der nichts von ihren Emotionen durchschimmern lässt. Seit der letzten Probe haben wir den Tanz nicht mehr geübt, und das macht mich nervös. Es passt nicht zu Bea, Tänze nicht bis zum Erbrechen proben zu wollen, aber immer, wenn ich versucht habe, ein Treffen auszumachen, hat sie irgendetwas von Halsschmerzen gebrabbelt. Trotzdem trete ich neben sie und nehme ihre Hand. *Lost myself* ertönt. Bea stellt sich auf ihre Spitzenschuhe und geht um mich herum, genau wie wir es geübt haben. So weit, so gut. Ich versuche mich nur auf die Schrittfolge zu konzentrieren und alles andere auszublenden, aber das Lied ist zu sehnsuchtsvoll ... zu emotional.

Ich weiß, dass Frau Graleski die Emotionen in meinem Gesicht sehen will. Sie möchte, dass wir alles in den Tanz legen und dem Publikum unser Herz offenlegen, aber ich fürchte, wenn ich das tue, gibt es kein Zurück mehr. Das Lied weckt so viele Emotionen in mir, genau wie die Berührungen mit Bea. Sie legt ihre Hände auf meine Wangen und lässt sie nach unten gleiten. Ihr Mund ist leicht geöffnet, und ihr Blick ist so voller unerfüllter Sehnsucht, dass ich schlucken muss. Ist das gerade echt, oder spielt sie es nur? Dann stößt sie mich von sich und sinkt zu Boden. Ich tue, als würde ich nach ihr greifen, sie aber nicht halten können. Tränen steigen in mir auf, ich kann es nicht kontrollieren, weil es sich auch in der Realität so anfühlt, als könnte ich sie nicht mehr greifen, während ich meine Gefühle für sie immer stärker greifen kann, auch wenn ich sie noch nicht verstehe. Die Geschichte, die wir uns ausgedacht haben, ist aus meinem Kopf gefegt. Ich höre auf den Text, sehe Bea und fühle mich wieder angesprochen. Wenn ich diese Gefühle jetzt in meinen Tanz lege, könnten sie mich übermannen. Ich setze zum Grand Jeté an und gehe danach sofort dazu über, Bea die Hand hinzuhalten. Bea nimmt sie und zieht mich hinunter. Ich lande direkt über ihr, mein Kopf ist ihrem so nah, dass ich jede Schweißperle auf ihrer Stirn sehen kann. Einen Augenblick treffen sich unsere Blicke.

Ihre professionelle Maske verrutscht einen kleinen Moment ... oder bilde ich mir das nur ein? Ich gucke auf ihre Lippen, mein Herz beginnt zu rasen. Ein schmerzhaftes Ziehen geht durch meinen ganzen Körper. Erschrocken zucke ich zusammen und bringe Abstand zu Bea, die mich nun verwirrt ansieht. Das hier gehört nicht mehr zur Choreografie. Mir ist bewusst, dass mich alle anstarren, weil sie nicht verstehen, was plötzlich los ist, aber ich kann nicht weitermachen, ich schaffe es nicht.

Mit einem entschuldigenden Blick zu Bea eile ich aus dem Tanzsaal. Ich höre noch Frau Graleski nach mir rufen, aber ich achte nicht darauf. Ich eile in die Umkleidekabine. So schnell wie möglich versuche ich meine Sachen in die Tasche zu stopfen, aber mein gesamter Körper zittert so stark, dass ich immer wieder etwas fallen lasse. Laut fluche ich. Ich will doch nur hier weg, und das so schnell wie möglich. Als ich gerade das letzte Teil in meine Tasche stopfe, geht die Tür auf. Bea kommt herein, ihr Gesicht ist rot, ein Zeichen dafür, dass sie sich aufgeregt hat.

»Bea.« Meine Stimme zittert.

»Was ist los mit dir? Du hast unsere Choreo komplett versaut!«

»Es tut mir leid. Es war nur ... mir ist irgendwie schlecht.«

Bea mustert mich. Sie weiß genau, dass ich lüge, so wie sie vermutlich wegen der Halsschmerzen gelogen hat. Egal, was wir uns versprochen haben: Der Kuss steht zwischen uns, er hat eine Kluft geschlagen, und nun starre ich in den Abgrund und weiß nicht, ob ich auf meiner Hälfte bleiben oder ob ich einen Sprung zu Bea wagen soll. Soll ich einen Schritt auf sie zugehen, soll ich ins Unbekannte springen und ihr sagen, was für ein Chaos sie ausgelöst hat? Ein Teil von mir will es. Aber ich kann es nicht.

»Ich fasse einfach nicht, dass du einfach rausgerannt bist.« Ihre Stimme klingt fremd in meinen Ohren. »Du hast uns damit total blamiert, dabei weißt du, wie wichtig mir das Tanzen ist und wie sehr ich auf ein Empfehlungsschreiben von Frau Graleski angewiesen bin. Was, wenn du mir das mit deinem Auftritt gerade versaut hast? Hast du darüber mal nachgedacht? Das war so was von unprofessionell ... und das nur wegen so etwas Bescheuertem.«

Bescheuert? Sie findet den Kuss und meine Gedanken dazu bescheuert? Es trifft mich mehr, als ich gedacht hätte, sie so etwas sagen zu hören. Ich schlucke schwer. Ich spüre genau, wie die Kluft immer breiter wird, mit jeder Sekunde, in der wir uns jetzt anschweigen. Beas Blick ist frostig, und ich starre nun zurück, als würde gerade nicht mein Herz zerreißen, als würde ich gerade nicht mit den Tränen kämpfen. Ich bleibe nach außen hin vollkommen emotionslos.

»Ich suche mir jetzt eine Partnerin, auf die Verlass ist.« Dann dreht sich Bea um und verlässt die Umkleide.

Ich bleibe vollkommen überfordert zurück.

Als die Haustür ins Schloss fällt, bin ich froh, meine Mutter nirgends zu sehen. Mit ihrem Mutter-Blick würde sie mir direkt anmerken, dass etwas nicht stimmt, und auch wenn sie niemand ist, der sich in solchen Momenten aufdrängt, würde ich ihre besorgten Blicke spüren.

Ich gehe in mein Zimmer, lege mich auf mein Bett und mache *Lost myself* an. In meinen Gedanken spielen sich noch mal unser Tanz und meine Gefühlsachterbahn ab, ich sehe es wie einen Film vor mir. Wieder spüre ich dieses Kribbeln, diese Sehnsucht. Aber es ist doch verrückt! Ich muss irgendetwas falsch deuten. Es kann einfach nicht sein, dass mein Herz plötzlich zu hüpfen scheint, wenn ich an Bea denken. Es ist ein anderes Gefühl als früher. Früher gab es Freundschaft, Vertrauen und Verbundenheit, jetzt spüre ich Verwirrung und Sehnsucht, die einfach nicht zu mir passen wollen.

Mit zitternden Beinen stehe ich auf und gehe zu meiner Fotowand, die neben dem Schreibtisch hängt. So viele Bilder von Bea und mir ... einige zeigen uns bei Aufführungen auf oder hinter der Bühne, einige sind am See entstanden, und ein paar Selfies aus dem Burgerladen und aus der Schule sind auch dabei. Fünf Jahre Freundschaft, festgehalten in Fotos. Bea und ich sind Freundinnen, sie war nie mehr für mich, also wie kann sich das plötzlich ändern? Nach fünf Jahren, einfach so? Es erscheint mir einfach unmöglich. Ein Herz entscheidet sich doch nicht von einem Moment auf den anderen, sich in jemanden zu verlieben, den man schon seit Jahren kennt. Und dann auch noch in ein Mädchen? Vollkommen ausgeschlossen!

Entschlossen stoppe ich das Lied, das in Dauerschleife gelaufen ist. Ich will diese Gefühle – oder was auch immer das ist – nicht. Punkt. Also werde ich sie nicht mehr zulassen. Mein letzter Versuch, das alles zu vergessen, war zu halbherzig gewesen. Sich so kurz nach dem Kuss auf diesen emotionalen Tanz einzulassen, war einfach bescheuert. Es war in meiner derzeitigen Lage mit meinen Eltern einfach noch zu früh.

Ich bin nicht bereit, meine gefühlsmäßige Irreführung weiter hinzunehmen. Bea und ich sind Freunde, nicht mehr und nicht weniger – und so wird es auch bleiben, denn Johanna Bergmann steht auf Jungs. So einfach ist das.

Kapitel 12

Ich fühle mich gut mit meiner Entscheidung, der Moment der Verwirrung ist eindeutig vorbei. Überschwänglich mache ich mich für die Schule fertig und lasse dabei Dancehall-Musik laufen. Der Streit mit Bea liegt mir zwar noch schwer im Magen, aber jetzt, wo ich die Dinge mit mir selbst geklärt habe, bin ich optimistisch, dass ich diesen Vorfall beim Training klären kann. Bea und ich können sowieso nicht lange sauer aufeinander sein. Wir hatten noch nie richtigen Streit, nicht so einen, bei dem man tagelang nicht mehr miteinander redet. Wir schmollen ein paar Stunden und fallen uns dann wieder in die Arme. So war es bei uns schon immer. Selbst, als ich mir vor fünf Jahren einen ihrer Lieblingsfilme geliehen und aus Versehen einen Kratzer reingemacht habe, war Bea mir nur ein paar Stunden böse. So wird es heute auch sein. Bea hat sich wegen dem Training abgeregt und wird heute wieder zugänglicher sein. Vor allem, wenn ich mich bei ihr entschuldige.

Vor dem Deutschkursraum stehen Karsten und Andi, die eigentlich gar nicht in diesem Kurs sind. Von Bea sehe ich keine Spur.

»Guten Morgen, ihr zwei. Wieso steht ihr denn hier? Solltet ihr nicht Bio haben? Oder seid ihr heute die Security?«

»Ja, und du siehst mir seeeehr verdächtig aus, Jo«, witzelt Andi. »Verdächtig partybedürftig.«

»Hä?«, frage ich.

Andi zückt zur Antwort sein Handy. Nur ein paar Sekunden später vibriert mein eigenes Handy in der Hosentasche. Andi hat mir ein Bild geschickt: eine Einladung zu seinem Geburtstag am Samstag.

»Hattest du nicht gesagt, du willst nicht feiern?«

»Da wusste ich noch nicht, dass meine Tante Berni im Krankenhaus liegt und meine Eltern übers Wochenende zu ihr fahren.«

»Sturmfreie Bude«, kommentiert Karsten überschwänglich.

»Und um deine Tante machst du dir keine Sorgen?«

»Ach was. Ist nur ein etwas komplizierter Beinbruch, nichts Lebensbedrohliches. Aber sie wohnt alleine und braucht etwas Hilfe, deswegen kümmern sich meine Eltern darum, dass sie Lebensmittel im Haus hat und so.«

»Verstehe.« Ich sehe noch mal auf die Einladung. Samstag um zwanzig Uhr. »Ich bin definitiv dabei.«

Karsten schlägt bei mir ein. »Klasse, Jo. Das wird super.«

»Mehr als super«, ergänzt Andi. »Um es mit den Worten von Barney Stinson zu sagen: Das wird legendär.«

»Bea ist natürlich auch dabei«, sagt Karsten.

»Wo ist Bea?«

»Sie ist schon drinnen. Wir haben ihr gesagt, dass wir hier auf dich warten, aber sie ist mit Dalya reingegangen.«

Ich stöhne auf. Dalya und ich können uns nicht leiden. Sie ist einfach so selbstverliebt, dass ich schreien könnte, aber ich weiß, dass sie dasselbe von mir denkt. Sie hasst es, wenn ich in der Klasse tanze oder mit den Jungs rede, sie denkt immer sofort, dass ich nur Aufmerksamkeit will – das hält sie mir zumindest immer vor. Dass ich mich mit den Jungs einfach nur verstehe und tanze, weil ich das Tanzen und das Leben liebe, kommt ihr gar nicht erst in den Sinn. Sie hingegen liebt es wirklich, Aufmerksamkeit zu bekommen, und ist dann eigeschnappt, wenn die Welt sich *nicht* immer um sie dreht.

»Na gut, dann werde ich wohl auch mal reingehen.« Ich verdrehe beim Gedanken an Dalya die Augen, was Andi und Karsten lachen lässt. Sie teilen meine Meinung zu ihr.

»Aber nicht vergessen«, ruft Andi mir hinterher, noch bevor ich die Tür erreicht habe.

»Party am Samstag«, ergänze ich für ihn. »Schon im Geiste notiert.«

»Notiere es dir lieber auch richtig«, ruft Karsten. »Ich weiß, dass du manchmal vergesslich bist.« Ich schmunzle, reagiere aber nicht darauf, sondern öffne die Tür und husche in den Kursraum.

Ich muss gar nicht erst nach Bea suchen, mein Blick wird automatisch von ihr angezogen, als wäre sie ein Magnet. Sie sitzt mit dem Rücken zur Tür auf Dalyas Tisch und unterhält sich mit ihr. Plötzlich ist mein Hochgefühl von heute Morgen verschwunden, und ich bin nervös. Das Natürlichste wäre es, einfach zu Bea zu gehen, sie anzusprechen und dann mit ihr über alles zu reden, aber allein, dass sie bei Dalya sitzt, verunsichert mich. Kurzerhand gehe ich an dem Tisch vorbei und suche dabei Beas Blick. Auch wenn mir durchaus bewusst ist, dass sie im Rücken keine Augen hat, erhoffe ich mir dennoch, dass sie meine Anwesenheit ebenso spürt wie ich ihre und sie mir irgendwie zu erkennen gibt, dass sie mich registriert hat. Doch es kommt keine Reaktion.

Ich rausche einfach unbemerkt an dem Tisch vorbei und setze mich auf meinen Platz, immer noch verunsichert, was ich tun soll. Erst als unsere Deutschlehrerin längst in der Klasse ist, steht Bea endlich von Dalyas Tisch auf und kommt auf mich zu, da sie neben mir sitzt. Ich warte auf ein Zeichen, einen Blick ... irgendwas, das mir zu erkennen gibt, dass sie mir verzeiht, mit mir reden will oder mich wenigstens gesehen hat, denn aktuell könnte ich genauso gut aus Luft bestehen, so wie sie mich ignoriert.

»Hey«, sage ich leise.

»Hey«, brummt sie zurück. Es klingt nicht so, als hätte sie große Lust darauf, mit mir zu sprechen. Aber das akzeptiere ich nicht. Kurzerhand reiße ich ein Stück Blatt aus meinem Collegeblock. *Können wir in der Pause über gestern reden? Will das klären.* Wortlos lege ich ihr den Zettel auf den Tisch, ohne dass unsere Lehrerin es bemerkt.

Eine Minute später landet der Zettel wieder bei mir. *Ich will momentan nicht reden. Ich glaube, wir brauchen etwas Abstand.*

Ich starre auf Beas feinsäuberliche Handschrift, die mich förmlich anschreit. Abstand? Sie will Abstand? So etwas hatten wir noch nie.

»Das ist doch nicht dein Ernst«, flüsterte ich ihr flehend zu.

»Doch.«

»Aber wieso? Wegen der Sache beim Training? Es tut mir leid, ich weiß, dass das blöd von mir war, aber das ist doch kein Grund, um jetzt gleich unsere Freundschaft aufs Spiel zu setzen.«

Ich wünschte, Bea würde mich ansehen, aber sie guckt geradewegs zur Tafel. Mir läuft es eiskalt den Rücken hinunter. Es ist, als würde ich Bea gar nicht mehr wiedererkennen. Ich verstehe nur noch Bahnhof. Natürlich war es scheiße von mir, unseren Tanz zu sprengen und sie im Stich zu lassen, aber bisher hat unsere Freundschaft so etwas immer ausgehalten. Nichts – wirklich nichts – hat Bea bislang dazu gebracht, nicht mehr mit mir reden zu wollen. Alleine der Gedanke daran fühlt sich an, als würde mir ein unsichtbares Monster mit seinen Krallen die Brust aufschlitzen.

»Bea«, flüsterte ich. »Bitte, lass uns doch noch mal reden.«

»Johanna, Bea, was gibt es denn da die ganze Zeit zu schwatzen?«

»Entschuldigung«, sagt Bea und rückt sich selbst noch etwas grader, um unserer Lehrerin zu zeigen, dass sie gewillt ist, dem Unterricht zu folgen. Mir hingegen liegt nichts ferner als mich jetzt auf Essays zu konzentrieren.

Ich nehme mir erneut ein Stück Papier. *Was bedeutet Abstand? Wie lange?*

Bea liest den Zettel, kaum dass ich ihn auf den Tisch gelegt habe, aber sie schreibt nicht zurück. Stattdessen sieht sie mich kurz an und schüttet dann den Kopf. Mehr nicht. Jetzt bekomme ich nicht mal mehr richtige Antworten. Die Zeiten, in denen wir Freundinnen waren, die sich nicht lange böse sein konnten, scheinen vorbei zu sein. Wir *waren* solche Freundinnen, plötzlich ist alles anders.

Kapitel 13

Die Auszeit mit Bea versaut mir die ganze Vorfreude auf die Party, nachdem sie mir schon die letzten zwei Tage versaut hat – jedes Training, jede Schulstunde, jede Pause. Jeden Tag frage ich mich, ob die Auszeit langsam beendet wird, aber Bea reagiert nicht auf meine Zettelchen. Nicht so richtig zumindest. Sie schenkt mir nur immer wieder einen entschuldigenden Blick und ein Kopfschütteln.

Andi und Karsten sind so in die Partyvorbereitungen vertieft, dass sie nicht mal mitbekommen, dass zwischen Bea und mir etwas nicht stimmt. Andi schickt nur immer wieder Countdowns per WhatsApp, die es mir unmöglich machen, meine Party-Schwänz-Überlegungen zu vertiefen, die mich immer dann überkommen, wenn ich an Bea denke. Aber andererseits will ich mir von ihr und ihrer dummen Auszeit auch nicht die Laune verderben lassen. Partys sind mein Ding, und ich weiß, dass es das Richtige ist, um mich von allem abzulenken.

Deswegen mache ich mich am Samstag pünktlich um acht Uhr fertig und gehe zu Fuß zu Andi, der nur ein paar Straßen entfernt wohnt. Die Nacht ist kühl, und ich presse meine dünne Jacke an meinen Körper.

Schon in der Auffahrt höre ich die Bässe wummern. Das Vibrieren im Magen legt sich auf die Wut und die Frustration, die ich noch immer wegen Bea verspüre. Ich fasse es nicht, dass sie nicht mit mir zusammen zu der Party geht und ich nun alleine hier stehe.

Die Haustür ist nur angelehnt, sodass ich einfach hineingehen kann. Ich sehe mich nach Andi um, aber es sind zu viele Leute auf zu engem Raum. Andi hat anscheinend die halbe Schule eingeladen, ich erkenne zumindest einige Gesichter, ein paar Leute rufen meinen Namen und winken mir zu. Ich manövriere mich durch die Menge und finde einen Geschenktisch, auf dem ich das kleine Päckchen ablege, in das ich Andis Burger-Gutschein gesteckt habe. Was Besseres ist mir für ihn einfach nicht eingefallen, aber Burger und Andi passt genauso gut zusammen wie Pommes und ich, und über einen Gutschein für einen Lebensvorrat an Pommes würde ich mich schließlich auch freuen. Zum Glück kennt Andi mich gut genug, um den Witz an diesem Geschenk zu verstehen. Ich bin sicher, er wird es mögen.

Mein Blick fällt auf Bea, die am Rande der Tanzfläche steht und sich mit einem Kerl unterhält, den ich nicht kenne. Glaube ich zumindest. Ich sehe nur seinen Hinterkopf, aber allein dieser Hinterkopf ist unfassbar unsympathisch. Alles in mir schreit danach, Bea von diesem Typen wegzureißen, aber ich kann mich beherrschen. Ihr eine Szene zu machen, die wir beide nicht genau verstehen, würde alles nur noch komplizierter machen, obwohl es ja kaum noch komplizierter geht. Nicht nach dieser Tanzstunde und dieser beschissenen Auszeit.

»Jo!« Jemand springt mich von hinten an und bringt mich kurz ins Straucheln. Ich drehe mich um und sehe in Andis Gesicht. Seinen Augen nach zu urteilen, hat er schon ordentlich gebechert, er blickt mich gar nicht richtig an, sondern schielt einen halben Zentimeter an mir vorbei.

»Alles, alles Liebe zum Geburtstag«, sage ich und umarme ihn. Sofort rieche ich das Bier.

»Schön, dass du da bist. Nimm dir was zu trinken und zu essen. Und später müssen wir tanzen.«

»Auf jeden Fall.« Ich löse mich aus der Umarmung und streiche mein Kleid glatt. Mein Blick huscht noch mal zu Bea, die nun kokett lacht und dem Typen die Hand auf die Schulter legt. Oh Mann. Flirten die etwa?

»Ich brauche erst mal ein Bier«, platzt es aus mir heraus. Alkohol soll ja keine Lösung sein ... aber es ist der einzige Weg, der mir einfällt, um diesen Abend durchzustehen.

»Kommt sofort«, sagt Andi. Dann nimmt er meine Hand und zieht mich in die Küche. Weg von Bea und diesem Typen. Nach all meinen Überlegungen und meiner Entscheidung, eindeutig auf Jungs zu stehen, verwirrt mich dieses Gefühl von Eifersucht schon wieder. Ich vertraue plötzlich meinen eigenen Emotionen und Gedanken nicht mehr. Alles an der Situation mit Bea verunsichert mich, und ich hasse nichts mehr als verunsichert zu sein. Es passt nicht zu mir. Ich bin Jo – das Mädchen mit dem lauten Mundwerk und den verrückten Ideen, das darauf scheißt, was andere von ihm denken.

Andi reicht mir ein Bier. Ich setze sofort an und nehme große Schlucke. Geschmacklich ist es nicht mein Fall – viel zu bitter –, aber trotzdem trinke ich es, als wäre es mir das Liebste auf der Welt.

Plötzlich taucht Karsten auf. Seine Wangen sind gerötet. »Alter!« Er stupst Andi an. »Ist das dein Ernst?«

»Was ist denn los?«, frage ich.

»Er hat Paula eingeladen, das ist los.«

»Sie ist in unserer Stufe. Was hast du denn erwartet?«

»Aber man lädt doch nicht einfach die Ex von seinem besten Kumpel ein. Das geht doch nicht.« Karsten streicht sich durch die Haare, bevor er Andi das Bier aus der Hand nimmt.

Andi will protestierten, aber Karsten schüttelt schon den Kopf. »Das brauche ich jetzt mehr als du.« Er leert den restlichen Inhalt der Flasche in einem Zug.

»Sieht aus, als wären wir heute im selben Boot«, sage ich. »Wir beide trinken, um den Abend erträglicher zu machen.« Ich proste ihm zu und nehme noch einen Schluck.

»Was ist es bei dir?«

Ich winke ab. »Unwichtig. Ich will einfach nur alles ausblenden.«

»Da bin ich dabei.« Karsten grinst mich an. Andi zieht ab, um seine nächsten Gäste zu begrüßen, und lässt Karsten und mich in der Küche stehen. Ich greife mir eine Handvoll Chips aus einer der Schüsseln auf der Theke und stopfe sie mir in den Mund. Das Kauen lenkt mich ab.

Karsten öffnet ein neues Bier und stellt sich zu mir. Wir reden nicht über Paula, und Karsten fragt mich auch nicht noch mal, was bei mir los ist. Stattdessen reden wir einfach über die neusten Serien und prosten uns dabei immer wieder zu. Es ist locker und ungezwungen, und trotz seiner Ähnlichkeit mit Bea schafft er es tatsächlich, mich genug abzulenken, um nicht über die Sache mit ihr nachzudenken.

Irgendwann merke ich das Bier. Mein Körper wird leichter, ich entspanne mich, und mein Kopf wird etwas leiser, auch wenn er nicht vollends verstummt. Auch Karsten wirkt immer ausgelassener. Irgendwann kichern wir beide wie kleine Schulmädchen und beginnen, uns gegenseitig Flips zuzuwerfen, die der andere mit dem Mund fangen muss, aber dabei stellen wir uns so schlecht an, dass am Ende kein Flip dort landet, wo er soll, und der Küchenboden dafür voll mit dem Knabberzeug ist.

Meine gute Laune bekommt erst einen Dämpfer, als Bea und der Typ gemeinsam in die Küche kommen, um sich am Buffet zu bedienen. Bea sieht uns kurz an, aber ihren Blick kann ich nicht deuten. Es ist, als würde ich meine beste Freundin gar nicht mehr richtig kennen. Früher war sie für mich wie ein offenes Buch, ich wusste genau, was in ihr vorging, wir haben uns auch ohne Worte verstanden. Aber dieser Kuss hat alles durcheinandergebracht, als wären die Buchstaben in dem Buch nun wild umhergewürfelt, und ich muss sie mühselig wieder zusammensetzen, um den Inhalt zu verstehen. Was genau will Bea? Will sie diesen Typen? Will sie mich? Was ist mit uns? So viele Fragen, aber ich habe keine Antworten, und ich kann sie auch nicht stellen, weil es dadurch nur noch schwieriger werden würde. Weil ich selbst erst mal eigene Antworten darauf finden muss – für mich.

Fürs Erste bleibt mir nur, aus der Situation zu fliehen. Ich schnappe mir Karstens Arm und zerre ihn sanft Richtung Wohnzimmertür. »Komm«, sage ich. »Wir tanzen jetzt.«

Karsten zuckt nur mit den Schultern und folgt mir. Auf der Tanzfläche sind bereits einige Leute, aber ich bin mir sicher, dass später noch viel mehr tanzen werden. Die meisten brauchen nur immer etwas Zeit, um sich zu trauen. Karsten und ich nicht. Ich bin eh immer eine der Ersten auf der Tanzfläche, und Karsten ist inzwischen so angetrunken, dass es ihn offenbar nicht mehr juckt, ob ihn jemand tanzen sieht. Im Gegenteil. Als er Paula erblickt, rückt er einen Schritt näher zu mir.

»Ich weiß genau, was du vorhast«, sage ich. »Du willst Paula eifersüchtig machen.«

»Wäre das sehr schlimm?«

Ich mustere Paula, die sich große Mühe gibt, nicht zu uns zu starren, aber es gelingt ihr nicht. Immer wieder huscht ihr Blick weg von ihrer Gesprächspartnerin und hin zu Karsten.

»Aber warum das Ganze? Willst du sie wiederhaben? Ist es das?«

»Ich weiß nicht. Nein, ich habe gehört, dass sie jetzt mit diesem einen Typen zusammen ist – der, wegen dem sie Schluss gemacht hat. Und es macht mich einfach fertig, dass sie sofort mit ihm zusammengekommen ist. Das ging das echt schnell. Findest du nicht?«

»Ja. Nach einer so langen Beziehung schon.«

»Und ich will, dass sie kapiert, dass ich auch nach vorne blicke. Sie soll denken, mir ist es egal. Klingt doof, oder?«

Ich gucke zu Bea, die jetzt wieder an ihrem ursprünglichen Platz steht, dieser Typ ist immer noch neben ihr, beide haben einen Teller mit Essen in der Hand. Ich mustere das dunkelgelbe Kleid, das sie trägt und das ihre zierliche Figur und ihre blasse Haut betont.

Ich schüttele den Kopf. »Das ist nicht doof. Ich verstehe das.« Auch ich will zeigen, dass es mir egal ist. Mir ist es egal, dass sie sich in den Kopf gesetzt hat, nicht mehr mit mir zu reden und auf Abstand zu gehen. Unser Kuss ist mir egal. Wem ich das genau zeigen will, weiß ich nicht mal. Will ich es Bea zeigen oder doch eher mir selbst?

»Dann ist das hier okay?«, fragt Karsten und legt eine Hand auf meine Hüfte. Erst da wird mir bewusst, wie nah wir uns wirklich sind. Ich schnappe unwillkürlich nach Luft, aber ich weiche dieser Berührung nicht aus. Keine Ahnung, ob es am Alkohol liegt, aber plötzlich kommt mir das hier wie eine unglaublich gute Idee vor. Ich mustere Karstens Gesicht – seine hellblauen Augen, seine kleinen Bartstoppeln am Kinn –, und ich sehe ihn auf einmal mit anderen Augen.

»Es ist okay«, hauche ich und versuche, alles um mich herum auszublenden: die anderen auf der Tanzfläche, Paula, Bea und die lauten Gedanken. Ich konzentriere mich auf den R'n'B-Sound aus der Anlage und Karstens Bewegungen. Er tanzt überraschend gut. Ich bin mir nicht mal sicher, ob ich ihn je richtig tanzen gesehen habe, und wenn, dann nicht so. Seine Bewegungen sind fließend und langsam, als würde er es genießen. Als sein Griff an meiner Hüfte ein wenig fester wird, geht ein Kribbeln durch meinen ganzen Körper. Diese Gefühle sind für mich wie ein Befreiungsschlag. Am liebsten würde ich Halleluja rufen. Egal, was zwischen Bea und mir abgeht ... eins ist sicher: Diese Bewegungen und Berührungen von Karsten lassen mich nicht kalt. Die Hitze steigt mir regelrecht in den Kopf.

»Wollen wir noch was trinken?«, fragt Karsten, als hätte er meine Gedanken gelesen. Ich nicke ihm zu. Er nimmt meine Hand und führt mich zurück in die Küche, vorbei an Paula und Bea. Ich spüre die Blicke von beiden in meinem Rücken – Blicke, die mich fragen, was ich da eigentlich tue. Ich weiß es selbst nicht so genau. Das hier ist immerhin Karsten, ich kenne ihn schon so lange, wir hängen so oft zusammen rum. Aber es kommt mir richtig vor. Richtiger als andere Dinge, die durch meinen Kopf jagen.

Wir trinken unser Bier, ich lehne dabei an der Wand, Karsten steht dicht bei mir. Er riecht ganz ähnlich wie Bea, man riecht, dass sie aus einer Familie kommen, und doch ist es ein völlig anderer Duft ... männlich ... gut. Mein Blick wandert zu seinen Lippen. Sie sind weniger voll als die von Bea, aber sie wirken weich und einladend. Ich gucke ihn an. Unsere Blicke treffen sich bei einem perfekten Augenaufschlag von meiner Seite. Ich sehe Karsten schlucken, seine Augen wandern auch zu meinem Mund, dann wieder zurück. Ich lächele ihm aufmunternd zu. Er soll wissen, dass ich es will, denn alles in mir schreit danach. Es ist genau das Richtige, um alles zu vergessen und mich wieder auf die richtigen Bahnen zu lenken.

Er kommt näher, gespannt halte ich den Atem an. Unsere Lippen berühren sich, wir tasten uns vorsichtig heran. Sofort schießt mir der Kuss mit Bea durch den Kopf. Mein Gehirn zieht unfreiwillig Vergleiche, denkt daran, wie es sich mit ihr angefühlt hat, was anders war, denkt an dieses Seufzen, das mir durch Mark und Bein gegangen ist.

Ich muss verdammt noch mal aufhören, an Bea zu denken! Dieser Kuss hat mir nichts als Ärger gebracht! Trotzdem blitzt in meinen Gedanken immer wieder Beas Muttermal auf, das mir so gefällt.

Karsten und ich lösen uns voneinander und sehen uns an, als müssten wir uns beide darüber klar werden, ob wir weitergehen wollen. Mein Herz rast. Trotz aller Überlegungen ist mir aufgefallen, wie gut Karsten küssen kann. Unsere Blicke treffen sich erneut, und auf einmal ist alles gesagt.

Wir fallen übereinander her. Diesmal ist unser Kuss nicht vorsichtig und abwartend, sondern stürmisch, als würden wir beide damit die Geister der Vergangenheit verscheuchen wollen. Ich höre einige Leute kichern oder tuscheln, aber ich störe mich nicht daran. Als Karsten sich irgendwann von mir löst und mich ansieht, fühlen sich meine Lippen geschwollen an, aber ich bin voller Glückshormone. Ich lächle, während seine Augen voller Leidenschaft sind.

»Wollen wir woandershin?«, fragt er. Seine Stimme klingt belegt, und ich genieße es, zu wissen, dass ich der Grund dafür bin.

Er nimmt meine Hand und zieht mich aus der Küche. Ich widerstehe dem Drang, mich nach Bea umzusehen, als Karsten mich die Treppe hinaufführt. Dann die nächste Treppe, bis wir im obersten Stock des Hauses angelangt sind. Karsten öffnet eine Tür, hinter der sich ein Gästezimmer befindet. Er schließt die Tür hinter uns, ich höre, wie er den Schlüssel umdreht. Eine Gänsehaut jagt über meinen Körper, als er wieder auf mich zukommt. Wir beginnen uns wieder zu küssen, noch stürmischer als zuvor, und seine Hand wandert zu meinem Nacken, spielt mit meinen Haaren. Ich schließe die Augen und genieße die Berührungen. Er gibt ein leises Raunen von sich und presst mich gegen die Tür. Es hätte mir gefallen sollen ... es hätte der Moment sein sollen, in dem er nicht nur seine, sondern auch meine Leidenschaft entfacht. Aber in Wahrheit ist es der Moment, in dem ich die Augen öffne und die Küsse, die nun meinen Hals benetzen, plötzlich nicht mehr gut finde. Es ist der Moment, in dem das männliche Raunen mir eine Gänsehaut verschafft, die nicht angenehm ist und bei der ich mir sehnlichst wünsche, das leise, lustvolle Seufzen von Bea zu hören. Es ist der Moment, in dem ich Karsten unbewusst ein Stück von mir wegdrücke.

»Was ist los?«, fragt Karsten keuchend. In seinen Augen lodert noch das Feuer, das ich nicht mehr erwidern kann. Der Alkohol hat Bea nicht aus meinem Kopf verschwinden lassen. Sie ist noch da, stärker in meinem Kopf und in meinem Herzen als zuvor, viel klarer als vorher.

»Ich kann nicht«, sage ich leise, und obwohl diese Worte an Karsten gerichtet sind, spreche ich sie vielmehr zu mir selbst – als Erkenntnis. »Ich kann nicht«, wiederhole ich. »Es tut mir leid.«

»Da gibt es nichts, was dir leidtun müsste. Es ist okay.« Karsten fährt sich durch die Haare. »Tut mir leid, ich habe wohl irgendwie die Kontrolle verloren.«

Genau wie ich, denke ich. Aber mein Kontrollverlust betrifft nicht ihn. Ich mustere Karsten, der Bea so ähnlich sieht. Er wäre die perfekte Lösung gewesen. Ich wünschte, ich würde *ihn* wollen. Alles wäre einfacher ... ich müsste gar nicht darüber nachdenken, gar nicht diesen inneren Kampf austragen. Wir könnten einfach Hand in Hand wieder runtergehen, ich könnte allen sagen, dass ich Gefühle für ihn habe, und Veronika und Thomas würden uns vermutlich um den Hals fallen und die Hochzeit planen. Wir wären einfach zusammen. Ich müsste mir keine Gedanken über Freundschaft oder Liebe machen, nicht über die Frage des Geschlechts, nicht darüber, wie kompliziert meine Gefühle alles machen könnten, sondern könnte einfach genießen.

Aber ich will ihn nicht. Obwohl er ihr so ähnlich sieht, ist er nicht sie. Mir fehlt das Muttermal, mir fehlen die kleine Zahnlücke und der Geruch nach Babypuder. Mir fehlt das Seufzen und das, was dieses Geräusch in mir ausgelöst hat.

Ich will Bea. Auch wenn ich mir noch nicht sicher bin, wie ich es finde, dass ich sie will ... auch wenn ich mir noch nicht sicher bin, ob ich den Gedanken wirklich zulassen kann. Aber in meinem Herzen weiß ich in diesem Moment trotzdem, dass ich *sie* will. Niemanden sonst.

Kapitel 14

Den ganzen Sonntag starre ich auf mein Handy. Karsten hat mir geschrieben und mich gefragt, ob alles in Ordnung ist. Ich schreibe nicht zurück, weil ich nicht weiß, was ich sagen soll. Meinem Vater schreibe ich auch nicht zurück, obwohl er mich ständig zum Essengehen einladen will und versucht, mich mit Pommes und Cola zu locken.

Der einzige Mensch, von dem ich eine Nachricht haben will, ist Bea, aber sie schreibt mir nicht. Ich sehe ein paar Mal, dass sie bei WhatsApp online ist, und verharre über der Tastatur meines Handys, um dann doch wieder einen Rückzieher zu machen. Was soll ich auch schreiben? *Tut mir leid, dass ich unseren Tanz gesprengt und mit deinem Bruder geknutscht habe, aber dadurch ist mir klar geworden, dass ich mit unserem Kuss nicht klarkomme und er irgendetwas in mir ausgelöst hat.* Es wäre zumindest ehrlich, aber ich bin nicht mutig genug, um diese Worte abzuschicken.

Ich beschließe, die Musik aufzudrehen und mich davontreiben zu lassen, weg von allem, was mir zurzeit zu schaffen macht. Aber selbst das will diesmal einfach nicht funktionieren. Die Magie wirkt nicht. Während des Tanzens bleibt der Kopf voll, und das Chaos in meinem Leben bleibt bestehen.

Ladies and Gentlemen: Jo Bergmann, das Mädchen, das nichts auf die Reihe bekommt.

Unschlüssig stehe ich vor der Schule. Der Unterricht fängt bald an, ich muss mich wirklich beeilen, wenn ich pünktlich sein will. Aber dennoch stehe ich weiter einfach nur da und starre auf die hellgelbe Fassade, die dringend einen neuen Anstrich gebrauchen könnte. Da drin erwartet mich nichts Gutes, das habe ich im Gefühl. Dort werden Bea, Paula und Karsten sein ... und so viele andere, die Karsten und mich auf der Party zusammen gesehen haben und Dinge hineininterpretieren werden, die in Wirklichkeit nicht passiert sind. Mir ist übel. Am liebsten würde ich wieder nach Hause fahren, mich unter der Bettdecke verkriechen und erst hervorkommen, wenn das letzte Schuljahr vorbei ist.

Ich seufze, drehe die Musik auf meinen Ohren ein wenig lauter und mache dann mein Lieblingslied an. Dann straffe ich die Schultern und betrete das Schulgebäude. Mein Blick ist starr nach vorne gerichtet, mein Innerstes ist in Kampfstellung. Es ist, als würde ich um mich selbst einen Schutzwall bauen, an dem gleich alles abprallen wird – jeder Blick, jeder Spruch.

Als ich den Kursraum betrete, spüre ich trotzdem die Blicke. Ich erwidere sie nicht, sondern lasse meinen Kopfhörer auf den Ohren und suche eilig meinen Platz, der zum Glück in der hintersten Reihe ist – so laufe ich nicht Gefahr, auch während des Unterrichts angestarrt zu werden. Trotz meines Versuchs, eine Scheißegal-Haltung einzunehmen, huscht mein Blick zu Beas Tisch, direkt neben meinem. Er ist leer. Vorsichtig scanne ich den Raum ab und finde sie in der ersten Reihe neben Helena Rossi. Sie hat sich umgesetzt? Weg von mir? Ich starre sie an, mein Schutzwall bröckelt. Nach der Sache mit Karsten habe ich gedacht, dass ihre Wut auf mich gewachsen ist, aber mit der vollkommenen Ignoranz, mit der sie mich nun straft, habe ich nicht gerechnet. Tatsächlich würdigt sie mich keines Blickes, es ist, als wäre ich Luft, und ich weiß nicht, ob ich wütend oder traurig sein soll. Irgendwie ist es eine Mischung aus beidem, aber vor allem bin ich wütend auf mich selbst, weil ich Karsten geküsst habe. Vielleicht denkt sie sogar, wir hätten miteinander geschlafen, aber ich hoffe darauf, dass Karsten ihr die Wahrheit gesagt hat.

Ich sehe einige der Jungs über mich reden. Stefan kommt auf mich zu. Er steht so demonstrativ vor mir, dass mir nichts anderes übrig bleibt, als meine Kopfhörer abzunehmen.

»Was?«, frage ich.

»Schon gesehen?«, fragt er zurück und hält mir sein Smartphone vor die Nase.

»Ich hab heute echt keinen Bock auf irgendwelche komischen Videos, in denen Leute sich auf die Fresse legen.«

»Guck doch erst mal, bevor du mich dumm anmachst.«

Ich rolle mit den Augen und nehme dann das Smartphone in die Hand. Ich gucke nur kurz drauf, bin völlig desinteressiert. Erst als mein Gehirn checkt, was ich mir da ansehe, gucke ich genauer hin. Mir wird gleichzeitig heiß und kalt, während ich auf das Video starre. Karsten und ich, in ziemlich inniger Position an der Küchenwand. Ich erinnere mich wirklich nicht daran, von Handykameras gefilmt worden zu sein ...

»Gott«, flüsterte ich und würde mir am liebsten die Augen zuhalten. Ich fühle das schlechte Gewissen wieder aufkeimen. Und diesmal ist noch mehr dabei: Scham. Ich bin wirklich kein Mädchen, das sich in der Öffentlichkeit so zeigt. Ich bin offen und lebensfroh und vielleicht ein wenig verrückt, aber sonst halte ich mich in Sachen Jungs wirklich immer bedeckt.

»Wer hat das alles gesehen?«, frage ich.

Stefan verzieht das Gesicht. »Ich fürchte, so ziemlich jeder. Ich wollte nur, dass du weißt, worüber so getratscht wird.«

Das Video stoppt erst, als Karsten und ich auf dem Weg nach oben sind. Offensichtlicher geht es kaum. *Jeder* wird denken, dass ich oben mit ihm geschlafen habe.

»Danke«, murmle ich und wünschte, ich wäre doch im Bett geblieben.

»Kopf hoch. Ich persönlich sehe nichts Schlimmes daran, aber es gibt halt immer welche, die sich an so was aufhängen und dann *haten*.«

Stefan nimmt sein Handy und geht zurück an seinen Platz. Im selben Moment kommt unsere Deutschlehrerin rein und beginnt den Unterricht. Ich versuche mich darauf zu konzentrieren, aber der leere Platz von Bea hat eine zu hohe Anziehungskraft auf mich. Dauernd muss ich dort hinsehen. Es fühlt sich an, als wäre mein linker Arm amputiert worden. Bea ist zwar nur einige Meter weiter vorne, aber sie fühlt sich dennoch unerreichbar an.

Nach dem Unterricht stürme ich sofort zu ihr. »Kann ich mit dir reden?«, frage ich, mit flehendem Blick. Mir ist bewusst, dass die anderen uns anstarren, aber das ist mir egal. »Bitte«, flehe ich weiter. »Nur kurz. Ich würde dir nur gerne das mit Samstag erklären.«

»Ich denke nicht, dass es da etwas zu erklären gibt«, sagt Bea kalt. Sie schnappt sich ihre Tasche und will offenbar den Kursraum verlassen. Kurz überlege ich, sie am Arm zu packen und aufzuhalten, aber noch während ich darüber nachdenke, rauscht sie an mir vorbei.

»Es ist nichts passiert. Nicht das, was alle denken!«, rufe ich ihr hinterher. Ein paar Mitschüler drehen sich nach mir um – teils neugierig, teils mitleidig, aber Bea reagiert nicht, sondern geht einfach weg.

Die Mittagspause verbringe ich mit Musik auf den Ohren auf der Wiese neben der Sporthalle. Während ich die Sonne auf meinen Bauch scheinen und den Beat auf mich wirken lasse, fühle ich mich nicht ganz so einsam. Nach außen hin sehe ich vollkommen relaxed aus, aber im Innern ist es ganz anders. Ich muss dem Drang widerstehen, immer wieder zu Bea und den anderen zu sehen, die ein paar Meter weiter auf der Tischtennisplatte sitzen und den Jungs beim Basketballspielen zusehen. Es kostet mich wirklich Überwindung, so zu tun, als würde mich das alles gar nicht interessieren.

Die Musik ist so laut, dass ich nicht mal die Klingel höre. Ich bekomme erst mit, dass die Pause vorbei ist, als alle anderen aufstehen und ins Schulgebäude strömen. Ich habe es nicht so eilig, zurück in einen Kursraum zu kommen, in dem alle über mich tuscheln und in dem Bea nicht mit mir spricht. Wie in Trance stehe ich auf, klopfe mir das Gras von der Jeans und schlendere ins Gebäude. Kurz überlege ich, einfach zu schwänzen und zurück auf die Wiese zu gehen, aber ich entscheide mich dagegen. Die letzten Entscheidungen, die ich getroffen habe, waren wirklich mies, und neben all meinen Problemen soll nicht noch Ärger mit der Schule dazukommen.

Die Mädchen drängeln sich um den Aushang. Ich sehe rein gar nichts, entscheide mich aber dafür, lieber zu warten, bis die anderen ihre Neugier gestillt haben, anstatt mich in diesen Knäuel aus Tutus zu quetschen. Das Vortanzen gestern war eine Katastrophe, ich war gedanklich immerzu nur bei Bea, daher mache ich mir wenig Chancen auf eine Rolle bei der Aufführung.

Doreen eilt auf mich zu, ihr Pferdeschwanz wippt bei jedem Schritt mit. »Du bist im mit mir im Schneeflocken-Walzer«, kreischt sie förmlich.

»Ehrlich?« Ich suche in ihrem Blick die Spur eines Witzes, irgendwas, das mir verrät, dass sie lügt, aber ich sehe nichts als echte Freude. Ich versuche ihre Worte zu realisieren, niemals hätte ich gedacht, in der Stammbesetzung zu sein, und dann auch noch für eine so tolle Rolle. Es ist keine Hauptrolle, aber viel mehr als eine Statistenrolle.

Ich kämpfe mich nun doch durch die Mädchen, um es mit eigenen Augen zu sehen. Da steht es tatsächlich, direkt neben meinem Namen. Unwillkürlich breitet sich ein Lächeln auf meinen Lippen aus. Sosehr ich das klassische Ballett auch manchmal hasse ... so sehr liebe ich es manchmal auch. Ich suche die Liste ab und finde Beas Namen. Bea Mönning: Clara. Sie hat es geschafft! Bea hat wirklich die Hauptrolle ergattert.

Ich drehe mich um, suche nach ihr. Sie steht mit ein paar anderen Mädchen in der Nähe der Ballettstange. Sie bekommt Umarmungen und Glückwünsche, und das Bedürfnis, zu ihr zu gehen und sie auch zu umarmen, ist so groß, dass ich zittere. Ich weiß, dass sie noch immer sauer auf mich ist. Aber in diesem Moment wünsche ich mir einfach nichts sehnlicher, als Bea wiederzuhaben. Ich will wieder ihre Freundin sein. Ich will mit ihr reden und lachen und tanzen. Also straffe ich die Schultern, halte meinen Kopf etwas höher als sonst, um mir Sicherheit zu geben, und gehe auf sie zu. Bea bemerkt es und versteift sich sichtlich. Ein Teil von mir will bei diesem Anblick umdrehen, aber ich bin schon zu offensichtlich in ihre Richtung gegangen, als dass ich den Weg jetzt noch abbrechen könnte. Da muss ich jetzt durch.

»Herzlichen Glückwunsch. Ich wusste, du schafft es.« Meine Stimme zittert, eigentlich zittert mein ganzer Körper. Sicher sehen es die anderen. Einige mustern mich, einige gucken gespannt zu Bea – auch hier beim Training haben die meisten schon mitbekommen, dass wir momentan nicht miteinander reden. Ich setze ein Lächeln auf, um Bea damit aus der Reserve zu locken.

Aber es funktioniert nicht. Bea lächelt nicht, ihr Gesicht bleibt vollkommen ausdruckslos.

»Danke«, sagt sie nur und beginnt dann wieder mit Linda zu sprechen, als wäre ich gar nicht da.

»Bea«, sage ich leise und ernte damit wieder ihre Aufmerksamkeit. »Können wir nicht ...? Also, ich würde wirklich gerne mit dir reden. Vielleicht nach dem Training?« Ich muss es einfach noch mal versuchen. Ich kann Bea doch nicht so kampflos aufgeben.

»Für mich gibt es nichts zu reden«, sagt Bea eiskalt, aber in ihren Augen sehe ich kurz etwas aufblitzen. Ist es Bedauern? Trauer?

»Bitte«, sage ich und versuche ihr mit meinem Blick zu verstehen zu geben, was ich fühle, aber sie sieht mich nicht mehr richtig an, sondern schüttelt den Kopf – den Blick starr auf ihre Füße gerichtet.

Es fühlt sich an, als hätte Bea mir einen Dolch ins Herz gerammt. Ich spüre das Ziehen in meiner Brust, spüre die Hitze in mir aufsteigen. Zunächst stehe ich einfach nur da. Ich bin wie erstarrt, dabei mache ich mich komplett zum Deppen, wenn ich weiter hierbleibe, obwohl ich gar nicht in diesen Kreis gehöre. Bea will mich nicht dabeihaben.

Es ist in diesem Moment unerheblich, was ich wegen dem Kuss mit ihr fühle oder nicht fühle, denn darum geht es hier gar nicht mehr, es geht hier um so viel mehr, um unsere ganze Freundschaft. Sie will nicht mehr mit mir befreundet sein, jetzt weiß ich es mit Sicherheit. Es fühlt sich an, als hätte ich ein Stück von mir selbst verloren – einen Arm oder ein Bein –, und ich weiß nicht, wie ich ohne dieses Stück weitermachen soll. Bea ist mein Antrieb, sie ist meine Seelenverwandte. Mit ihr bin ich besser: konzentrierter, reflektierter und zielstrebiger. Mit ihr habe ich das Gefühl, alles schaffen zu können und das Leben zu feiern. Aber ohne sie? Ohne sie gibt es nur Leere ...

Endlich kann ich mich wegdrehen. Ich gehe an die Stange und beginne mich aufzuwärmen, obwohl kein anderer an der Stange arbeitet. Die meisten sind noch immer dabei, über die Liste zu sprechen, aber die Freude über den Schneeflocken-Walzer ist begraben unter all der Trauer, die ich gerade empfinde.

Frau Graleski kommt herein. Sie klatscht aufgebracht in die Hände. »Wieso steht ihr alle noch herum? Ich weiß, dass ihr aufgeregt seid, aber das ändert nichts daran, dass heute trainiert wird. Nehmt euch an Beispiel an Johanna.« Sie lächelt mir zu. Die anderen Mädchen reagieren prompt, indem sie an die Stange eilen. Die Gespräche verstummen. »Also dann ... Plié.«

Diesmal bleibe ich nicht länger, um noch zu trainieren. Ich schnappe mir nach dem Tanzen nur meine Tasche, steige noch in Ballettsachen auf den Roller und düse davon, ohne
zurückzugucken. Beas Blick geht mir nicht aus dem Kopf ... die Art, wie sie mich angesehen hat, als würde ich ihr nichts bedeuten. Neben all dem Streit, der Sache mit der Auszeit und allem dachte ich wirklich, dass wir unsere Freundschaft noch retten können und wieder alles so wird, wie es mal war. Jetzt bin ich mir plötzlich nicht mehr so sicher. Egal, wie sauer ich auf sie wäre, ich könnte niemals so kalt zu ihr sein, könnte sie niemals so stehen lassen, wie sie mich stehen gelassen hat. Und ich verstehe es nicht. Liegt es an dem Kuss mit Karsten? Denkt sie immer noch, da wäre mehr gelaufen? Oder liegt es an dem Kuss zwischen Bea und mir? Mein Hals wird ganz trocken, während ich darüber nachdenke. Habe ich mit diesem Kuss wirklich alles zerstört?

Ich schlucke die aufkommenden Tränen herunter. In dieser Stimmung hilft mir nur Fast Food, und eigentlich bedeutet das immer Pommes bei Bernd, aber allein der Gedanke ans Salt and Pepper zieht mich noch mehr in die Tiefe. Ich liebe diesen Laden, aber alles daran erinnert mich an Bea, und das verkrafte ich gerade nicht. Ich halte also im Drive-In einer Fast-Food-Kette, bestelle mir eine doppelte Portion Pommes und eine Apfeltasche und fahre damit nach Hause. Meine Mutter hat einen längeren Termin im Büro, und so komme ich in eine verlassene Wohnung. Ich widerstehe dem Drang, Lost myself zu hören, und schalte stattdessen einen Tanzfilm ein, während ich mir mein Essen schmecken lasse, aber weder die Pommes noch der Film können mich aufmuntern. Die Kluft zwischen Bea und mir ist gewachsen, so sehr, dass ich sie von meiner Seite aus nicht mehr sehen kann. Und es tut weh. Es fühlt sich an, als würden sich meine Organe verdrehen und verknoten, ich bekomme kaum noch Luft. Ich habe Bea verloren, dabei dachte ich, dass wir für immer ein Team wären. Unfassbar, dass ein kleiner Kuss alles zerstören kann.

Kapitel 15

Das Gefühl von Verlust ist überwältigend. Immer wieder spielen sich die Bilder in meinem Kopf ab, ich gehe Beas kalten Blick durch, ihre Worte, ihre Abweisung, und fühle mich leer. Ohne Bea bin ich gefangen in einem großen, schwarzen Nichts. Ich habe keine Lust zu tanzen, keine Lust zu essen. Ich liege auf meinem Bett und starre an die Decke, während im Fernseher Serie um Serie an mir vorbeizieht, ohne dass ich den Inhalt richtig aufnehmen kann. Bei dem Gedanken an Montag, wenn ich Bea in der Schule wiedersehen muss, wird mir regelrecht übel. Ich wünschte, ich könnte die Zeit vordrehen und mein Abitur abschließen. Noch vor ein paar Wochen habe ich mich davor gefürchtet, aber nun wäre es ein Segen, die Schule zu verlassen und Bea nicht mehr täglich zu begegnen.

Meine Mutter klopft an meine Zimmertür. »Kann ich reinkommen?«, fragt sie, obwohl sie längst drin ist. Ich wische mir mein Gesicht an der Bettdecke ab und drehe mich um. Ihre Augen sind voller Sorgen. Sie wartet auch keine Antwort ab, sondern setzt sich zu mir aufs Bett. »Du bist jetzt schon seit Freitag in deinem Zimmer. Stimmt etwas nicht? Ich mache mir Sorgen.«

»Ich war nicht nur in meinem Zimmer. Ich war auch in der Küche und im Bad.«

»Richtig«, flüstert meine Mutter beinahe. »Und du hast dir still und heimlich etwas zu essen oder zu trinken genommen und bist dann zurück in dein Zimmer gegangen. Du warst Freitag nicht beim Training. Also ... was ist los?«

Ich richte mich ein wenig auf. Mein Kopf dröhnt vom vielen Weinen, aber ich ignoriere den Schmerz. Stattdessen sehe ich zu meiner Mutter, die anscheinend genauso wenig geschlafen hat wie ich. Ihre Augen haben dunkle Ringe, und sie wirkt mitgenommen. Aus Sorge um mich, oder aus Trauer wegen meinem Vater? Ich kann es nicht sagen ... Und es gibt so viel mehr, was ich nicht sagen kann. Der Wunsch, ihr alles zu erzählen, was zwischen Bea und mir passiert ist, überkommt mich in der gleichen Intensität wie die Trauer zuvor. Es reißt mich förmlich mit. Ich möchte ihr sagen, dass ich Bea verloren habe, dass ich sie geküsst habe ... Ich will wirklich, dass sie es weiß. Ich will, dass sie meinen Kummer versteht. Aber es ist, als hätte ich vergessen, wie es ist, zu sprechen.

»Hey«, sagt sie sanft und drückt meine Hand. »Ist es wegen Papa und mir?«

»Nein. Das ist es nicht«, sage ich ehrlich. »Es ist ... kompliziert.«

»Was auch immer es ist, du kannst es mir sagen. Vielleicht kann ich dir irgendwie helfen.«

Nachdenklich mustere ich sie. Ihre Haare sind heute zu einem Dutt gebunden, und sie hat ihre Lesebrille noch auf dem Kopf, als würde sie eine Sonnenbrille tragen. Früher hätte ich die Hilfe meiner Mutter angenommen. Sie war immer für mich da, sie hat mir damals geholfen, meinen Liebesbrief an Ole zu schreiben, sie hat mich bei der Suche nach Partyoutfits beraten und hat mir mütterlich zur Seite gestanden, als ich mein erstes Date mit einem Jungen hatte. Eine Zeit lang hatten wir wirklich ein sehr enges Verhältnis, aber mit den Jahren ist es immer weniger geworden, weil ich dann Bea hatte, um solche Dinge zu besprechen. Wie weit wir uns voneinander entfernt haben, wird mir erst jetzt klar. Meine Mutter hat mir nicht erzählt, dass Papa fremdgegangen ist. Es muss ihr das Herz gebrochen haben, als sie es erfahren hat. Sicherlich hätte sie mich gebraucht, ich hätte ihr helfen können, aber sie hat sich dagegen entschieden. Sie hat vor mir einfach so getan, als wäre alles in Ordnung.

»Bea und ich sind nicht mehr befreundet«, presse ich hervor. Ich will diesen Abstand zu meiner Mutter nicht. Ich habe Bea verloren, ich habe meinen Vater verloren ... Ich muss dafür sorgen, dass ich wenigstens noch meine Mutter behalte.

»Aber wieso? Bea und du, ihr habt doch eine so enge Freundschaft. Was ist passiert?«

Ich schüttle den Kopf, Tränen kullern mir jetzt über die Wange. »Sie will einfach nicht mehr mit mir befreundet sein«, sage ich, weil ich es ihr nicht näher erklären *kann*.

»Aber einfach so? Es muss doch etwas vorgefallen sein?«

»Ich will nicht mehr darüber nachdenken«, erwidere ich. »Ich habe das ganze Wochenende daran gedacht, aber jetzt kann ich nicht mehr.«

»Okay. Wie wäre es, wenn wir bei Mango Bavaria bestellen und uns etwas Stumpfsinniges im Fernsehen angucken? Ich mag es nicht, wenn du alleine in deinem Zimmer hockst und Trübsal bläst.«

»Das klingt gut«, sage ich matt lächelnd. »Bestellen wir auch Frühlingsrollen?«

»Alles, was du willst.«

Ich nicke und stehe endlich von meinem Bett auf. Meine Glieder fühlen sich ganz steif an, aber es tut gut, sie endlich wieder zu bewegen. Mein Handy, das neben dem Kopfkissen liegt, vibriert, aber ich beachte es gar nicht. Stattdessen folge ich meiner Mutter ins Wohnzimmer, wo wir die Karte vom Asiaten aus der Schublade holen. Ich weiß, dass ich nicht ewig trauern kann, so läuft das Leben nicht. Wir müssen alle immer weitermachen, egal, was uns im Innern zerreißt. Ich muss funktionieren, genau wie meine Mutter funktioniert, obwohl mein Vater ihr das Herz gebrochen hat.

Auf dem Couchtisch befindet sich die halbe Speisekarte vom Mango Bavaria, und unsere Teller sind bis oben hin gefüllt mit Glasnudeln, Ente süß-sauer, Frühlingsrollen und Käsebällchen. Mit den Tellern auf dem Schoß gucken wir, wie der Bachelor gleich verkündet, wen er zum nächsten Einzeldate mitnimmt. Ich hoffe sehr, dass es die Rothaarige ist, da ich selbst rote Haare habe, muss ich mich einfach mit ihr solidarisieren. Meine Mutter drückt die Daumen für die mit den blonden langen Haaren, die für mich zu viel Ähnlichkeit mit Barbie hat. Ich weiß, dass in dieser Show vieles gefakt ist, aber ich stehe trotzdem drauf.

Wir werden bei unserem Essen gestört, als es an der Tür klopft, dann hören wir einen Schlüssel im Schloss umdrehen. Meine Mutter und ich tauschen Blicke, gleichzeitig stellen wir die Teller auf den Couchtisch und stehen auf, um zur Tür zu gehen, aber mein Vater kommt bereits ins Wohnzimmer.

»Papa?«, frage ich.

»Warum bist du hier?«, fragt meine Mutter. »Ist etwas passiert?«

»Warum ich hier bin?«, poltert mein Vater los. »Du hältst mich von meiner Tochter fern. Deswegen bin ich hier.«

»Ich halte dich nicht von ihr fern.«

»Ach nein? Meine Tochter schreibt mir nicht zurück, und sie reagiert nicht auf meine Anrufe. Seit Wochen! Und du willst mir sagen, dass du nichts damit zu tun hast? Wir haben gesagt, dass wir trotz unserer Trennung vernünftig miteinander umgehen und wir uns gegenseitig nicht im Weg stehen.«

»Und hier reinzuplatzen, unseren Fernsehabend zu stören und rumzuschreien fällt dann unter einen vernünftigen Umgang?«

»Du lässt mir ja keine andere Möglichkeit.«

Ich habe genug gehört. Ich stelle mich zwischen meine Eltern und balle die Fäuste. Papa hat sich wirklich einen falschen Zeitpunkt ausgesucht. Ich will mich nicht mit den Fehlern meines Vaters beschäftigen, ich kann ihm noch nicht verzeihen. Ich will einfach meinen Frieden und mich in Ruhe vom Bachelor berieseln lassen.

Meine Stimme überschlägt sich beinahe, so aufgeladen bin ich. »Ich habe mich nicht bei dir gemeldet, weil ich momentan einfach nicht will, okay? Ich will dich nicht sehen, und ich will mich nicht mit dir treffen. Ich weiß, dass dir das wehtut, und es tut mir leid, aber ich bin so unfassbar wütend.« Das Gesicht meines Vaters wird blasser. »Du hast nicht nur Mama wehgetan, sondern auch mir. Du hast nur an dich gedacht. Hast du erwartet, dass wir deinen Betrug einfach so hinnehmen? Wir waren eine Familie. Egal, was für Probleme ihr auch hattet – man hätte es anders lösen müssen. Du hast mit deiner Entscheidung alles mit den Füßen getreten. Und wofür das alles? Für eine Nacht voller Spaß mit irgendeiner Frau?«

»Ich wollte nicht ... bitte, lass es mich dir erklären.«

»Das würde nichts ändern, und ich will deine Erklärung nicht hören, denn es macht nichts wieder gut.«

»Aber ich vermisse dich.«

Meine Augen brennen. »Ich vermisse dich auch. Sehr sogar. Aber ich brauche einfach Zeit, um das zu verarbeiten. Solange ich noch so wütend bin, geht das nicht.«

»Wie viel Zeit brauchst du?«

»Das weiß ich nicht. Aber momentan will ich einfach nicht. Du musst das akzeptieren. Du machst es nicht besser, indem du hier auftauchst und dicke Luft machst.«

»Tut mir leid«, sagt er, nun auch an meine Mutter gewandt. »Ich wusste nicht, dass du so denkst. Ich ... es tut mir leid.«

Mein Vater fährt sich nachdenklich durch die Haare. Er wirkt viel müder als sonst. Jetzt sehe ich seine Augenringe und seine Bartstoppeln. Sonst rasiert er sich jeden Tag, aber das scheint er zurzeit nicht zu machen.

Dann nickt mein Vater. Ich sehe, dass es ihn Überwindung kostet, den Rückzug anzutreten, aber etwas anderes bleibt ihm nicht übrig. Wenn er mich in die Ecke drängt, macht er alles nur noch schlimmer. Und das weiß er.

»Du meldest dich, wenn du so weit bist?«

»Versprochen, Papa.«

»Okay.« Er wirkt so klein ... so verletzt. Und es tut mir leid, dass ich der Grund dafür bin. Aber letztendlich hat er diesen Stein ins Rollen gebracht, und nun muss er eben warten, bis er wieder zum Stillstand kommt. Ohne ein weiteres Wort verlässt er das Wohnzimmer, kurz darauf höre ich die Haustür ins Schloss fallen.

Meine Mutter legt von hinten ihre Arme um mich. Ihre Nähe ist tröstlich.

»Geht es dir gut?«, fragt sie mich leise.

Ich schüttle den Kopf. Mein Leben scheint mir jeden Tag mehr eins reinwürgen zu wollen. Innerhalb von ein paar Wochen ist plötzlich alles anders, alles im Chaos versunken. Und ich weiß nicht, was ich tun soll.

Eine Weile stehen meine Mutter und ich nur da, beide noch völlig benommen von diesem Überfall, bis wir uns wieder gesammelt haben.

»Gucken wir den Bachelor weiter?«, frage ich, denn ich sehne mich danach, nicht mehr nachdenken zu müssen.

»Sicher. Ich glaube, er hat Daria zum Date eingeladen.« Wir schielen beide zum Fernseher, wo der Bachelor gerade mit dieser Daria in ein Wasserflugzeug steigt.

»Dann lagen wir wohl beide falsch.« Ich lächle leicht, es fühlt sich noch etwas gezwungen an, aber trotzdem tut es gut. Gemeinsam lassen wir uns wieder auf dem Sofa nieder und nehmen unsere Teller. Das Essen ist inzwischen kalt, aber keiner von uns sagt etwas dazu. Wir essen einfach stumm, Schulter an Schulter, und versuchen, einfach weiterzumachen. Wir beide, trotz gebrochener Herzen. Und ich fühle mich meiner Mutter mit einem Mal wieder ein Stück näher.

Kapitel 16

Der Montag ist genauso furchtbar, wie ich befürchtet habe. Ich wandle alleine durch die Schule, Bea behandelt mich, als wäre ich Luft. Freddy und Stefan kommen immer wieder zu mir, um mich in Gespräche zu verwickeln und mir das Gefühl zu geben, nicht vollends alleine zu sein, aber es tröstet mich nur geringfügig. Auch wenn ich die Jungs mag und ich sonst gerne mal mit ihnen rumhänge, ist es einfach nicht das Gleiche wie mit Bea. Nichts ist mehr gleich. Der Unterricht ist langweiliger, meine Lernmotivation geringer, und meine Lust auf das Training heute ist förmlich verflogen. Das Tanzen kommt mir plötzlich nicht mehr wichtig vor, irgendwie belastet mich der Gedanke daran eher, weil es mich unweigerlich auch zu Bea führt.

Als die siebte Stunde vorbei ist, bummle ich und verlasse als Letzte den Kursraum. Beinahe renne ich in

Karsten, der vor der Tür steht und offenbar auf mich gewartet hat. Es ist das erste Mal seit der Party, dass ich ihn wiedersehe. Ich bin ihm aus dem Weg gegangen, und auf seine Nachrichten habe ich auch nicht geantwortet. Mir war klar, dass das nicht ewig so gehen konnte, aber ich hatte gehofft, noch ein wenig mehr Zeit zu haben, um mich mit dieser Sache auseinanderzusetzen. Alleine ein Blick auf ihn reicht, um mich schmutzig zu fühlen. Nicht weil ich mit ihm herumgemacht habe, sondern weil ich es aus den falschen Gründen getan habe. Und ich habe Angst davor, was dieser Partykuss für Karsten sein könnte. Ein Kuss und dessen Auswirkungen reichen mir, noch komplizierter brauche ich mein Leben gerade nicht.

»Nicht gerade die feine englische Art, mich so zu überfallen«, murre ich und versuche an ihm vorbeizugehen, aber er versperrt mir den Weg.

»Wenn du dich gemeldet hättest, müsste ich jetzt nicht hier auf dich warten.«

Ich knacke mit meinem Fingerknöchel. »Mag schon sein«, sage ich. »Was gibt's denn?«

»Was es gibt? Du bist ja lustig ... wir müssen reden, das gibt es.«

»Ja, so was habe ich mir schon gedacht«, antworte ich leise.

»Vielleicht können wir uns heute Abend treffen?«

»Warum nicht sofort?«, frage ich zurück. Ich bringe es lieber schnell hinter mich.

»Musst du nicht zum Training?«

»Eigentlich schon. Aber ich habe heute keine Lust.« Karsten guckt skeptisch, ich sehe, wie er mich mustert, aber er kommentiert diese Aussage nicht. Ich bin ihm dankbar dafür.

Wir warten noch ein bisschen, bis die restlichen Schüler das Gebäude verlassen haben. Dann erst gehen wir langsam Richtung Ausgang. Ich bin froh, mit ihm alleine zu sein – ohne diese ganzen Blicke und Gerüchte -, aber es macht mich auch ein wenig nervös. Nachdem ich ihn abgewiesen habe, waren wir nicht mehr lange im Gästezimmer. Ich habe ihn entschuldigend angesehen und bin abgehauen, und nun frage ich mich, was er wohl über diesen Abend denkt.

Karsten sieht auf meine Hände, die mit meinen Locken spielen. Sofort fühle ich mich ertappt. Er kennt mich gut genug, um zu wissen, dass ich das immer mache, wenn ich aufgeregt bin.

»Du bist nervös«, stellt er fest.

»Ein bisschen vielleicht.«

Karsten bleibt stehen und sieht mich an, was mich nur noch nervöser macht. Himmel, jetzt ist es auch noch zwischen ihm und mir so verklemmt, als würde das mit Bea nicht schon genügen. Dann zieht er mich plötzlich zur Wiese. Ich sehe mich um. Wir sind die Letzten auf dem Schulhof, Schüler und Lehrer sind längst nach Hause gegangen, also setze ich mich neben ihm auf das weiche Gras und genieße kurz die Sonne, ehe ich mich wieder Karstens Blick stelle.

»Jo, hör auf, nervös zu sein. Du redest hier mit mir, es ist alles wie immer.«

»Na ja«, sage ich leise. »Bis auf die Tatsache, dass wir uns geküsst haben.«

»Ja, deswegen müssen wir ja auch reden. Aber es ist wirklich kein Grund, mir plötzlich nicht mehr zu antworten oder mir aus dem Weg zu gehen. Wir sind doch Freunde. Oder nicht?«

»Doch«, flüstere ich. »Wir sind definitiv *Freunde*.« Und ich wünschte, wir wären nur Freunde geblieben.

»Beton das doch nicht so, als wäre es jetzt etwas anderes. Hör zu, wir waren beide schräg drauf am Samstag. Ich weiß nicht genau, was bei dir los war, aber irgendetwas war los, genau wie bei mir. Ich mag dich. Sehr sogar. Aber ich empfinde nichts für dich.«

Ich atme zischend aus. Erleichterung strömt durch meinen Körper. »Ich auch nicht für dich. Es war ein Fehler. Wir hätten das nicht tun sollen.«

»Du hast recht. Aber es war nur ein Kuss. Du hast rechtzeitig die Reißleine gezogen, es ist nichts passiert.«

»Aber wir haben uns trotzdem geküsst. Das kann man nicht rückgängig machen.«

»Nein, das nicht. Aber wir können dafür sorgen, dass es nichts zwischen uns ändert.«

Ich blinzle. Bea und ich haben uns das auch vorgenommen, und letztendlich hat sich *alles* verändert.

»Du guckst so skeptisch.«

»Bist du sicher, dass wir das hinbekommen?«, frage ich geradeheraus.

»Klar. Wieso auch nicht?«

»Aber alle wissen davon. Sie wissen, dass wir zusammen hochgegangen sind, und denken, wir hätten miteinander geschlafen.«

Karsten lacht leise. »Na und? Sollen sie doch denken, was sie wollen. Wir beide kennen die Wahrheit.«

»Kennt Bea sie auch? Sie ist ziemlich sauer.«

Karsten runzelt die Stirn. »Sie hat nichts gesagt. Zugegeben, hängt sie in den letzten Tagen immer viel in ihrem Zimmer oder auf dem Dachboden herum und ist recht wortkarg, aber ich dachte, das liegt an dem Vortanzen für diese Aufführung. Das war doch letzte Woche, oder? Sie war sicher einfach nervös.«

»Kann schon sein«, sage ich beiläufig. Bei Karsten kann es durchaus sein, dass ihre Launen am Vortanzen lagen, aber bei mir ist es anders. Diese Ignoranz kann ich nicht auf Nervosität schieben ... das sind einzig und alleine Auswirkungen von diesem blöden Kuss. Es war ein Fehler. Ein Fehler, der mir alles zerstört hat. Und dennoch, tief in mir drin bin ich irgendwie froh, wenigstens einmal in meinem Leben dieses Seufzen bei Bea gehört zu haben, das mir so gefallen hat. Es war so friedvoll, so leidenschaftlich. So habe ich sie vorher noch nie gehört. Alleine der Gedanke daran lässt die Hitze in mir hochsteigen, aber sie ist überschattet von all den negativen Gefühlen. Wieso kann ich nicht einfach aufhören, daran zu denken? Wieso kann mir Bea nicht einfach scheißegal sein?

Karsten knibbelt an einem Grashalm herum. »Warum sollte sie auch wegen uns sauer sein? Hat sie etwa Angst, dass ich jetzt mit dir zusammenkomme und du dann nur noch mit mir herumhängst und sie vernachlässigst?«

»So was in der Art«, sage ich leise.

Karsten schüttelt den Kopf. »Mädchen«, erwidert er. »Aber das wird schon wieder. Ich sag ihr, dass da nichts weiter gelaufen ist, und jetzt, wo sich der Stress mit dem Vortanzen gelegt hat, wird sie bald wieder normal sein. Du wirst schon sehen.«

Karstens Worte bringen die Tränen zum Steigen, bis ich sie nicht mehr zurückhalten kann.

»So wird es nicht sein, nicht wenn es um Bea und mich geht«, flüstere ich. »Nichts zwischen uns wird wieder normal sein. Bea will nicht mehr mit mir befreundet sein. Das ist nicht nur eine Laune von ihr, sie zickt nicht nur rum. Sie meint es wirklich so. Ich ... ich habe alles kaputt gemacht.«

Karsten rückt ein Stück näher zu mir. »Wie meinst du das? Was ist mit euch? Ich meine: Ja, du hast gesagt, dass sie sauer ist, und ich weiß, dass irgendwas zwischen euch ist, aber ich dachte, es wäre nur eine normale Meinungsverschiedenheit. Mädchenkram eben, ihr zickt euch an und vertragt euch dann wieder.«

Ich schüttle den Kopf, die Tränen tropfen dabei auf meinen Handrücken. »So ist es nicht. Es ist übel.«

»Aber was ist denn passiert?«

Zweifelnd beiße ich mir auf den Lippen. Ich will es ihm sagen, irgendwie müssen meine Gedanken ausgesprochen werden, und dennoch hält mich so vieles zurück. Worte können nicht zurückgenommen werden, wenn ich sie einmal ausgesprochen habe, werden sie real sein.

»Jo«, sagt er sanft. Seine Hand legt sich auf meine, er drückt leicht zu, und ich spüre, wie die Mauer bröckelt. Die Worte wollen heraus, ich will es ihm sagen, will endlich über alles reden, was mich verwirrt. Aber es fühlt sich nicht nach dem richtigen Ort an. Hier in der Schule, auch wenn niemand da ist, fühle ich mich nicht sicher genug, um es auszusprechen.

»Können wir woanders hingehen?«, frage ich.

»Wir können an den See fahren.«

»Das geht nicht.« Meine Stimme ist belegt. »Ich brauche einen neutralen Ort.«

»In den Park?«

»Wie wäre es mit dem Wald?« Der Gedanke der dichten Baumkronen und der Ruhe gefällt mir.

»Okay.« Karsten steht auf und zieht mich hoch. Wir gehen los, vorbei an meiner Vespa, die noch auf dem Parkplatz steht, und vorbei an Cafés und kleinen Häusern, bis wir zu dem Waldstück kommen, in dem wir früher oft im Biounterricht waren, um Pflanzenkunde zu lernen.

»Wohin?«, fragt Karsten.

Ich zeige nach links – weg vom Weg und rein ins Dickicht. Dort kommt es mir vor, als hätte ich etwas mehr Privatsphäre. Wir kämpfen uns durch das Unterholz, die Äste knacken unter unseren Schuhen. Aber schon bald finden wir eine Stelle mit einem umgekippten Baum, auf den wir uns setzen können. Durch das Moos bekommen unsere Klamotten sicher Flecken, aber keiner von uns beiden schert sich darum. Wir sind alleine, niemand wird uns hören oder sehen können.

Trotzdem sage ich eine Weile nichts. Ich lasse meinen Blick über die grünen Tannen schweifen und beobachte zwei Vögel, die sich gegenseitig jagen. In meinem Magen grummelt es bei dem Gedanken, gleich alles laut auszusprechen.

»Jo«, sagt Karsten irgendwann. »Komm schon.«

Ich beiße mir auf die Lippen. Dann nicke ich, aber ich weiche seinem Blick aus. Es ist besser, wenn ich ihm nicht ins Gesicht sehe. Besser, ich starre weiter auf die Tanne, als wäre Karsten gar nicht da und ich würde es mir selbst erzählen.

»Vor ein paar Wochen, noch vor der Party, da ist etwas passiert«, beginne ich, aber mir bleiben die restlichen Wörter im Hals stecken. Es ist, als wäre da eine unsichtbare Schwelle, über die ich einfach nicht komme. Ich spüre Karstens Ungeduld, er sitzt auf heißen Kohlen und hat sicher das Gefühl, mir alles aus der Nase ziehen zu müssen, also atme ich ein paar Mal tief ein und aus, um meinen Herzschlag zu beruhigen. »Bea und ich haben uns geküsst«, flüstere ich.

»Was? Wie?«

»Wir haben uns geküsst. Es war vor ein paar Wochen ... keine Ahnung, wie das passiert ist oder wie es dazu gekommen ist. Es hat mich total überrumpelt. Seitdem ist es total komisch zwischen Bea und mir. Wir haben uns versprochen, dass wir den Kuss vergessen, weil er nichts zu bedeuten hat, aber irgendwie haben wir es nicht geschafft. Es wurde immer krampfiger, ich habe mich immer seltsamer benommen, und dann hatte Bea genug von mir.«

»War es denn so? Hatte der Kuss nichts zu bedeuten?«

»Ich weiß es nicht«, sage ich, obwohl das nicht ganz stimmt. Ich schüttle den Kopf. »Da war etwas ... ein Kribbeln. Es hat mir irgendwie gefallen, sie zu küssen. Seitdem denke ich immer wieder an diesen Kuss.« Ich beginne, an der Baumrinde zu knibbeln, um mich abzulenken.

»Bist du in Bea verliebt?«

»Ich bin nicht lesbisch!«, stoße ich förmlich aus. »Wie könnte ich auch? Mein Leben lang stand ich auf Jungs. Ich war mit Leon zusammen, ich habe mit ihm geschlafen, und es war gut. Wenn ich lesbisch wäre, wäre es doch anders gewesen. Ich hätte es doch merken müssen. Und der Kuss mit dir ... er war nicht richtig, aber es ist nicht so, als hätten mich die Küsse absolut kaltgelassen. Du küsst gut«, sage ich leicht schmunzelnd. »Also, wie könnte es sein, dass ich lesbisch bin? Wie? Das passt doch nicht.«

Eine Weile schweigt Karsten, ehe er seinen Kopf zu mir dreht. »Es muss nicht immer Schwarz oder Weiß sein«, sagt er. »Du weißt, dass man auch bisexuell sein kann. Es ist möglich, sich sowohl von dem einen, als auch von dem anderen Geschlecht angezogen zu fühlen. Das ist doch vollkommen normal, manche reden vielleicht nicht immer darüber, aber so geht es doch vielen Menschen.«

»Vielleicht«, sage ich unsicher.

»Aber ist es denn wirklich wichtig, ob du nun lesbisch oder bisexuell oder hetero bist?«

»Ich verstehe die Frage nicht.«

»Ich denke einfach, dass es nicht wichtig ist, dem Kind einen Namen zu geben. Hör auf, die Begriffe zu klären. Du musst jetzt nicht entscheiden, ob du lesbisch, bi oder hetero bist, und es wird auch nicht in Stein gemeißelt. Wichtig ist doch nur, dass du für dich klärst, ob du echte Gefühle für meine Schwester hast oder nicht.«

»Aber sie ist doch meine beste Freundin. Wie kann ich mich da plötzlich in sie verlieben? So aus heiterem Himmel?«

»Du denkst zu viel«, antwortet Karsten und sieht mich mitfühlend an. »Du denkst es kaputt, dabei ist es keine Frage des Gehirns, sondern des Herzens. Ihr zwei wart euch schon immer sehr nah. Und ja, ihr seid Freundinnen, aber ist Freundschaft nicht die Basis für Liebe? Liebe kommt doch nicht plötzlich, sondern sie entwickelt sich, und ich kann mir nichts Besseres vorstellen als eine Liebe, die sich aus einer so tiefen Freundschaft entwickelt. Du bist blockiert, du lässt es nicht zu – ich weiß nicht, ob es daran liegt, dass Bea ein Mädchen ist, oder weil du einfach Angst davor hast, zurückgewiesen zu werden, aber ich glaube fest daran, dass du dir die Gefühle, die du während dem Kuss gespürt hast, nicht eingebildet hast. Sie bedeuteten etwas.«

»Woher weißt du das?«, hauche ich.

»Weil ich dich kenne, und weil ich Bea kenne. Und ich sehe, wie mitgenommen ihr beide seid.«

Ich denke an das Herzklopfen und an das Kribbeln während unserer Berührungen. Ich denke an die Eifersucht auf der Party, als ich sie mit diesem Typen gesehen habe. Und ich denke an das Seufzen während unseres Kusses, das mir immer noch in den Ohren liegt und mich schier um den Verstand bringt.

»Du hast recht«, krächze ich und beginne wieder zu weinen – zum Teil aus Erleichterung, weil ich endlich mit jemandem drüber reden konnte, aber auch aus Verzweiflung, weil Bea und ich zerstritten sind und ich nicht weiß, wie ich das ändern soll.

»Ich glaube, ich weiß, was du brauchst«, sagt Karsten und unterbricht meine Gedankengänge.

»Was denn?«, frage ich, aber Karsten ist schon aufgestanden und zieht mich mit. Wir gehen zurück zur Schule und zur Vespa. Wir steigen beide auf, und ich fahre dahin, wo Karsten mich hinlenkt. Als wir vor dem Bankgebäude halten, bin ich skeptisch.

»Es ist noch zu hell«, sage ich, als wir die Helme abnehmen. »Jeder könnte uns sehen.«

»Ist doch egal«, erwidert Karsten nur. Wieder nimmt er meine Hand, und ich lasse mich zum Eingang führen. Wie beim letzten Mal klingeln wir einfach überall, bis uns jemand öffnet, dann nehmen wir den Aufzug und fahren bis nach ganz oben. Wir öffnen die Tür und landen auf dem Dach. Diesmal wirkt es ganz anders, diesmal gibt es kein Lichtermeer, stattdessen strahlt die Sonne auf uns herab, und ich sehe von hier oben kleine Menschen über die Straße eilen, als stünde ich über einer Miniaturstadt.

»Lass es raus«, sagt Karsten.

»Was, wenn es jemand hört?«

»Scheiß doch drauf. Du musst es laut aussprechen, du musst es rauslassen, denn so wie es momentan ist, ist es kein Zustand.«

Ich straffe die Schultern, mein Magen ist ganz flau. Aber ich will es. Ich kann es nicht länger für mich behalten, jetzt wo die Worte einmal ausgesprochen sind, muss ich sie mir wieder und wieder ins Gedächtnis rufen. Und mehr noch: Ich muss sie richtig sagen. Ich muss endlich das herausschreien, was mein Herz schon seit Wochen weiß.

Ich trete vor, Karsten gibt mir Rückendeckung. Es tut gut, dass er da ist. Dann hole ich Luft.

»Ich bin in Bea verliebt!«, sage ich laut.

»Lauter«, sagt Karsten. »Schrei es richtig heraus.« Ich atme zischend aus, mache mir selbst Mut.

»Ich bin in Bea verliebt!«, rufe ich diesmal so laut, wie ich kann. Meine Worte hallen von den Dächern der umstehenden Häuser wider. Mir gefällt das Echo. Die letzten Wochen hatte ich Angst vor diesen Gefühlen, Angst davor, plötzlich anders zu sein, aber in diesem Moment stelle ich fest, dass ich keine Angst haben muss. Ich bin nicht anders, ich bin immer noch ich. Ich weiß nur endlich, was ich fühle. Das Chaos in meinem Kopf lichtet sich, und ich spüre, wie der Druck von meinen Schultern fällt und ich mich plötzlich wieder leichter fühle.

»Besser?«, fragt Karsten.

Ich lächle ihm zu, aber gleich darauf bekomme ich wieder einen Dämpfer. »Aber Bea«, sage ich. »Ich weiß ja nicht mal, ob sie genauso fühlt. Ich weiß nur, dass seit dem Kuss alles anders ist, aber vielleicht ist sie auch nur anders, weil sie gemerkt hat, wie ich fühle. Vielleicht geht sie deswegen auf Abstand. Was, wenn sie meine Gefühle nicht erwidert und deswegen nicht mehr mit mir befreundet sein will?«

»Das wirst du wohl nur herausfinden, wenn du ihr sagst, wie du fühlst. Oder?«

»Aber sie redet gar nicht mehr mit mir. Selbst wenn ich planen würde, es ihr zu sagen, lässt sie mir doch gar keine Chance dazu.«

»Vielleicht bekomme ich ja raus, was das eigentliche Problem ist«, schlägt Karsten vor.

»Es muss am Kuss liegen. Sicher ekelt sie sich jetzt vor mir, weil sie ahnt, dass ich etwas für sie empfinde. Sie kann nicht mit einer Lesbe befreundet sein, oder wie auch immer wir es nennen wollen. Du hast recht, es ist egal, wie ich es nenne, denn das Ergebnis ist ohnehin immer gleich: Bea will nicht mehr. Sie hat genug von mir.«

»Ich rede mit ihr«, entscheidet Karsten. »Wir bekommen das schon wieder hin.« Nach der Sache auf der Party bin ich mir nicht sicher, ob Karsten wirklich der Richtige für den Job ist, aber er ist trotzdem der Einzige, der mir gerade helfen könnte. Ich vertraue ihm, ich vertraue darauf, dass er mein Geheimnis wahrt und er weder Bea noch jemand anderem von diesem Gespräch erzählen wird. Auch wenn ich Bea vielleicht verloren habe, weiß ich jetzt zumindest, dass ich trotzdem noch auf Karsten zählen kann. Es ist nicht dasselbe, aber es ist ein schwacher Trost, etwas, das mir hilft, mich in all dem Kummer und dem Gefühlschaos nicht zu verlieren. Er hat es als Erster geschafft, das Chaos in mir drin ein wenig zu ordnen. Plötzlich sehe ich die Gefühle nicht mehr kreuz und quer auf dem Boden liegen, sondern sehe sie fein säuberlich und beschriftet in einem Regal, sodass ich wieder Zugriff darauf habe.

Ich bin also wirklich in ein Mädchen verliebt. In Bea. Ich weiß, dass es stimmt, es ist die Wahrheit. Und dennoch fühlt sich der Gedanke noch fremd an.

»Willst du gehen?«, fragt Karsten.

»Können wir nicht noch ein bisschen hier oben bleiben?«

»Was immer du willst.« Wir lassen uns auf den Boden vom Dach nieder und beginnen leise Musik zu hören. Ich will noch nicht runter in die Realität. Hier oben fühle ich mich frei, als wäre aus dieser Perspektive alles viel einfacher zu lösen. Hier oben scheint es kein Problem zu sein, dass ich Bea liebe. Aber was passiert, wenn ich wieder nach unten komme?

Kapitel 17

Das Gespräch mit Karsten schwirrt mir noch den ganzen Abend durch den Kopf, die neuen Erkenntnisse, die neuen Gefühle, die ich jetzt viel deutlicher spüre als vorher. Mein Blick fällt auf die Fotowand in meinem Zimmer, auf der Bea und ich verewigt sind. Sie scheint mich anzustarren, scheint mich herauszufordern. Wie in Trance gehe ich zu den Fotos. Mein Magen rumort, während ich ein Foto von meinem siebzehnten Geburtstag betrachte. Bea gibt mir darauf einen Kuss auf die Wange, wie wir es so oft für Fotos gemacht haben. Ich erinnere mich noch genau daran, wie ihre Lippen sich auf meiner Wange angefühlt haben, und daran, dass ich danach so eine Leichtigkeit gespürt habe. Ist es in diesem Moment geschehen? Habe ich mich da in sie verliebt? Oder war es bei ihrem Auftritt als Aurora, als sie auf der Bühne getanzt hat und ich regelrechtes Bauchkribbeln hatte, als ich gesehen habe, wie gut sie war? Damals dachte ich, es wäre Stolz gewesen, den ich gefühlt habe, aber nun frage ich mich, ob es nicht da schon angefangen hat?

Plötzlich fallen mir so viele Momente ein, Momente, in denen ich mich ihr nah gefühlt, in denen ich mich geborgen und geliebt gefühlt und in denen ich eine Art Kribbeln gespürt habe. Der Moment am See, als ich diese unerklärliche Gänsehaut bekommen habe, als ich Bea nah war, ist plötzlich vollkommen klar, genau wie dieses Gefühl von Geborgenheit und mein hüpfendes Herz, als sie mich auf dem Dach umarmt hat. Es war nie dieses starke Herzklopfen, das ich seit dem Kuss spüre ... Es war anders, aber doch da. Schon lange. Ich habe es nur nie gesehen, habe es nicht richtig interpretiert. Ich habe es verdrängt, so wie ich auch den Streit meiner Eltern immer wieder verdrängt habe.

Und nun? Nun sind meine Eltern entzweigebrochen, genau wie Bea und ich. Es gibt kein uns mehr. Und selbst wenn es noch ein »uns« gäbe: Könnte ich meine Gefühle ignorieren und weiter nur mit Bea befreundet sein? Auch nach diesem Kuss, nach diesem Kribbeln?

Mein Blick fällt auf eine Karte, die Bea mir zu meinem vierzehnten Geburtstag geschenkt hat und die auch an meiner Fotowand pinnt. Bea hat eine Ballerina mit roten, wilden Haaren gemalt und das Tutu mit Spitze geklebt. Es ist kitschig und süß, und ich weiß noch, wie sie mir diese Karte feierlich übergeben hat, zusammen mit einem Gutschein für ein Freundinnenwochenende. An diesem Wochenende haben wir uns neue Trikots gekauft, haben uns Quarkmasken angerührt, riesige Tassen mit heißem Kakao, Schlagsahne und Marshmallows gefüllt und einen Tanzfilm nach dem anderen geguckt. Es war perfekt, vielleicht sogar eins unserer schönsten Wochenenden. Ich habe bei Bea geschlafen, und wir haben bis in den Morgen hinein gequatscht und uns all unsere Geheimnisse erzählt. Es war das Wochenende, an dem wir mehr geworden sind als nur Freundinnen. In dieser Nacht haben wir uns geschworen, immer füreinander da zu sein, wie Schwestern. Und nun? Nun ist von diesem Schwur nichts mehr übrig.

Dabei will ich Beas beste Freundin sein, ich will immer für sie da sein und sie unterstützen. Daran ändern auch meine Gefühle nichts. Wenn es wirklich so ist, wie Karsten sagt, und Liebe aus Freundschaft entsteht, dann ist diese Freundschaft doch von meiner Seite jetzt nicht verschwunden, die Liebe ist nur obendrauf gekommen. Vielleicht wäre es schwer und masochistisch, mit Bea befreundet zu bleiben, auch wenn sie diese Gefühle nicht erwidert und ich immer ein gebrochenes Herz haben würde, aber ein gebrochenes Herz ist besser als das Gefühl, mir würden Gliedmaßen fehlen. Ohne Bea fehlt mir etwas, ohne sie fühlt sich alles falsch an.

In diesem Moment weiß ich, dass die Freundschaft vorgeht – vor allen Gefühlen, vor allen Kränkungen. Auch wenn ich nicht mehr Beas beste Freundin bin, ist sie trotzdem meine.

Ich lasse von meiner Fotowand ab und reibe mir über die Augen. Dann gehe ich in die Küche, um mich damit abzulenken, mir die Speisekarte von Mango Bavaria herauszusuchen und für meine Mutter und mich Essen zu bestellen.

Karsten wartet am nächsten Morgen vor der Schule auf mich. Schon an seinem Gesicht kann ich ablesen, dass er keine guten Neuigkeiten für mich hat. All meine Überlegungen und Hoffnungen einer möglichen Versöhnung mit Bea platzen wie Seifenblasen und scheinen mich mit eiskaltem Wasser zu übergießen.

»Es lief wohl nicht gut«, sage ich, als ich auf ihn zukomme und ihn zur Begrüßung umarme. Neben all den schlechten Gefühlen nehme ich trotzdem positiv wahr, dass Karsten und ich tatsächlich noch genauso locker miteinander umgehen wie vor dem Kuss. Offenbar werden Küsse unter Freunden nur dann zu einem Problem, wenn einer der beiden Gefühle dabei entwickelt, die der andere nicht erwidert.

»Es lief gar nicht«, sagt Karsten muffig. »Sie hat mich total abblitzen lassen und wollte gar nicht erst mit mir reden. Ich habe dann durch die Wand gebrüllt, dass wir uns zwar auf der Party geküsst haben, aber sonst nichts zwischen uns passiert ist. Ich wollte wenigstens, dass sie es von mir hört. Bei den dünnen Wänden hat sie es auf jeden Fall gehört, aber leider hat sie gar nicht darauf reagiert. Ich fürchte, solange sie nicht mit mir redet, habe ich wenig Chancen, dir zu helfen.«

»Wenigstens hast du es versucht«, sage ich. »Danke.«

»Nichts zu danken. Ich bleibe trotzdem dran. Irgendwann wird sie mit mir drüber reden müssen, immerhin wohnen wir Wand an Wand.«

Ich nicke Karsten zu. Er lächelt mich aufmunternd an, dann geht er nach rechts, in den Biotrakt, und ich biege nach links ein, um zum Mathekurs zu kommen, in dem ich Bea Gott sei Dank nicht über den Weg laufe. Ich lasse mich auf den Platz neben Freddy fallen und hole lustlos meinen Collegeblock aus meiner Tasche. Obwohl Bea nicht in diesem

Kurs ist, fühlt es sich an, als wäre sie hier im Raum. Sie besetzt meine Gedanken, meinen Körper, mein Herz, und ich kann an nichts anderes mehr denken.

Auch ohne Karsten weiß ich, was der Grund für Beas Abweisung ist: Bea weiß von meinen Gefühlen, vermutlich wusste sie es schon, bevor ich diese Gefühle richtig greifen konnte. Sie hat es beim Kuss gemerkt und auch bei *Lost myself*. Sie hat bemerkt, wie ich sie angesehen habe, und ist deswegen geflüchtet. Es schmerzt, aber ich kann es sogar verstehen.

Unwillkürlich frage ich mich, wie die anderen hier im Raum reagieren würden, wenn sie wüssten, dass ich in ein Mädchen verliebt bin. Würde Freddy mich seltsam finden? Würde das Mädchen neben mir am Tisch – ich glaube, ihr Name ist Eva – von mir wegrücken? Würden die Mädchen sich beim Ballett nicht mehr im selben Raum mit mir umziehen wollen?

Seufzend beginne ich, mit meinem Kugelschreiber Kringel auf meinen Block zu kritzeln, während unser Lehrer uns mit irgendwelchen Formeln langweilt. Es ist traurig, dass ich mir diese Gedanken mache und dass diese kleine Stimme in meinem Kopf mir all diese Gedanken zuflüstert, aber ich kann es nicht abstellen, genauso wenig, wie ich die Gefühle selbst abstellen kann. Ich kann nur einen Weg finden, um mit beidem zu leben und es zu akzeptieren. Mich zu akzeptieren. Die Gefühle zu akzeptieren. Ich kann es nicht ändern.

Kapitel 18

Ich hebe mein Handtuch vom Boden auf, Bea rauscht an mir vorbei. Ich sollte es inzwischen gewohnt sein, jetzt, wo schon drei Wochen vergangen sind und sie immer noch nicht mit mir redet, aber jedes Mal versetzt es mir aufs Neue einen Stich. Frustriert stopfe ich meine Spitzenschuhe in meine Tasche und versuche den Kloß in meinem Hals hinunterzuschlucken. Dieser Kloß ist der Grund, weshalb ich in den letzten Wochen drei Mal das Training geschwänzt habe – weil ich keine Kraft hatte, um mich diesen Gefühlen zu stellen.

Ich schultere meine Tasche und mache mich auf den Weg zum Ausgang, aber Frau Graleski hält mich auf. »Bevor du gehst, würde ich dich bitte noch kurz sprechen.«

»Natürlich«, sage ich überrascht und folge ihr.

Es ist lange her, dass ich das letzte Mal in ihrem Büro war. Es gibt ein paar neue Pflanzen, aber die Bilder an der Wand sind noch dieselben: Alle zeigen Frau Graleski in früheren Jahren, es ist eine Zeitreise durch ihre gesamte Ballettkarriere. Auftritte in kleineren Tanzaufführungen, dann in der Oper, Zeitungsartikel und Auszeichnungen hängen an den Wänden.

»Setz dich doch«, sagt sie und schließt die Tür hinter sich. Plötzlich werde ich nervös. Es passiert nicht oft, dass Frau Graleski mit uns alleine spricht. Ich nehme auf dem schwarzen Sessel Platz, der vor ihrem Schreibtisch steht, sie geht um den Tisch herum und setzt sich gegenüber von mir hin.

»Wie geht es dir momentan?«, fragt sie. Die Frage überrascht mich. So einfühlsam kenne ich sie gar nicht.

»Gut«, lüge ich.

»Das macht mir nicht den Eindruck.« Ich mache den Mund auf, um etwas zu sagen, aber sie schüttelt den Kopf. »Es ist okay, wenn du nicht darüber sprechen möchtest. Wir beide wissen, dass in meinen Räumen nicht viel Platz für Privates ist. Ich sage euch immer, dass ihr alle Emotionen in eure Tänze legen sollt – das ist die Art, wie ich hier mit Kummer umgehe. Ich glaube, es unterscheidet Leute, die gerne tanzen, von echten Tänzern: Man geht seiner Leidenschaft nach, egal, in welcher Stimmung man ist. Trotzdem lässt sich nicht leugnen, dass einige Emotionen besonders gut fürs Tanzen geeignet sind. Ich für meinen Teil tanze besonders häufig, wenn es mir schlecht geht. Es hilft mir beim Verarbeiten.«

Ich nicke, weil es mir genauso geht. Beim Tanzen fühle ich, wie der Ballast von mir abfällt und ich mich etwas leichter fühle. Es ist wie beim Schwimmen. Im Wasser ist alles leicht, man fühlt sich beinahe schwerelos, aber wenn man dann aus dem Wasser steigt, verfliegt die Leichtigkeit innerhalb von Sekunden.

»Ich weiß nicht, was hinter all dem steckt und wieso du zurzeit so traurig bist«, fährt Frau Graleski fort. »Aber du bist unkonzentriert und nicht bei der Sache. Deine Arabesques waren noch nie so schlecht wie in den letzten Wochen. Und sosehr ich auch verstehe, wie es ist, wenn man Kummer hat – aus welchen Gründen auch immer –, darfst du dir diese Unkonzentriertheit jetzt einfach nicht leisten, Johanna. Nicht, wenn dein Ziel immer noch ist, professionelle Tänzerin zu werden. Was ist mit den Studienplätzen, für die du dich bewerben willst? Die Bewerbungsphase beginnt bald, und dann kommt das Vortanzen. Jetzt ist die Zeit, in der du das zeigen musst, was du all die Jahre bei mir gelernt hast. Ich weiß, dass das klassische Ballett nie deine Lieblingsdisziplin war, deine Stärke liegt im Moderne Dance und im Hip-Hop, aber umso wichtiger ist es, dass du jetzt deine volle Konzentration in das Tanzen und das Ballett legst. Versau dir nicht deinen Traum. Du musst jetzt einfach kämpfen.«

Ich schlucke. Tränen bahnen sich an, aber ich lasse sie nicht zu. Frau Graleski sagt immer, dass in ihrem Unterricht nicht geweint wird, und ich glaube, dass es ebenso für Gespräche mit ihr gilt. Es ist, wie sie gesagt hat: Emotionen werden ins Tanzen gelegt. Man behält alle Emotionen – ob positiv oder negativ – in sich, um sie beim richtigen Tanz hervorzuholen und das Publikum mitzureißen.

»Ich möchte professionelle Tänzerin werden.«

»Dann blende alles andere aus. Was auch immer dich beschäftigt, darf jetzt keine Rolle spielen. Nutze die Emotionen, oder verbanne sie.«

»Ich werde es versuchen«, sage ich, weil ich wirklich aufhören will, mich so zu fühlen wie in den letzten Wochen.

»Nein, Johanna. Das ist nicht die Einstellung, die ich hier haben will.«

Ich schlucke erneut. Mein Mund fühlt sich ganz trocken an, das Schlucken ist fast schon schmerzhaft.

»Ich werde es schaffen«, sage ich schließlich.

Frau Graleski lächelt. »Das glaube ich wirklich. Du bist gut, Johanna. Du hast wirklich Potenzial, und ich glaube, wenn du dich reinkniest, ist dein Weg frei.«

Ich denke an Bea und das Gefühl von Verlust. Ich weiß nicht, wie ich das alles ausblenden soll, wo es mich doch regelrecht erdrückt, aber ich weiß plötzlich, dass ich es für mich nutzen will. Ich werde alles in meine Tänze legen – ich werde meine Schwäche zu einer Stärke machen und das Beste aus dieser Situation herausholen, damit ich in ein paar Jahren sagen kann, dass dieses ganze Leid für etwas gut war. Ich werde mich an die Bewerbungen setzen, mit denen ich mich in den letzten Wochen nicht mehr beschäftigt habe, weil es unweigerlich auch zu Gedanken an Bea geführt hat und dazu, dass die Weggabelung, vor der ich immer Angst hatte, schon vor unserem Abitur gekommen ist. Plötzlich sind wir auf unterschiedlichen Wegen, und ich bin alleine ...

»Wie sieht es mit dem Schneeflockenwalzer aus?«, unterbricht Frau

Graleski meine Gedankengänge. »In der letzten Probe wirkte es noch unsicher, dabei sind es nur noch zehn Tage bis zur Aufführung. Fühlst du dich bereit dazu?«

»Ja«, sage ich. »Ich muss nur einfach noch üben.«

»Das rate ich dir. Alexander Paraveska wird zusehen. Du weißt, wer das ist?«

»Ist das nicht der Leiter der Tanzakademie, in der Sie studiert haben?«

»Ganz genau. Es ist deine Chance, Johanna. Zeig ihm, was du draufhast.«

»Ich habe momentan keinen Übungsraum mehr«, sage ich, als mir klar wird, dass es trotzdem ein Hindernis gibt. Beas Proberaum steht mir nicht mehr zur Verfügung, und in unserer Wohnung ist nicht genug Platz, um zu trainieren. Frau Graleski ist taktvoll genug, um nicht zu fragen, was mit meinem alten Übungsraum ist. Sie weiß, dass ich immer bei Bea trainiert habe, und sicher ist ihr aufgefallen, dass wir nicht mehr miteinander sprechen.

»Du kannst hier trainieren. Ein Raum ist immer frei. Du kennst die Zeiten, in denen ich hier bin, in dieser Zeit kannst du unangemeldet herkommen und einen der leeren Räume nutzen.«

»Wirklich?«

»Wirklich. Daran darf es jetzt nicht scheitern.«

Ich widerstehe dem Drang, Frau Graleski um den Hals zu fallen. Stattdessen lächele ich sie nur an und sage ungefähr zehn Mal Danke, ehe es ihr genug wird und sie mich regelrecht aus dem Tanzstudio schiebt, damit ich nach Hause fahre.

Am nächsten Tag stürze ich mich auf die Bewerbungen. Ich suche die Liste heraus, die Bea und ich aufgestellt haben. Obwohl es erst eineinhalb Monate her ist, kommt es mir vor wie aus einem anderen Leben. An diesem Vormittag habe ich doch wirklich geglaubt, dass Bea und ich nach dem Kuss wieder zur Normalität finden würden, und nun gehe ich alleine die Bewerbungen durch, formuliere E-Mails und Anschreiben.

Ich verdränge den Gedanken an Bea, verdränge mein gebrochenes Herz, und schicke erste Mails raus.

Berauscht von dem Gefühl, etwas Sinnvolles zu tun zu haben, schnappe ich mir meine Ballettsachen und fahre ins Tanzstudio, um den Schneeflockenwalzer zu üben. Wenn diese Aufführung wirklich eine Chance auf einen Studienplatz im Tanz sein könnte, muss ich an mir arbeiten. Wenn ich in neun Tagen auf der Bühne stehe, darf ich keine Maske tragen, ich muss es so machen, wie Frau Graleski sagt: Ich muss alles in den Tanz legen, muss mich zeigen, muss echt sein und meine gesamten Fassetten offenbaren. Ich muss mein Herz heraustanzen, auch wenn es schmerzt und es nach Bea rufen wird. Nur so schaffe ich es vielleicht, meinen Traum zu erfüllen.

Kapitel 19

Hinter der Bühne herrscht hektische Stimmung. Frau Graleski versucht die Ruhe zu bewahren, aber die Mädchen sind alle flatterig und werden immer nervöser, je näher die Aufführung rückt. Mir ist ein wenig übel, aber ich fühle mich gut vorbereitet. Die letzten Tage habe ich intensiv geübt, viel mehr, als es für mich üblich wäre. Mein Kostüm besteht aus einem weiß-silbernen glänzenden Tutu, auf das kleine Schneeflocken angebracht sind. Meine roten Haare sind versteckt unter einer schneeweißen Perücke, und mein Gesicht ist ebenfalls in Weiß und Silber gehalten. Ich sehe anders aus, wenn ich in den Spiegel gucke, aber ich gefalle mir auch.

Ich lasse mich von den anderen anstecken und spinkse ebenfalls hinter den Vorhang. Meine Mutter sitzt bereits auf ihrem Platz, direkt in der zweiten Reihe, und sichtet das Programmheft, das wir auf allen Sitzen verteilt haben. Nervosität flackert in mir auf, als ich sehe, dass auch der Platz von Alexander Paraveska besetzt ist und er ein Klemmbrett auf dem Schoß hat, aber ich versuche, nicht zu viel darüber nachzudenken, was dieser Auftritt für meine Zukunft bedeuten könnte.

Ich lasse den Vorhang los und gehe zu meiner Sporttasche, in der mein Notfall-Schokoriegel steckt, der meine Nerven beruhigen soll. Ich setze mir meine Kopfhörer auf und blende alles um mich herum aus, esse meine Schokolade und versuche mich nur auf mich selbst zu konzentrieren.

Erst nach rund zehn Liedern werde ich langsam ungeduldig. Ich sehe auf die Uhr und stutze, denn wir hätten schon längst anfangen sollen.

Ich verstaue die Kopfhörer in meiner Tasche und sehe mich um. Sind die Mädchen noch hektischer geworden?

»Was ist los?«, frage ich Marie, die gerade an ihrem Kostüm herumfummelt. »Wieso fangen wir nicht an?«

»Es ist irgendwas mit Bea.« Mein Magen krampft sich bei ihren Worten zusammen.

Ein Mädchen aus einem der jüngeren Tanzkurse, das eine Statistenrolle hat, nickt wissend. »Sie hat sich im Bad eingeschlossen und kommt nicht raus.«

»Was? Aber wieso?«

Das Mädchen zuckt mit den Schultern. »Keine Ahnung, aber Frau Graleski versucht gerade, das Problem zu lösen.«

Ich schlucke schwer, während ich in Richtung Badezimmer sehe, das hinter der nächsten Biegung verborgen liegt. Was könnte Bea dazu bewegen, die Aufführung zu verzögern? Mein Herz schreit danach, ihr zu helfen und für sie da zu sein, aber nach allem, was geschehen ist, kann ich nicht einfach dort auftauchen. Sie braucht mich nicht mehr, will meine Freundschaft nicht mehr, also muss ich das akzeptieren.

Stattdessen trete ich vor den Spiegel und überprüfe mein Kostüm, doch ich komme nur noch dazu, meine Perücke zu richten, ehe Frau Graleskis Stimme ertönt. »Wo ist Johanna?«

»Ich bin hier«, melde ich mich zu Wort.

Frau Graleski hat rote Flecken im Gesicht, die gar nicht zu ihrem sonst professionellen Auftreten passen wollen. »Du musst mit mir kommen«, sagt sie hektisch. »Bea hat sich im Bad eingeschlossen, und wir kommen einfach nicht an sie heran. Du musst mit ihr reden.«

»Sie wissen doch, dass Bea und ich Probleme haben. Ich bin wahrscheinlich die Letzte, mit der sie reden will.«

Frau Graleski schüttelt den Kopf. »Bist du nicht. Sie hat nach dir gefragt. Sie sagt, sie braucht dich.«

Ich starre sie an, mein Mund steht ein wenig offen. »Meinen Sie das ernst? Hat sie das wirklich gesagt?«

»Ja doch, ja. Bitte, Johanna. Wir sind schon über der Zeit, und ohne die Clara können wir das Stück vergessen. Geh hin, rede mit ihr, und sorg dafür, dass sie da rauskommt.«

Ich nicke und bewege mich in Richtung Badezimmer. Dabei hämmert mein Herz gegen die Brust. Vor der hellblauen Tür, die ins Badezimmer führt, bleibe ich stehen. Mir ist übel, aber diesmal hat es nichts mit der Aufführung zu tun.

Ich atme tief ein, dann klopfe ich sachte. »Bea?« Meine Stimme zittert. »Ich bin's, Jo. Frau Graleski sagt, dass du nach mir gefragt hast?« Obwohl ich versuche, neutral zu klingen, höre ich selbst den flehenden Unterton heraus.

»Bist du alleine?«

Mein Herz macht einen Hüpfer, als ich ihre Stimme höre.

»Ja.«

Dreizehn quälende Sekunden vergehen, dann höre ich das Schloss, und die Tür geht einen Spaltbreit auf. »Kannst du reinkommen?«, fragt Bea, und ich beiße mir auf die Lippen, um mein Lächeln zu unterdrücken, das mir gerade nicht angebracht erscheint.

Ich quetsche mich durch den Türspalt und blicke in Beas verquollenes Gesicht. Es ist offensichtlich, dass sie geweint hat. Ihr mühsam aufgetragenes Make-up besteht nur noch aus Schlieren, und ihre Haut ist gerötet. Kaum, dass ich neben ihr stehe, schließt sie das Badezimmer wieder ab.

Bea und ich sind alleine und sehen uns an. So viele Fragen liegen mir auf der Zunge, so viele Emotionen toben in mir, aber ich weiß, dass das alles gerade nicht wichtig ist. Wichtig ist nur Bea.

»Was ist los?«, frage ich sanft.

»Ich kann das nicht«, sagt sie, und eine dicke Träne kullert über ihre Wange. Ich widerstehe dem Drang, ihr näher zu kommen und die Träne wegzuwischen. Ich bleibe auf Abstand und sehe sie nur an.

»Was kannst du nicht?«

»Die Clara sein. Ich werde es versauen, ich weiß es.«

»Bea«, sage ich, »natürlich kannst du es. Die Proben waren immer perfekt, Frau Graleski hat dich doch in einer Tour gelobt.«

»Aber gestern ... gestern habe ich es auf dem Dachboden noch mal geübt, und da ist alles schiefgegangen. Es war wie in meinem Albtraum, weißt du noch?«

»Der, in dem du beim Vortanzen hingefallen bist?«

Bea nickt betrübt. »Ich schlafe seit Tagen schlecht, und ich drehe hier noch komplett durch. Ich bin gestern hingefallen, und sicherlich passiert es mir heute auch, und das, wenn Alexander Paraveska da ist. Es ist meine Chance, aber ich werde sie vermasseln.«

»Du vermasselst sie nur, wenn du hier heulend rumsitzt und die Aufführung platzen lässt«, sage ich streng. Bea braucht jetzt Trost, aber sie braucht auch jemanden, der ihr aus dieser Krise heraushilft.

Ich gehe unwillkürlich einen Schritt auf sie zu – nur einen kleinen Schritt, wie bei der Kontaktaufnahme zu einem scheuen Tier. Ich möchte diesen Funken einer Kontaktaufnahme nicht sofort im Keim ersticken, will sie nicht verscheuchen oder sofort wieder zu aufdringlich sein. Ich will ihr Raum geben, erst recht, wenn ich bedenke, dass die Nähe unseres Kusses die Kluft zwischen uns ausgelöst hat.

»Du musst endlich anfangen, an dich zu glauben, Bea. Wir alle sehen, was für ein Talent du hast, nur du siehst es nicht. Frau Graleski glaubt an dich, sonst hätte sie dir nicht die Hauptrolle gegeben, und sie zählt auf dich. Enttäusche sie nicht. Geh da raus und tanze. Ich weiß, dass du es kannst.«

Bea blinzelt ein paar Mal, ihre Augen sind noch voller Zweifel, aber nach ein paar Sekunden nickt sie endlich. »Okay«, krächzt sie. Sie geht zum Waschbecken und klatscht sich Wasser ins Gesicht.

»Komm«, sage ich und halte ihr meine Hand hin. Es ist ein Reflex, ich denke gar nicht nach, und als ich es doch tue, habe ich kurz Angst, dass es falsch ist ... bis Beas Finger sich um meine schließen. Mit der freien Hand schließe ich das Badezimmer auf und führe Bea nach draußen, wo Frau Graleski mit kalkweißem Gesicht auf uns wartet.

»Alles geklärt?«, fragt sie, und Bea nickt, wenn auch zaghaft.

»Es tut mir leid«, sagt sie.

»Das haben wir alle schon mal durchgemacht«, erwidert sie nur. »Erneuer dein Make-up. In zehn Minuten geht es los.«

»Sie wird da sein«, bestätige ich und helfe Bea dabei, die Spuren ihrer Krise zu beseitigen und wieder eine hübsche Clara aus ihr zu machen.

Bea schminkt sich ab, während ich das neue Make-up zurechtlege. Da ihre Hände noch zu stark zittern, übernehme ich es, die neuen Schichten aufzutragen. Bea hat die Augen geschlossen, ihre Atmung geht nun wieder ruhiger, während ich Concealer und Puder auftrage und dann ihre Wimpern tusche. Als Clara soll das Make-up natürlich sein, daher verzichte ich auf Lidschatten oder Eyeliner und wähle den blassroten Lippenstift, der Bea nur einen frischeren Look verpasst. Sie öffnet leicht ihren Mund, ich starre auf den Schwung ihrer Lippen. Mir wird warm, der mir inzwischen bekannte Kloß in meinem Hals wächst und hindert mich am Schlucken. Beas Lippen zittern ganz leicht, aber sie hält die Augen geschlossen. Ich versuche, meinen Herzschlag zu beruhigen, während ich ihre Konturen mit dem Stift nachfahre und die Lippen in ein blasses Rot tauche.

Bea öffnet ihre Augen, unsere Blicke treffen sich – sie sagen so viel, und doch sagen sie nichts.

»Danke für deine Hilfe«, flüstert Bea.

»Jederzeit«, flüstere ich zurück.

Im gleichen Moment ertönt das kleine Piepen, das den Zuschauern draußen ankündigt, dass die Vorstellung nun beginnt und sie ihre Plätze einnehmen sollen.

»Du schaffst das«, sage ich nur und lege den Stift weg. Beas Blick bleibt noch einen Moment an mir hängen, sie sieht aus, als würde sie etwas sagen wollen, aber sie entscheidet sich dagegen. Stattdessen lächelt sie mir leicht zu und geht dann in Richtung Bühne, um sich für ihren ersten Auftritt bereit zu machen. Ich bleibe zurück und versuche meine Gefühle zu sortieren.

Kapitel 20

Wir stehen im Scheinwerferlicht, die Arme jeweils auf die Schultern des Nachbarn gelegt, und verbeugen uns, während die Menge uns applaudiert. Ich höre Klatschen, Pfeifen, Jubeln, und die Glückshormone jagen durch meinen Körper. Ich versuche meine Mutter oder Alexander Paraveska auszumachen, aber das Licht blendet mich, sodass ich die Gesichter in der Menge nicht erkennen kann. Der Vorhang zieht sich zu, und wir fallen uns alle in die Arme – aus Erleichterung, weil alles funktioniert hat und aus Stolz, dass wir es gut gemacht haben. Ich umarme so viele Menschen, dass ich den Überblick verliere, wen ich gerade drücke. Es ist wie ein Rausch, als wäre ich gar nicht richtig bei Sinnen. Und dann rieche ich das Babypulver. Ich blinzle und sehe in Beas Gesicht, die mir ein strahlendes Lächeln zeigt. Auch in ihren Augen sehe ich Stolz – Stolz, den ich gerade auch für sie empfinde.

»Du hast es geschafft«, sage ich überschwänglich. »Und du warst großartig.«

»Du auch«, sagt sie. Ihre Augen suchen meine, sie wirkt leicht unsicher, irgendwie abschätzend, als würde sie auf etwas warten, aber ich weiß nicht, worauf. Dann umarmt sie mich, ihr Duft umhüllt mich, die Wärme ihrer überhitzten Haut dringt durch mein Kostüm. Viel zu schnell lösen wir uns wieder voneinander, am liebsten würde ich noch viel länger in dieser Nähe verharren, aber es ist mehr, als ich mir noch vor ein paar Tagen erhofft habe, also schenke ich ihr nur noch mal ein Lächeln und umarme dann Marie, die neben Bea auftaucht.

Hinter der Bühne wird Sekt und Orangensaft eingeschenkt, um auf unseren erfolgreichen Auftritt anzustoßen. Frau Graleski sagt uns allen, wie stolz sie auf uns ist, und dann erheben wir die Gläser und prosten uns zu.

Danach ziehen wir uns um, schminken uns ab, und der Zauber des Auftritts verfliegt allmählig, aber die Glückshormone bleiben. Mein fehlerfreier Tanz und die Umarmung mit Bea fühlen sich in meiner Erinnerung an wie kleine elektrische Impulse, die durch meinen Körper gehen.

Frau Graleski kommt zu mir. »Das hast du toll gemacht, Johanna.«

»Danke«, erwidere ich. »Haben Sie schon etwas von Alexander Paraveska gehört? Wie fand er es?«

»Ich setze mich morgen mit ihm zusammen.«

»Erst morgen?«, frage ich enttäuscht. Ich hatte gehofft, schneller eine Rückmeldung zu bekommen.

»Solche Sachen brauchen eben etwas Zeit. Aber ich melde mich bei dir, sobald das Gespräch vorbei ist.«

»Okay. Danke, Frau Graleski, auch für den Weckruf und das Angebot, im Studio zu trainieren.«

Sie nickt lächelnd. »Ich bin froh, dass du die Chance genutzt hast.« Sie legt mir kurz ihre Hand auf die Schulter, bevor sie zum nächsten Mädchen eilt. Ich nehme endlich die Perücke ab und entferne meine Schminke. Meine Haut spannt, weil sie so viel Make-up nicht gewöhnt ist, und ich bin froh, endlich wieder mich selbst im Spiegel zu sehen.

Die Unruhe hinter der Bühne lichtet sich, immer mehr Mädchen verabschieden sich, und unter meine Leichtigkeit mischen sich Gedanken und Fragen. Immer wieder sehe ich verstohlen zu Bea, die gerade ihre Spitzenschuhe in ihre Tasche räumt. Ich würde gerne zu ihr gehen, würde gerne alles mit ihr klären, aber es kommt mir vor, als würde ich mich an ein Reh heranschleichen wollen. Eine falsche Bewegung, und sie ist wieder weg, also entscheide ich mich dagegen. Bea hat mit mir geredet und mich umarmt, das muss einfach für den ersten Schritt genügen. Ich darf mein Glück nicht überstrapazieren.

Ich schultere daher meine Tasche. »Ich bin auch weg!«, rufe ich in die Runde. Ich widerstehe dem Drang, noch mal zu Bea zu sehen, und gehe Richtung Ausgang.

Aber es ist Bea, die mich aufhält. »Warte!«, ruft sie mir zu. Drei Herzschläge warte ich, ehe ich mich umdrehe und sie ansehe. Sie kommt zu mir, ihre Tasche ist ebenfalls auf ihren Schultern.

»Kann ich mitkommen?«, fragt sie, und ich höre eindeutig Unsicherheit heraus.

»Ja«, krächze ich mehr, als dass ich es sage. »Klar.«

Stumm gehen wir nebeneinanderher, an den inzwischen leeren Stuhlreihen vorbei. Auch der Stuhl meiner Mutter ist leer, da sie noch eine Verabredung mit einer Freundin hat. Wir verlassen das Gebäude, vor dem meine Vespa steht.

Bea bleibt stehen. Die Anspannung in mir ist beinahe unerträglich, doch ich lasse ihr Luft, indem ich meine Fingerknöcheln knacken lasse.

»Ih, lass das«, beschwert sich Bea und grinst, wie sie es immer tut, wenn ich das mit den Knöcheln mache. Dann sehe ich, wie ihre Lippe zittert. Vor Nervosität?

»Können wir reden?«, fragt sie.

Ein kleiner Teil in mir will sie anzicken und ihr sagen, dass ich schon vor Wochen reden wollte und sie mich einfach hat stehen lassen – sie soll wissen, wie sehr mich das verletzt hat. Aber ich halte mich zurück. Ich will nicht alles wieder kaputt machen, ich will wirklich gerne mit ihr reden, sie wieder für mich gewinnen. Dabei ist es mir auch egal, dass sie meine Gefühle nicht erwidert. Ich weiß nicht, wie, aber irgendwie werde ich es hinbekommen, über sie hinwegzukommen, solange ich sie nur wieder als Freundin habe. Freundschaft geht vor Liebe, und ich brauche ihre Freundschaft – ich brauche Bea in meinem Leben.

»Sollen wir zu dir fahren?«

Bea kaut auf ihrer Lippe herum. »Andi und Karsten sind da … und meine Eltern. Die Wände sind so dünn, ich habe keine Lust, dass sie jedes Wort mitbekommen, das wir besprechen.«

»Verstehe. Bei mir ginge es. Meine Mutter ist jetzt erst mal bei einer Freundin, aber ich weiß nicht, wann sie wiederkommt.«

Bea nickt nachdenklich. Sie beginnt mit einer Haarsträhne zu spielen, die sich aus ihrem Dutt gelöst hat und ihr nun ins Gesicht fällt. »Und wenn wir zum See fahren?«

»Zum See?«, frage ich. Die Vorstellung, mit Bea in dem großen Haus dort alleine zu sein, an einem Ort, der mir so viel bedeutet, ist aufregend und beängstigend zugleich. Ich habe Angst, dass diese Umgebung mich und meine Gefühle noch mehr durcheinanderbringt, aber wenn ich Bea wirklich als Freundin zurückgewinnen will, gehört es auch dazu, mit den Gefühlen klarzukommen. Und ich liebe das Haus am See.

»Treffen wir uns in einer Stunde an der Straßenecke beim Bäcker? Und dann fahren wir zusammen dahin?«, frage ich.

»In einer Stunde«, bestätigt Bea. Ihr Lächeln ist noch immer zaghaft, aber ich bin mir dennoch sicher, dass sie auftauchen wird. Ich lächle ihr ebenfalls zu, und dann steige ich auf meine Vespa und fahre los.

Zu Hause stelle ich mich sofort unter die heiße Dusche. Meine Gedanken scheinen in meinem Kopf Achterbahn zu fahren. Immer wieder lasse ich alles, was seit dem Kuss passiert ist, in meinem Kopf Revue passieren und frage mich, wieso gerade jetzt der Punkt gekommen ist, an dem Bea reden will. Ich finde keine Antwort darauf, aber ich hoffe, dass sie mir eine geben wird.

Während der einstündigen Fahrt spüre ich Beas Hände, die um meine Hüften liegen, so intensiv, dass ich mich immer wieder dabei erwische, wie ich den Atem anhalte. Ob sie wohl merkt, was ihre Nähe bei mir auslöst?

Ich bin regelrecht erleichtert, als wir endlich in der Auffahrt halten und Beas Griff sich von mir löst, weil ich mich wieder auf das Hier und Jetzt konzentrieren kann. Das Haus am See wirkt verlassen, ohne das Bellen von Emma und ohne Veronika, die den Gartentisch deckt. Leichte Nebelschwaden hüllen den See in eine mystische Atmosphäre und runden den verlassenen Eindruck damit ab. Es ist erst das zweite Mal, dass ich ohne Beas Eltern hier bin. Karsten und Bea haben ihren siebzehnten Geburtstag hier gefeiert, aber ansonsten waren Veronika und Thomas immer dabei.

Bea schließt die Haustür auf. Drinnen ist es düster und stickig. Wir öffnen erst mal alle Fenster und Türen, während Bea Tee aufsetzt. Ich habe Angst, falsche Dinge zu sagen oder zu tun und Bea wieder zu vergraulen, aber gleichzeitig ist mir auch bewusst, dass bestimmte Dinge gesagt werden müssen, wenn wir unsere Freundschaft wiederaufnehmen wollen.

Bea reicht mir eine Tasse mit Kräutertee. Ihr Blick ist voller Unsicherheit. Die Kluft, die die letzten Wochen zwischen uns stand, ist kleiner geworden, aber sie ist noch da, und ich weiß nicht, ob ich zuerst einen Sprung hinüber wagen oder ob ich auf Beas Sprung warten soll. Immerhin war sie es, die reden wollte.

»Sollen wir uns setzen?« Bea zeigt zum Sofa.

Zur Antwort gehe ich zu dem dunkelblauen Polster und lasse mich darauf nieder, meine Tasse Tee noch immer in der Hand. Die Wärme zu spüren, hilft dabei, vor Nervosität nicht durchzudrehen. Ich wünschte, sie würde etwas sagen ... und ich wünschte, ich würde es schaffen, etwas zu sagen. Stattdessen nehme ich einen Schluck, obwohl er noch viel zu heiß ist und ich mir direkt den Mund verbrenne.

Ich sehe zu Bea, die auf ihrer Unterlippe herumkaut, bis sie meinen Blick bemerkt. Ich versuche aus ihren Augen zu lesen, was in ihr vorgeht, doch das Buch, das sie einst für mich war, ist nun verschlossen, und ich kann es nicht lesen.

»Du wolltest reden«, sage ich irgendwann, weil ich es nicht mehr aushalte.

Bea nickt. »Es ist ... ich vermisse dich«, sagt sie, und mein Herz, das sich zuvor zusammengezogen hat, drängt sich nun aufgeregt gegen meine Brust.

»Ich vermisse dich auch«, sage ich ehrlich.

In Beas Augen glitzern Tränen, ich sehe, wie die kleine Mauer um sie herum bröckelt.

»Es tut mir leid, dass ich in den letzten Wochen so gemein zu dir war. Als du mit mir reden wolltest und ich einfach dichtgemacht habe ... das war furchtbar. Und trotzdem hast du mir heute geholfen, als ich dich gebraucht habe.«

»Ich bin immer für dich da, Bea. Du bist meine beste Freundin.«

»Ja.« Bea beißt sich erneut auf die Lippe. »Aber genau das ist der Knackpunkt.«

»Es geht um den Kuss, oder?«, seufze ich. Ich muss jetzt mit offenen Karten spielen, auch wenn es mir tierische Angst macht.

»Seit dem Kuss bist du anders«, fahre ich fort. »Wir sind anders.«

»Ich schätze, das stimmt.«

Ich starre in den dunkelbraunen Kräutertee, mache mich bereit, den Sprung ins Unbekannte zu wagen und meine Karten offenzulegen. »Ich denke, ich weiß, wieso du danach so anders warst.«

»Das weißt du?«, fragt Bea überrascht, aber auch unsicher.

»Du hast es gemerkt, oder?« Ich atme tief ein. »Du hast gemerkt, dass der Kuss mehr für mich war ... dass ich ihn nicht vergessen konnte. Du hast es beim Tanzen gemerkt, als ich wegen deiner Nähe durcheinander war, und danach bist du auf Abstand gegangen, weil du diese Gefühle nicht erwidern kannst. Und das ist okay – wirklich, Bea. Es ist nicht so, als hätte ich es mir ausgesucht. Sie waren einfach da, für mich fühlte es sich an, als wären sie ganz plötzlich gekommen, und deswegen war ich überfordert, aber rückblickend betrachtet, glaube ich, dass sie nicht einfach über Nacht gekommen sind, sondern sich herangeschlichen haben. Du hast dich Stück für Stück in mein Herz geschlichen, erst als Freundin, und dann noch mehr und noch mehr. Und ich verstehe, wenn dich das abschreckt, denn es war für mich auch erst befremdlich und erschreckend, aber ich versichere dir, dass das nichts an unserer Freundschaft ändert. Ich bekomme das in den Griff. Irgendwie schaffe ich das. Denn ich will dich als Freundin nicht verlieren. Bitte, Bea.«

Endlich sehe ich zu ihr auf, sehe ihr in die Augen ... Ich sehe keine Abscheu, sehe keinen Schrecken, weil ich endlich offen über meine Gefühle geredet habe, sondern ich sehe ... Verwunderung.

»Du hast Gefühle für mich?«, fragt Bea. Ihre Stimme ist eine Oktave höher als sonst.

Diese Frage verwirrt mich. Ich dachte, meine Gefühle wären für sie längst offensichtlich gewesen.

»Ja«, hauche ich.

»Wieso hast du das nicht gesagt?«

»Das ist nun mal nicht so leicht. Erst wollte ich es nicht wahrhaben, und dann hatte ich wohl Angst vor deiner Reaktion. Und dann hast du nicht mit mir geredet ...«

»Du hättest es mir sagen sollen«, flüstert Bea beinahe. Sie stellt ihren Tee auf den Tisch vor uns. Obwohl ich die Wärme noch mag, tue ich es ihr gleich, weil ich das Gefühl habe, dass die Tassen gerade stören. »Hätte ich es gewusst, wäre das alles doch gar nicht passiert.«

Ein Kloß bildet sich in meinem Hals. »Wie meinst du das?«

»Der Grund, wieso ich so abweisend war, war nicht, dass ich wegen deiner Gefühle geschockt war. Ich war nicht geschockt, ich war verletzt.«

»Verletzt? Aber wieso?«

Bea lacht leise. »Ist das nicht klar? Verdammt, Jo, wir haben uns geküsst, und du hast es als großen Fehler abgetan und es damit erklärt, dass du emotional instabil warst. Was soll ich bitte davon halten? Ich kam mir total verarscht vor.«

Mein Mund steht ein wenig offen, während ich versuche, ihre Worte zu verdauen.

»Das habe ich doch nur gesagt, weil ich es nicht wahrhaben wollte.«

»Mag sein«, sagt Bea. Dann sieht mich Bea an, ihr Blick trifft mich bis ins Mark. »Aber *ich* wollte es wahrhaben. Für mich fühlte es sich nicht an wie ein Fehler oder ein Ausrutscher. Verstehst du jetzt? Ich wollte diesen Kuss schon so lange ... und dann hast du mich zurückgewiesen.«

Mir wird heiß und kalt, mein Herz scheint keine Ruhe mehr zu finden. Beas Worte echoen in meinem Kopf, damit ich wirklich sichergehen kann, sie mir nicht eingebildet zu haben.

»Wieso hast du dann nichts gesagt?«

Bea schnaubt. »Weil mir ein Korb reicht. Ich habe versucht weiterzumachen, genau wie du gesagt hast, aber es ging nicht. Immer, wenn ich mit dir zusammen war, habe ich mich gefühlt, als würde mein Herz brechen. Bei unserem Tanz hat es mich so viel Kraft gekostet, professionell zu bleiben, obwohl mich deine Nähe komplett verwirrt hat. Du hast mich verwirrt, all diese widersprüchlichen Signale, deine Blicke, dieser Kuss ... ich konnte einfach nicht mehr.«

»Also bist du auf Abstand gegangen«, erkenne ich, und endlich fügt sich alles zusammen. Endlich erkenne ich, wieso ich Bea plötzlich nicht mehr lesen konnte, wie ein Buch, weil ich diese Seiten nicht kannte. Ich wusste nicht, dass Bea genauso fühlt wie ich, wusste nicht, was ihre Blicke zu bedeuten hatten. Ein Feuerwerk explodiert in meinem Innern, als ich mir ihre Worte noch mal ins Gedächtnis rufe und sie wirklich in mir aufnehme ... ihre Worte verstehe. Bea hat Gefühle für mich, schon die ganze Zeit. Ich würde es sie gerne noch mal sagen hören, würde ihr gerne dabei in die Augen gucken. In diesem Moment spüre ich pures Glück, auf einmal scheinen sich alle Probleme in Luft aufzulösen. Plötzlich sehe ich uns beide als Paar, plötzlich gibt es da diese Möglichkeiten, diese Bilder in meinem Kopf, wie wir Händchen halten, wie wir uns immer und immer wieder küssen. Ich könnte dieses kleine Seufzen öfter hören, vielleicht so oft, wie ich will.

Ich lächle bei dem Gedanken, meine Hand sucht Bea, ich will ihre Hand halten, sie streicheln ... will die Bilder in meinem Kopf wahr werden lassen.

Aber Bea zieht ihre Hand zurück und schüttelt den Kopf. »Du hattest etwas mit meinem Bruder.«

Die Glücksgefühle, die gerade noch durch meine Ader geflossen sind, verpuffen schlagartig. Die Bilder zersplittern, ich lande auf dem Boden der Realität. Karsten habe ich komplett aus meinem Kopf gefegt, an diesen dummen Kuss auf der Party habe ich gar nicht mehr gedacht. Und ich hasse mich in diesem Moment dafür, dass ich ihn geküsst habe. Ich habe ihn geküsst, obwohl Bea in mich verliebt war. Ein schrecklicher

Gedanke, aber hätte ich gewusst, wie sie fühlt, hätte ich es doch nie gemacht. Hätte ich zu dem Zeitpunkt realisiert, wie ich selbst fühle, hätte ich es auch nicht getan. Es war ein dummer Fehler, mehr nicht. Es hatte doch gar nichts zu bedeuten.

»Das mit Karsten ist nicht so, wie du denkst«, sage ich und bin nun den Tränen nahe. »Ja, wir haben uns geküsst, und ich wünschte, ich könnte es rückgängig machen. Aber du musst mich verstehen, Bea. Es war ein Versuch, dich zu vergessen. Ich wollte es nicht wahrhaben und dachte, du würdest meine Gefühle nicht erwidern. Es war ein Versuch, dich zu vergessen, aber es ist nur bei einem Kuss geblieben.«

»Ihr seid zusammen nach oben gegangen.«

»Ja. Ja, das stimmt, aber da ist nichts passiert.«

»Das hat Karsten mir auch gesagt ...«

Ich sehe sie traurig an. »Und es stimmt. Das alles war einfach nur dumm, aber ich kann diesen dämlichen Kuss nicht mehr ändern. Er hatte nichts zu bedeuten, Karsten und ich sind Freunde, mehr nicht. Er wollte damit nur seinen Kummer wegen Paula vergessen und ich meine Gedanken wegen dir. Es tut mir leid. Es tut mir leid, dass ich ihn geküsst habe und dass ich mit ihm nach oben gegangen bin. Aber ich schwöre dir, dass nichts passiert ist. Sobald wir oben waren, habe ich gemerkt, dass es sich falsch anfühlt. Ich habe die ganze Zeit nur an dich gedacht, in dem Moment habe ich richtig realisiert, dass ich in dich verliebt bin, und deswegen ist nichts weiter passiert. Kaum dass wir oben waren, haben wir aufgehört, und dann bin ich gegangen.«

»Es hat mir wehgetan, euch zusammen zu sehen. Es war wie ein Schlag ins Gesicht.«

»Ich weiß, dass das keine Entschuldigung ist, aber ich war an diesem Tag betrunken und eifersüchtig auf diesen Typen, mit dem du auf der Party rumgehangen bist. Ich dachte, du willst was von ihm, und das hat mich total verrückt gemacht. Also wollte ich mir einreden, dass du mir egal bist und dass unser Kuss mir egal ist.« Nun kann ich meine Tränen nicht mehr aufhalten. »Es tut mir alles so leid. Ich wollte dich doch niemals verletzen. Ich hätte nach unserem Kuss einfach ehrlich sein sollen, ich hätte dir sagen sollen, was der Kuss in mir ausgelöst hat und wie verwirrt ich danach war. Hätte ich mit offenen Karten gespielt, wäre nichts davon passiert. Aber ich war dumm und feige und bin vor meinen Gefühlen davongelaufen.«

Bea zeigt mir ein müdes Lächeln. »Weißt du, irgendwie verstehe ich dich sogar. Mir ging es am Anfang ganz ähnlich, als ich gemerkt habe, dass du mehr bist als meine beste Freundin. Ich habe es auch ziemlich lange verdrängt, bis die Gefühle so stark waren, dass ich sie nicht mehr verdrängen konnte.«

Ich versuche noch mal ihre Hand zu nehmen, ich will ihr einfach nah sein. Es ist, als würde nur eine Berührung mir versichern, dass das hier wirklich geschieht. Ihre Worte sind echt, ihre Gefühle sind echt. Und ich sehe in ihren Augen weniger Wut, ich erkenne, dass sie mir wegen Karsten glaubt. Dass ich sie damit verletzt habe, bleibt – das werde ich nicht mehr ändern können -, aber immerhin glaubt sie mir, dass es nur bei diesem bedeutungslosen Kuss geblieben ist.

Diesmal lässt sie die Berührung zu. Sofort werde ich ruhiger, als würde der Körperkontakt in mir einen Schalter umlegen. Meine Atmung entspannt sich, die Kälte, die mich innerlich zittern ließ, verfliegt.

»Erzähl mir davon«, bitte ich sie leise. »Erzähl mir, wie es bei dir angefangen hat.«

Plötzlich steht Bea auf. Mich überkommt die Angst, sie könnte mich wieder alleine lassen, aber stattdessen reicht sie mir ihre Hand. Ich schlucke, während ich auf ihre zierlichen Finger gucke.

»Ich erzähle dir alles«, sagt Bea, und der Klang ihrer Stimme jagt mir eine Gänsehaut über die Arme. »Aber nicht hier.« Ich weiß nicht, was Bea vorhat, aber ich lege meine Hand in ihre und werde von ihr vom Sofa hochgezogen. Wir lassen unsere noch vollen Teetassen und das Wohnzimmer hinter uns, schenken allem keine Beachtung mehr. Ein Kribbeln nach dem anderen jagt durch meinen Körper – eine Mischung aus Anspannung und Vorfreude, und gleichzeitig das Wissen, dass Beas Hand noch immer in meiner liegt. Die Kluft zwischen uns scheint plötzlich weg zu sein, ich sehe uns wieder gemeinsam auf dem Weg stehen, spüre, dass wir wieder eine Einheit sind.

Unsicher wirft sie mir einen Blick über die Schulter zu. Ich versuche ihr zu vermitteln, dass alles in Ordnung ist und ich ihr überallhin folgen würde. Und dann führt sie mich in eins der Schlafzimmer.

Kapitel 21

Im Schlafzimmer leuchten ein Dutzend Kerzen, die Bea aus dem ganzen Haus zusammengetragen und angezündet hat. Zusammen mit dem Wind, der gegen die Fenster pfeift, ist die Stimmung gemütlich, aber auch aufgeladen. Ich zittere leicht, während ich neben Bea im Bett liege. Wir halten uns noch an der Hand, unsere Gesichter sind zueinander geneigt. Wir haben schon oft so gemeinsam im Bett gelegen – auch bei Kerzenlicht –, aber heute wirkt es anders. Es bedeutet etwas. Es lässt mich vor Aufregung kaum atmen, aber ich habe wundersamerweise keine Angst. Es ist neu, es macht mich nervös, aber es fühlt sich auch richtig an.

Bea sieht mich an, ihre Augen wirken im Licht der Kerzen dunkler als sonst.

»Erzählst du es mir?«

»Ich weiß gar nicht so genau, wie ich anfangen soll. Ich glaube, es hat schon vor einer ganzen Weile angefangen. Vielleicht schon zu der Zeit, als du mit Leon zusammen warst.«

»Aber das ist doch schon über ein Jahr her.«

»Ich weiß.« Bea lächelt gequält. »Es hat mich wahnsinnig gemacht, dich mit ihm zusammen zu sehen. Am Anfang war es mehr ein Gefühl von Neid. Ich dachte, es wäre darauf bezogen, dass du einen Freund hattest und ich nicht. Aber irgendwann wurde es immer stärker, ich wurde eifersüchtig, weil er so viel Zeit mit dir verbracht hat, und konnte es nicht ertragen, wenn du von ihm geredet hast. Erst habe ich es für Angst gehalten, dich als Freundin zu verlieren, als würde die Beziehung zu

Leon mir Zeit mit dir rauben. Aber es war viel mehr als das. Weißt du noch in der Nacht nach deinem sechzehnten Geburtstag?«

»Ich habe dir von meinem ersten Mal mit ihm erzählt.«

»Genau. Du wirktest so glücklich, und ich wollte mich für dich freuen, aber dir zuzuhören hat sich für mich angefühlt, als würde sich etwas in meinem Innersten verknoten. Ich habe kaum noch Luft bekommen. In der Nacht habe ich kein Auge zugetan. Ich habe neben dir gelegen, dir beim Schlafen zugesehen und habe geweint, weil ich erkannt habe, dass es mehr ist als nur die Sorge, dich als Freundin zu verlieren. Der Gedanke, dass du ihm so nah warst, hat verdammt wehgetan. In dieser Nacht habe ich das erste Mal gespürt, was los ist und wieso ich so reagiere. Aber es hat noch ein paar Monate gedauert, bis ich diesen Gedanken wirklich zugelassen habe. Irgendwann waren die Gefühle so stark und so deutlich, dass ich sie gar nicht mehr missverstehen *konnte*.«

»Ich habe nichts davon gemerkt«, sage ich betrübt. Der Gedanke, dass sie weinend neben mir gelegen hat und ich der Grund dafür war, schnürt mir die Kehle zu.

»Ich habe es auch gut überspielt. Ich habe versucht, mir dich aus dem Kopf zu schlagen und es zu vergessen. Ich habe sogar versucht, mich in jemand anderen zu verlieben. Deswegen bin ich mit Patrick zusammengekommen.«

»Nur deswegen? Ich meine ... nur wegen mir?«

»Es war ein Versuch. Ich mochte Patrick. Wenn du nicht gewesen wärst, hätte ich mich vielleicht sogar richtig in ihn verlieben können. Wer weiß. Er war ein toller Kerl, aber es war einfach nicht so wie mit dir. Ich habe immer wieder an dich gedacht, wenn ich mit ihm zusammen war, also habe ich irgendwann Schluss gemacht. Es war nicht fair ihm gegenüber.«

»Aber du hast doch mit ihm geschlafen. Du hattest doch dein erstes Mal mit ihm.«

Bea sieht mich direkt an. »Einmal. Einmal habe ich mit ihm geschlafen.«

»Was? Ich dachte ... du hast so oft davon erzählt.«

»Ich habe gelogen«, sagt sie leise. »Es tut mir leid, ich wollte nicht unehrlich sein, aber ich konnte dir nicht sagen, was los ist. Patrick und ich haben miteinander geschlafen, aber es war nicht so gut. Ich glaube nicht mal, dass es daran lag, dass er ein Junge ist, sondern eher daran, dass ich nicht mit dem Herzen dabei war. Und mit dem Kopf ehrlich gesagt auch nicht. Ich habe es nur getan, weil ich mich damit irgendwie zwingen wollte, dich zu vergessen und Gefühle für Patrick zu bekommen.«

»Aber es hat nicht funktioniert.«

»Richtig.« Beas Daumen kreist auf meinem Handrücken. »Ich habe mich danach schlecht gefühlt. Patrick hat es gemerkt, er dachte, er hätte etwas falsch gemacht, und war total traurig. Ich wollte danach nicht noch mal mit ihm schlafen, und ich glaube, er hat die Schuld bei sich gesucht. Ich habe ihm nie gesagt, was mit mir los war. Hätte ich vielleicht tun sollen, sicher hätte er mein komisches Verhalten dann besser verstanden, vielleicht wäre er dann nicht noch immer sauer auf mich, aber ich habe mich genauso wenig getraut wie es dir zu sagen. Ich habe oft daran gedacht, mit dir über alles zu sprechen. Einmal habe ich dir sogar einen ellenlangen Brief geschrieben, den ich dir nie gegeben habe. Ich war feige. Und du hast nie Anstalten gemacht, mir näherzukommen ... ein paar Mal dachte ich zwar, etwas in deinem Blick gesehen zu haben, aber es ist immer so schnell wieder gegangen, wie es gekommen war, und hinterher war ich mir nie sicher, ob ich es wirklich gesehen oder ob ich es mir nur eingebildet habe. Ich war mir sicher, dass du meine Gefühle nie erwidern würdest. Aber dann hast du mich geküsst.«

Bea lacht leise. »Und wie du mich geküsst hast. Es war besser, als ich es mir je ausgemalt habe. Es hat mich überrascht, aber nach einem Jahr voller Zweifel und Liebeskummer dachte ich, dass wir endlich beide auf derselben Welle wären und beide dasselbe wollen.«

Ich drücke ihre Hand und rutsche ein Stück näher zu ihr. Es erinnert mich an den Moment unseres Kusses, wir liegen so nah, dass unsere Nasenspitzen sich fast berühren.

»Wir *wollen* dasselbe«, flüstere ich. »Am Anfang wollte ich es mir nicht eingestehen, aber inzwischen weiß ich, dass ich es will. Ich will dich in meinem Leben haben, will mit dir zusammen sein. Ich bin in dich verliebt, Bea. Egal, wie sehr ich auch versuche, mich dagegen zu wehren: Die Gefühle sind da. Und wenn es dir auch so geht, dann will ich das hier!«

»Meinst du das ernst? Du willst mit mir zusammen sein?«

Ich nicke, während meine freie Hand zu Beas Gesicht wandert. Ich streichle ihr über die Wange, ihre Haut ist weich und zart unter meinen Fingerspitzen. Bea öffnet leicht ihre Lippen, unter meinen Berührungen erschaudert sie, und ein heftiges Verlangen jagt durch meinen Körper. Nach den ganzen Versuchen, Bea und ihre Wirkung auf mich zu vergessen, ist das Verlangen nun da und überkommt mich wie ein Erdbeben. Bea bringt meine Welt ins Wanken, plötzlich kann ich nicht mehr richtig denken, nicht mehr zweifeln. Nur ein Gedanke ist klar: Ich will das hier.

Ich komme Bea immer näher und näher, bis sich meine Lippen auf ihre legen – zunächst vorsichtig und abwartend. Ich lasse ihr Zeit, sich zurückzuziehen und den Kuss abzublocken. Aber das tut sie nicht. Ich spüre, dass ihre Unterlippe leicht zittert, aber Bea rückt näher, bis unsere Körper sich berühren. Mein Herz macht einen Satz, mein Magen scheint zu flattern, aber es ist ein gutes Gefühl. Meine Hand, die noch immer auf Beas Wangen liegt, wandert in ihren Nacken, wo ich kurz durch die Haare fahre, die sich aus ihrem Dutt gelöst haben.

Bea schlägt die Augen im gleichen Moment wie ich auf, unsere Blicke treffen sich. Ich sehe das Feuer in ihr lodern, ihre Wangen sind gerötet. Sie zieht sich ein wenig zurück, guckt mich forschend an. Kurz sehe ich Unsicherheit aufblitzen.

»Willst du es immer noch?«, flüstert Bea. »Ich will nicht, dass das hier nur ein Moment ist.«

»Glaub mir: Ich bin mir sicher«, lächle ich glückselig. »Es ist nur ein

Moment von vielen, die noch kommen werden. Ich habe keine Angst. Ich laufe nicht mehr weg.«

»Zum Glück.« Bea lächelt, bevor sie mich erneut küsst, diesmal intensiver, drängender. Wir verlieren die Unsicherheit, verlieren Zweifel und Ängste und verlieren ein Stück weit die Kontrolle. Es fühlt sich gut an, nicht nachdenken zu müssen.

Unsere Zungen treffen aufeinander, tänzeln umeinander herum, spielen miteinander. Bea seufzt leise auf – dieses Geräusch, das mich bis in meine Träume verfolgt hat, das Geräusch, das ich nicht vergessen konnte. Ich liebe es, sie zu hören und zu wissen, dass ich der Grund für dieses Seufzen bin und dass ich es immer und immer wieder hören kann, denn jetzt scheint dem nichts mehr im Weg zu stehen.

Meine Hände finden den Weg unter Beas T-Shirt, ich spüre ihre Haut unter meinen Fingerspitzen, erforsche ihren Rücken. Und dann sind Beas Hände an mir, sie zieht mich an der Hüfte noch ein wenig zu sich, sodass unsere Beine übereinander liegen und nichts mehr zwischen uns passt. Meine Finger wandern ein wenig höher, ich fühle Beas BH-Verschluss. Das Verlangen, mehr von ihr zu erforschen, ist stark, ich möchte alles von ihr kennenlernen, möchte ihren Körper erkunden, aber ich habe auch Angst davor, zu schnell zu sein. Bea dreht sich ein wenig, meine Hände rutschen dadurch wie von selbst zu ihren Brüsten. Wieder dieses Seufzen, mit dem sie mir die Angst nimmt, also taste ich mich langsam heran. Ich streichle sie durch den BH hindurch, teste, wie ich es finde, sie so zu berühren. Bea reagiert prompt, indem sie ihre Finger über meine Hüfte kreisen lässt und ihre Küsse zu meinem Hals wandern. Ein Schauer jagt durch meinen Körper, ausgehend von ihren Küssen, die meinen Hals erkunden. Ihre Hände zerren an meinem T-Shirt, ich halte den Atem an, während sie es mir langsam über den Kopf zieht. Ihr Blick ist voller Leidenschaft, ein Ausdruck in ihrem Gesicht, den ich zuvor noch nie gesehen habe. Ich liebe es, diesen Ausdruck in ihrem Gesicht zu sehen.

Insgeheim hatte ich Angst, dass es komisch werden würde, Bea auf diese Art nah zu sein ... das erste Mal solche Nähe zu einem Mädchen ...

ich dachte, es würde mich vielleicht überfordern oder wieder zweifeln lassen. Aber ich spüre nichts davon. Ich spüre keine negativen Gefühle, sondern nur Vertrauen zu Bea und das Wissen, dass sie und ich uns gut genug kennen, um uns so aufeinander einlassen zu können. Und ich spüre Lust. Lust darauf, meine Gefühle auszuleben, Lust darauf, Bea zu zeigen, wie viel sie mir bedeutet. Lust, mit ihr gemeinsam dieses neue Feld zu erkunden und uns noch besser kennenzulernen, auf eine Art, die ich nie zu träumen gewagt hätte.

Als Beas Lippen von meinem Hals zu meinem Dekolleté wandern, schließe ich nur lustvoll die Augen und genieße die Gefühle. Ich zittere leicht, aber es ist eine Mischung aus freudiger Erwartung und Verlangen. Es verstärkt sich noch, als Bea sanft meinen rechten BH-Träger herunterstreicht. Ihre Lippen scheinen überall zu sein, ich höre sie immer wieder leise aufseufzen, während sie meinen Körper erforscht. Ich verliere mich in meinen Empfindungen, in den Küssen, in den Glücksgefühlen ...

Das hier ist perfekt. Es ist der Moment, in dem ich Bea wirklich komplett verfalle, in dem alles in mir ihren Namen ruft. Es ist der Moment, in dem ich mir wirklich sicher bin, dass ich Liebe spüre.

Als ich aufwache, traue ich mich zunächst nicht, die Augen zu öffnen. Ich habe Angst, alles nur geträumt zu haben und alleine in meinem Zimmer zu sein, in einer Welt, in der Bea und ich noch immer zerstritten sind. Aber dann höre ich Bea leise atmen, ich öffne blinzelnd die Augen. Die Kerzen sind erloschen, stattdessen dringt Tageslicht durch das Fenster, feine Staubkörnchen tanzen durch die Luft. Neben mir liegt Bea, die noch schläft, ihre Hand liegt noch in meiner. Unwillkürlich spielt ein Lächeln um meine Lippen.

Ich habe es nicht geträumt. Bea und ich haben uns wirklich unsere Gefühle gestanden. Es kommt mir alles noch so unwirklich vor, als wären die letzten Wochen voller Schwere einfach so verpufft. Ich beobachte Bea, ihre Lippen, die zu einem kleinen Lächeln geformt, und ihre Haare, die vom Schlafen zerzaust sind. In meinem Kopf spielen sich die Bilder der letzten Nacht ab. Ich gehe jede Berührung und jedes Gefühl noch mal durch. Der Moment, als sie mein Shirt ausgezogen hat ... dieses Feuer in ihrem Blick, als sie zu mir hochgesehen hat. Alleine bei dem Gedanken daran überkommt mich ein Verlangen danach, diese Momente noch mal zu erleben. Mit ihr.

So leise, wie ich kann, schlage ich die Bettdecke weg und schleiche mich aus dem Schlafzimmer. Ich gehe ins Badezimmer, wasche mir mein Gesicht, ordne meine Locken und putze mir die Zähne, ehe ich in die Küche gehe, um Frühstück vorzubereiten. Viel haben wir nicht da, aber ich finde im Vorratsschrank noch Toastbrot und ein paar Eier. Kurzerhand zaubere ich uns Rührei, mache uns Tee und stelle alles auf eins der weißen Tabletts, mit denen Veronika immer das Geschirr in den Garten bringt.

Als ich mit dem vollen Tablett zurück ins Schlafzimmer komme, ist Bea wach und sitzt verschlafen auf dem Bett, die weiße Decke noch immer um ihren Körper geschlungen.

»Guten Morgen«, gähnt sie. »Ist das Frühstück?«

»Allerdings.« Ich lasse das Tablett auf dem Bett nieder und setze mich neben Bea. »Ich hoffe, das Rührei schmeckt. Du weißt ja, dass ich nicht gerade die beste Köchin bin.«

Bea nimmt einen Bissen. Dann verzieht sie das Gesicht, ihre Augen verdrehen sich, und sie tut, als würde sie ersticken.

»Haha, wirklich sehr witzig.«

Bea grinst mich an. »Keine Sorge. Es schmeckt gut. Aber ich habe ohnehin so viel Hunger, dass mir vermutlich alles schmecken würde.«

»Dann lass uns reinhauen«, erwidere ich und nehme mir die zweite Gabel.

Eine Weile sagen wir nichts, sondern genießen nur unser Essen und werfen uns immer wieder Blicke zu. Dann räuspere ich mich, weil ich es nicht mehr aushalte. Diese eine Frage drängt sich mir immer mehr auf, und ich muss sie loswerden.

»Wie geht es jetzt weiter?«

Bea lässt ihre Gabel sinken. »Wie meinst du das?«

»Sagen wir es? Das mit uns, meine ich.«

Bea presst ihre Lippen zusammen. »Ich weiß nicht. Ich würde es gerne sagen. Am liebsten würde ich es der ganzen Welt erzählen und überall zeigen, dass wir jetzt richtig zusammengehören. Aber ...«

»Aber was ist, wenn die Leute komisch darauf reagieren?«, spreche ich das aus, was ich in Beas Augen sehe. »Wie sollen wir ihnen erklären, dass aus unserer Freundschaft Liebe geworden ist? Wir verstehen es doch selbst nicht richtig ...«

»Liebe kann man auch nicht immer analysieren, es ist keine Wissenschaft. Manchmal passiert es einfach.«

»Was ist mit den Leuten in der Schule? Und beim Ballett?«

Bea zuckt nachdenklich mit den Schultern. »Wir leben im 21. Jahrhundert. Es sollte eigentlich kein Thema mehr sein, oder?«

»Eigentlich nicht. Aber der Gedanke, es allen zu erzählen, macht mich trotzdem noch nervös. Besonders wenn ich an unsere Eltern denke.«

»Davor habe ich auch Angst.«

Nachdenklich nehme ich das letzte Stück Rührei. »Karsten weiß es, und er hat sehr gelassen reagiert.«

»Er weiß es? Du hast es ihm erzählt?«, fragt Bea überrascht.

»Wusstest du das nicht?«

Bea schüttelt den Kopf. »Ich hatte keine Ahnung. Er hat sich nichts anmerken lassen. Aber wieso hast du es ausgerechnet ihm erzählt?«

»Es war nach der Party«, sage ich und fühle mich wegen dem Kuss gleich wieder schlecht. »Ich musste einfach mit jemandem darüber sprechen, wie es mir ging und was für ein Chaos in mir herrschte. Und Karsten war da und hat mir zugehört. Tut mir leid, dass ich es ihm gesagt habe. Ich hätte das nicht über deinen Kopf hinweg entscheiden sollen, aber ich brauchte einfach jemanden zum Reden.«

»Schon gut«, antwortet Bea, und ich habe wirklich das Gefühl, dass sie es so meint. »Es ist gut, dass er es weiß.«

»Weißt du, ich habe auch darüber nachgedacht, es meiner Mutter zu erzählen, als wir Streit hatten und sie gemerkt hat, dass es mir schlecht geht. Aber ich habe mich nicht getraut.«

»Das verstehe ich. Ich habe mit meinen Eltern doch auch nicht darüber geredet, dass ich Gefühle für dich habe.« Bea nimmt meine Hand. »Aber wir müssen es auch nicht sofort erzählen. Niemand drängt uns. Wieso sollen wir das nicht erst mal genießen? Einfach so, nur für uns beide.«

Ich lächle Bea an. »Das hört sich schön an.« Ich beuge mich vor, um Bea zu küssen. Es ist nur flüchtig, nur eine hauchzarte Berührung, aber sie berührt mein Herz genauso stark wie die leidenschaftlichen Küsse am Vorabend.

Kapitel 22

Ich wünschte, die Zeit würde stehen bleiben. Die Zeit mit Bea im Bett, im einsamen Haus am See, fühlt sich an, als wären wir beide in einer Seifenblase, abgeschottet von der Außenwelt. Ich will nicht in die Realität zurück und die Blase verlassen, in der ich mich glücklich und geborgen fühle. Auch wenn ich spüre, dass nichts mehr zwischen Bea und mir steht, habe ich trotzdem, tief in mir drin, noch Sorge, ob unsere Gefühle draußen in der Wirklichkeit bestehen können. Ich habe Angst vor Reaktionen, vor Anfeindungen, Angst davor, dieses Geheimnis um Bea und mich mit mir herumzutragen und mich irgendwann nicht mehr gut damit zu fühlen. Aber es ist eine Angst, die ich in Kauf nehme.

Bea zerstört als Erste unsere Seifenblase, indem sie auf ihr Handy guckt. »Drei Nachrichten von meiner Mutter«, seufzt sie. »Sie will wissen, ob bei uns alles in Ordnung ist. Vielleicht hätte ich mich früher bei ihr melden sollen, irgendwie klingt die letzte Nachricht etwas panisch, so als würde sie uns in einem Straßengraben liegen sehen.«

»Du meinst echt, sie denkt, wir wären auf dem Weg hierher verunglückt, weil du dich nicht gemeldet hast?«

Bea zuckt mit den Schultern. »Du kennst sie doch. Sie macht sich immer so viele Gedanken, wenn wir mit der Vespa unterwegs sind. Ich schreibe ihr wohl besser mal, dass wir noch leben und heute Abend zurückkommen.«

»Obwohl ich viel lieber hierbleiben würde«, seufze ich nun auch.

»Ich auch.«

Genüsslich strecke ich mich. Dann nehme ich ebenfalls mein Handy.

»Ganz schön viele Nachrichten«, sage ich und blicke auf die vielen Meldungen. Bea rückt ein wenig näher, um über meine Schulter hinweg mitzulesen. Zwei Nachrichten sind von meiner Mutter, die mir noch mal sagt, wie stolz sie auf mich ist und wie toll ich getanzt habe. Eine Nachricht ist von Nicole, die wissen will, wie der Auftritt gelaufen ist. Und da sind die üblichen Nachrichten von meinem Vater. Widerwillig öffne ich sie ... und starre ungläubig darauf.

»Dein Vater war beim Auftritt?«, fragt Bea, die mitgelesen hat.

»Das wusste ich nicht«, erwidere ich. »Ich habe ihn gar nicht gesehen.«

»Aber deine Mutter war doch auch da. Hat sie denn nichts dazu in ihren Nachrichten geschrieben? Sie muss ihn doch gesehen haben.«

»Vermutlich will sie nicht, dass ich mich wieder aufrege. Sie hat letztens mitbekommen, wie ich ziemlich laut geworden bin, als es um ihn ging.«

»Das hast du noch gar nicht erzählt.« Beas Hand streift liebevoll meinen Arm. Ich lasse mein Handy sinken und lege meinen Kopf auf ihre Schulter. In dieser Position verharre ich mit geschlossenen Augen, lasse den Moment auf mich wirken und gehe die Szene mit meinem Vater noch mal im Kopf durch, bevor ich ihr davon erzähle.

»Ich verstehe, dass du auf ihn wütend bist«, sagt Bea, als ich am Ende meines Berichts angekommen bin.

»Aber? Es klingt verdächtig nach einem Aber.«

»Aber ich denke, dass du dich wieder mit ihm versöhnen solltest. Er bemüht sich doch wirklich, und er hat genug daran zu knabbern gehabt. Meinst du nicht?«

»Aber er hat mit einer anderen Frau geschlafen. Obwohl er mit meiner Mutter verheiratet ist.«

»Ich weiß.« Bea lächelt gequält. »Aber in den letzten Wochen haben wir beide Fehler gemacht. Ich habe nicht offen mit dir geredet, als mich dein Verhalten nach unserem Kuss verletzt hat. Ich hätte es tun können, es hätte uns beiden viel erspart, aber ich habe es nicht geschafft, über meinen Schatten zu springen und das Thema zu besprechen. Und du hast mit Karsten geknutscht, anstatt dich deinen Gefühlen zu stellen. Du hast alles versucht, um deine Gefühle zu verdrängen. Du hast selbst gesagt, dass du es nicht wahrhaben wolltest. Vielleicht war es bei deinem Vater genauso.«

»Ich habe nicht mit Karsten geschlafen. Ich konnte es nicht ... wegen dir. Mein Vater hingegen hatte offenbar keine Probleme damit, zu Ende zu bringen, was er begonnen hat. Der Gedanke an meine Mutter hat ihn nicht davon abgehalten.«

»Ich will das, was er getan hat, ja auch nicht in Schutz nehmen. Fremdgehen ist furchtbar, ich glaube, es ist das Grausamste, was man seinem Partner antun kann«, ergänzt Bea, als sie meinen Blick sieht, »aber er ist auch nur ein Mensch. Menschen machen Fehler und rennen manchmal vor Problemen davon, anstatt sie vernünftig zu lösen. Es ist dein gutes Recht, deswegen sauer zu sein, aber ich denke, er hat es trotzdem verdient, dass du ihm irgendwann verzeihst. Wenn es deine Mutter schon nicht richtig kann ... dann wenigstens du.«

Ich starre aus dem Fenster und sehe zu, wie die Eiche sich unter dem starken Wind biegt. Hat Bea recht? Hat mein Vater nichts anderes getan als ich? Hat er mit dieser anderen Frau versucht zu verarbeiten, was in seinem Leben alles schiefgeht? Konnte er sich danach erst eingestehen, dass die Ehe mit meiner Mutter nicht mehr läuft, so wie ich mir danach erst eingestehen konnte, dass ich wirklich in Bea verliebt bin?

»Vielleicht hast du recht«, sage ich. »Ich hasse das, was er getan hat, und ich verstehe nicht, wie er es tun konnte. Aber trotzdem kann ich *ihn* nicht hassen. Ich vermisse ihn, um ehrlich zu sein. Ich wünschte, ich wäre nicht so sauer auf ihn und würde nicht so schlecht von ihm denken. Ich weiß doch, dass er es bereut. Und jetzt ist es eh zu spät, er kann es nicht mehr ändern. Vielleicht wird es Zeit, dass ich mich mit ihm ausspreche.«

»Das denke ich auch. Du musst ihm ja auch nicht gleich um den Hals fallen und ihm verzeihen. Du sollst ihn ja nur nicht komplett abblocken und ihm vielleicht eine Chance geben, weiterhin dein Vater sein zu können. Er vermisst dich doch sicher genauso wie du ihn.«

»Bei dir klingt das so leicht. Du weißt, dass ich nicht so gut in so was bin. Ich renne lieber weg, anstatt mich Problemen zu stellen.«

Bea seufzt. »Wie der Vater, so die Tochter.«

Nachdenklich gucke ich auf die Nachricht von meinem Vater, die immer noch geöffnet ist. »Ich finde es schön, dass er sich die Aufführung angesehen hat.«

»Dann schreib ihm das doch«, schlägt Bea vor. »Du verzeihst ihm damit nicht gleich alles, aber es ist ein Anfang – ein Zeichen für deinen Vater, dass du ihn nicht vergessen hast.«

Ich nicke stumm und beginne zu tippen. Obwohl es um meinen Vater geht, bin ich merkwürdig nervös. Es ist ein großer Schritt für mich, über meinen Schatten zu springen und meinen Stolz herunterzuschlucken. Ohne den kleinen Schubs von Bea hätte ich es sicher nicht getan, aber ich bin froh, dass ich es mache. Es fühlt sich richtig an, auch wenn der Gedanke an Papa und diese andere Frau noch schmerzt.

»Erledigt«, sage ich und drücke auf Senden.

»Ich bin stolz auf dich.« Bea legt ihre Arme um meinen Nacken und zieht mich zu sich, bis ich auf ihr liege. Mein Körper reagiert augenblicklich auf ihre Nähe und ihren Geruch, eine feine Gänsehaut zieht sich über meinen Nacken, ausgehend von der Stelle, an der Bea nun ihre Finger kreisen lässt. Wir sehen uns an, meine braunen Augen treffen ihre blauen, ich lege meine ganze Dankbarkeit in meinen Blick. Und dann küssen wir uns.

Obwohl wir uns beinahe die ganze Nacht geküsst haben, habe ich mich noch nicht daran gewöhnt, es fühlt sich noch genauso aufregend an wie der erste Kuss. Meine Nerven scheinen gereizt zu sein, schon die kleinsten Berührungen zwischen uns lösen Lawinen aus. Und ich liebe es. Ich liebe es, mich so fallen zu lassen, endlich dieses Gefühl zu genießen und mich so zu fühlen – weil ich mich so noch nie gefühlt habe. Es ist wahr, was ich zu Karsten gesagt habe: Ich stehe auch auf Jungs. Ich war damals in Leon verliebt, und die Zärtlichkeiten zwischen ihm und mir waren gut. Und dennoch ist das hier ganz anders, viel intensiver. Vielleicht, weil ich die Gefühle so lange unterdrückt habe und sie nun förmlich explodieren. Vielleicht liegt es aber auch daran, dass Bea und ich uns schon so gut kennen. Wir vertrauen einander, wissen, wie die andere tickt, und dadurch sind wir uns schon viel näher, als ich es je mit einem Jungen war. Bea kenne ich auf so vielen Ebenen, ich kenne so viele Facetten von ihr. Es tut gut, sich keine Gedanken darum machen zu müssen, wie ich wirke. Ich bin einfach ich, Bea ist Bea, und zusammen sind wir eine Einheit.

Erst beim Vibrieren meines Handys löse ich mich aus dem Kuss. Kurz lasse ich ihren Anblick auf mich wirken – wie sie da liegt, mit leicht geröteten Wangen und einem Lächeln, das ihre Zahnlücke zeigt. Ich könnte mich gerade nicht glücklicher fühlen.

»Dein Vater?«, fragt Bea, als ich mir das Handy nehme.

Ich starre auf die Nachricht … und mein Glücksgefühl wächst ins Unermessliche.

»Von Frau Graleski«, kreische ich mehr als dass ich es sage. Mein Herz hämmert gegen meine Brust, ich springe vom Bett auf, denn irgendwie habe ich das Gefühl, stehen zu müssen, während ich die Nachricht noch mal lese. »Ich soll morgen nach der Schule zu ihr kommen. Alexander Paraveska hat mein Auftritt gefallen.«

»Was? Oh mein Gott! Das ist … das ist einfach nur wow«, kreischt nun auch Bea und befreit sich aus der Bettdecke. »Wo ist mein Handy?«

»Da hinten, neben dem Kopfkissen. Los, mach schnell. Du hast sicher auch eine Nachricht.«

Ich sehe, wie Beas Hände zittern, als sie ihr Handy hochnimmt und ihre Nachrichten checkt. Schon an ihrem Gesichtsausdruck kann ich sehen, wie enttäuscht sie ist. Das Herz, das gerade noch freudig in meiner Brust geschlagen hat, rutscht mir in die Hose.

»Was ist los?«, frage ich und gehe zu ihr.

Bea schüttelt den Kopf. »Keine Nachricht.«

»Aber das heißt nichts«, erwidere ich sofort.

»Sicher hat er irgendwie mitbekommen, dass ich vor der Aufführrung eine Krise hatte. So etwas ist unprofessionell, das kann er nicht gebrauchen.«

»Das hat er nie und nimmer mitbekommen«, sage ich sofort. »Er war doch gar nicht hinter der Bühne. Und Frau Graleski würde ihm das niemals auf die Nase binden.«

»Du hast vermutlich recht.«

»Kopf hoch«, sage ich und hebe Bea mit meinem Finger sanft das Kinn hoch, damit sie mir in die Augen sieht und endlich aufhört, das Handy anzustarren. »Noch ist nichts verloren.«

»Vielleicht«, sagt sie, klingt aber nicht ganz überzeugt. »Ich freue mich trotzdem für dich.«

»Danke«, erwidere ich. Der bittere Beigeschmack, der sich unter meine Freude gemischt hat, lässt sich trotzdem nicht leugnen. »Sollen wir uns noch einen Tee machen?«, frage ich, um von der Situation abzulenken. Wir haben nur noch gut eine Stunde hier am See, und die möchte ich nicht damit verbringen, dass eine von uns schlechte Gedanken hat. Ich will die Seifenblase noch etwas genießen.

Gemeinsam gehen wir in die Küche, setzen Wasser auf und holen Kräutertee aus dem Vorratsschrank. Der Wind, der gegen die Fenster pfeift, hat die Räume abkühlen lassen, und ich ziehe unwillkürlich meine Socken höher.

»Wir sollten schnell zurück ins Bett«, schlage ich vor. »Außerhalb der Bettdecke ist es ungemütlich.«

»Ja«, sagt Bea, noch immer etwas zu nachdenklich für meinen Geschmack. »Wir sollten die Zeit hier noch ausnutzen.«

Mit frisch gebrühtem Tee verkriechen wir uns wieder in den Laken. Ich erwähne Alexander Paraveska nicht mehr, und obwohl Bea mit mir lacht und sich an mich schmiegt und mich küsst, spüre ich, dass das Thema noch im Raum ist. Beas Gedanken sind voll mit Zweifeln, Zukunftsängsten und Fragen – das kann ich spüren –, und auch ich spüre die Sorge, dass das Thema Zukunft nun wieder präsenter wird. Besonders jetzt, wo Bea und ich zusammengefunden haben, ist es unvorstellbar, dass unsere Wege sich voneinander entfernen könnten.

Ich setze Bea nicht wie gewohnt vor ihrem Haus ab, sondern halte eine Straßenecke entfernt, in einer versteckten Seitenstraße. Ich schalte den Motor aus, um noch ein wenig zu verweilen. Nach diesem intensiven Wochenende fällt es mir schwer, Bea einfach ziehen zu lassen. Die Seifenblase ist verschwunden, und nun müssen wir in der Realität bestehen, ein Gedanke, der mir noch Magenschmerzen bereitet.

Bea nimmt den Helm ab und verstaut ihn unter meinem Sitz, ich selbst hänge meinen an den Lenker. Vorsichtig sehen wir uns um, aber niemand ist in der Nähe, und so geht Bea auf mich zu und nimmt mein Gesicht in ihre Hände.

»Das Wochenende war wirklich schön«, sagt sie leise und streicht mir über die Wange.

»Ich fand das Wochenende auch wunderschön. Ich bin froh, dass wir alles geklärt haben.«

Meine Fingerspitzen legen sich um ihre Hüfte, damit ich sie noch ein wenig näher zu mir ziehen kann. Bea sieht sich ein letztes Mal um, geht sicher, dass wirklich niemand da ist, und dann küsst sie mich. Sofort fühlt es sich an, als wären wir wieder alleine am Haus am See. Die Häuser um uns herum verschwimmen, die Realität rückt wieder etwas in die Ferne. Bea verscheucht alles aus meinem Kopf, sodass nur noch dieser Kuss Platz hat.

Für meinen Geschmack löst sie sich viel zu früh von mir. »Also dann«, sagt sie lächelnd. »Ich sollte wohl mal reingehen. Meine Eltern warten sicher schon mit dem Essen auf mich.«

Es fällt mir schwer, sie gehen zu lassen, aber ich nicke trotzdem. Sie lächelt mich an, und dann dreht sie sich weg und biegt um die Ecke. Ich sehe ihr noch lange nach, auch dann noch, als es gar nichts mehr zu sehen gibt.

Ab jetzt wird wohl alles anders sein. Morgen stehen Schule und Balletttraining an, und wir stellen uns unserer ersten Herausforderung und beginnen mit unserem Versteckspiel. Mir ist ein wenig übel bei dem Gedanken, aber ich weiß auch, dass es das Richtige ist. Wir sind einfach noch nicht so weit, es in die Welt herauszuschreien.

Zu Hause finde ich meine Mutter in der Küche. Vor ihr steht ein halb aufgegessener Nudelauflauf, daneben liegt ein Krimi.

»Da bist du ja«, begrüßt sie mich und legt das Buch zur Seite. »Willst du etwas essen?«

Im gleichen Moment meldet sich mein Magen lautstark.

»Ein eindeutiges Ja«, erwidert meine Mutter.

Ich lege meine Tasche ab und setze mich gegenüber von ihr hin. Gierig beginne ich den Nudelauflauf auf meinen Teller zu schaufeln. Das Rührei von heute Morgen scheint Ewigkeiten her zu sein.

»Wie war es mit Bea? Konntet ihr alles klären?«

»Konnten wir. Alles ist wieder gut.« Besser als gut.

»Das freut mich.« Meine Mutter tätschelt kurz meine Hand, bevor ich mich daraus löse, um mit dem Essen zu beginnen. »Frau Graleski hat vorhin angerufen. Konnte sie dich auf dem Handy erreichen?«

»Hat sie. Morgen soll ich nach dem Training zu ihr kommen.«

»Wegen diesem Alexander irgendwas?«

»Paraveska. Genau.« Hastig schlucke ich ein paar Nudeln herunter. »Er ist der Leiter der Paraveska Tanzakademie. Da hat Frau Graleski auch studiert. Weißt du noch? Ich habe dir davon erzählt. Die Akademie ist hier in der Nähe, es gibt ein Wohnheim, und dort könnte ich in allen Tanzrichtungen ausgebildet werden. Nun gut, Dancehall haben die da nicht, aber Hip-Hop, Jazz, Moderne ... und viele der Absolventen hatten Erfolg.«

»Und er will dich dort aufnehmen?«, fragt meine Mutter aufgeregt.

»Das weiß ich nicht so genau. Ich weiß nur, dass ihm mein Auftritt gefallen hat, mehr erfahre ich dann wohl morgen. Aber es ist schon mal ein gutes Zeichen, dass sie mit mir reden will. Meinst du nicht?«

»Und wie. Ich bin wahnsinnig stolz auf dich.«

»Danke, Mama.«

»Dein Auftritt war aber auch großartig.«

Ich stochere in meinen Nudeln herum. »Wusstest du eigentlich, dass Papa auch da war?«, frage ich irgendwann leise. Ich habe das Gefühl, dass mein Vater ein sensibles Thema ist, als würde ich eine Bombe entschärfen und meine Worte könnten eine Explosion auslösen. Dafür, dass ihr Ehemann sie betrogen hat, hält meine Mutter sich tapfer, aber sicherlich toben noch immer Wut und Trauer in ihr, und ich will sie nicht ständig daran erinnern.

»Ich weiß, dass er da war.«

»Wirklich?«

Sie nickt sachte. »Sei nicht böse auf mich, okay? Aber ich habe ihm gesagt, wann und wo die Aufführung ist. Ich weiß, dass du sauer auf ihn bist, und glaub mir, das bin ich auch, aber er ist dein Vater, und er wollte wirklich gerne dabei sein.«

»Dann hast du noch Kontakt zu ihm?«

»Natürlich. Wir sind immer noch verheiratet und haben eine gemeinsame Tochter, da gibt es zu viel zu klären und zu besprechen. Seit dem Abend, an dem er in die Wohnung gekommen ist, um mit uns zu reden, schreibe ich ihm hin und wieder. So wissen wir immer, wie es dem anderen geht und ob es etwas zu besprechen gibt.«

»Das wusste ich nicht.«

»Ich vertraue deinem Vater nicht mehr genug, um noch eine Ehe mit ihm zu führen, aber ich liebe ihn, und daran wird sich auch nichts ändern. Er ist trotzdem Teil meines Lebens, und er bleibt auch Teil deines Lebens.«

Bisher hatte ich den Eindruck, alleine aus Solidarität zu meiner Mutter sauer auf meinen Vater sein zu müssen und ihm nicht zu antworten. Es überrascht mich, dass sie die ganze Zeit sporadischen Kontakt hatten und sie ihm sogar von meiner Aufführung erzählt hat. Aber es freut mich auch. Ich könnte niemals ertragen, Eltern zu haben, die sich nur noch streiten und anfeinden, und wo ich immer das Gefühl hätte, zwischen den Stühlen zu stehen.

»Ich habe Papa gestern geantwortet«, sage ich.

»Das freut mich.«

»Vielleicht sollte ich mich mit ihm treffen und die Wogen wieder ein bisschen glätten.«

»Das fände ich sehr schön. Wir bleiben eine Familie, egal, was ist.«

Bisher habe ich solche Sprüche immer nur für dumme Phrasen gehalten, aber jetzt erscheint es mir ein wenig realistischer, dass sich durch die Trennung wirklich nicht so viel verändert wie anfangs befürchtet. Es tut noch weh, und die Wut schäumt immer wieder hoch, aber es fühlt sich nicht mehr so an, als würde meine Welt untergehen. Sie dreht sich weiter, meine Eltern gehen getrennte Wege, aber jetzt verstehe ich, dass diese Wege nicht unweigerlich in andere Richtungen führen müssen. Vielleicht laufen sie parallel zueinander, und immer wieder gibt es kleine Weggabelungen, wo sie aufeinandertreffen, sodass meine Eltern zwar ihren eigenen Weg gehen, aber dennoch nie ganz alleine sind. Und ich bin es dann auch nicht. Ich habe meinen eigenen Weg, jetzt weiß ich sogar, in welche Richtung er führen wird, und auch ich habe Weggabelungen, die es mir ermöglichen, auf die Wege meiner Eltern zu gelangen – gleichermaßen, ohne einen der beiden zu vernachlässigen.

Kapitel 23

Bea hat am Montag wieder den Platz neben mir eingenommen, als wären die Wochen, in denen sie woanders gesessen hat, nur ein böser Traum gewesen.

»Wann hast du heute den Termin mit Frau Graleski?«

»Vor dem Training«, antworte ich. Mir ist bewusst, dass das gerade ein schwieriges Thema für Bea ist. Bisher hat sie keine Nachricht von Frau Graleski. Auch wenn wir es nicht aussprechen, wissen wir beide, dass das für Bea kein gutes Zeichen ist. Ich sehe die dunklen Schatten unter ihren Augen, die mir sagen, dass sie vermutlich den ganzen Abend darüber nachgedacht hat, sie ist im Kopf immer wieder ihren Auftritt durchgegangen, um herauszufinden, was schiefgelaufen ist und was sie hätte besser machen können. Seufzend sehe ich sie an. Am liebsten würde ich meine Hand ausstrecken und sie in ihre Hand legen. So etwas haben wir früher andauernd gemacht, vermutlich würde sich niemand etwas dabei denken, niemand würde sofort darauf schließen, dass wir nun ein Paar sind, aber trotzdem traue ich mich nicht. Seit wir beschlossen haben, dieses Geheimnis vorerst für uns zu behalten, weiß ich nicht mehr, wie ich mich verhalten soll. Was, wenn doch jemand bemerkt, dass wir uns anders ansehen? Es ist bescheuert, aber ich kann diese Gedanken einfach nicht abschütteln, also schenke ich Bea nur ein aufmunterndes Lächeln. Sie erwidert es schwach.

Die Aufregung sammelt sich in meinem Magen wie ein Stein, als ich meine Vespa vor dem Ballettstudio parke und zu Frau Graleski ins Büro gehe. Der Kurs für die Grundschulkinder ist gerade vorbei, überall wuseln noch kleine Mädchen in Tutus und Jungs in Turnhosen herum. Genervte Eltern stehen daneben.

In dem Moment, in dem ich bei Frau Graleski an die Tür klopfe, droht mir übel zu werden, aber ich schlucke es einfach herunter und versuche, nicht darüber nachzudenken, dass dieses Gespräch vielleicht meine Zukunft bestimmt.

»Herein.« Ich zähle bis drei und öffne die Tür. Frau Graleski sitzt an ihrem Schreibtisch. »Ah, Johanna. Schön, dass du gekommen bist.«

Hinter mir schließe ich die Tür und setze mich auf den freien Stuhl ihr gegenüber.

»Sie wollten mit mir sprechen«, beginne ich sofort, denn ich habe kein Interesse daran, um den heißen Brei herumzureden. Ich will einfach nur wissen, was sie zu sagen hat.

»Richtig. Wie du weißt, habe ich mich am Sonntag mit Alexander Paraveska getroffen, um meine Aufführung zu besprechen. Es ist eine große Ehre, dass er sich meine Mädchen exklusiv ansieht, um mögliche Talente zu entdecken. Er ist sehr anspruchsvoll, letztes Jahr hat es nur ein einziges Mädchen von mir auf seine Akademie geschafft, aber bei ihm zu lernen, ist eine wahnsinnige Chance, die ich jeder von euch gönne.« Ich nicke, mein Körper ist angespannt. Ich wünschte, sie würde endlich zum Punkt kommen. »Um es kurz zu sagen: Du bist dieses Jahr das Mädchen, Johanna. Du hast genau das gemacht, was ich dir gesagt habe. Die Emotionen, die du in deinen Tanz gelegt hast, waren so echt. Das war wirklich ganz, ganz groß, du hast das Beste aus dir herausgeholt, und er will dich.«

»Er ... er will mich?«, frage ich noch etwas verwirrt. »Was bedeutet das?«

»Das bedeutet«, sagt Frau Graleski, und ich sehe ein Strahlen in ihrem Gesicht, das ich noch nie zuvor gesehen habe, »dass er dich ab Sommer an der Tanzakademie ausbilden möchte.«

»Ist das Ihr Ernst?«, platzt es aus mir heraus. Obwohl ich ihre Worte gehört habe, kommen sie trotzdem nicht richtig bei mir an. Ich fühle mich komplett überrumpelt, fühle mich glücklich, erleichtert und verwirrt gleichzeitig. Wieso will er gerade mich? Im Ballett war ich nie die Beste, es war nie meine Stärke. Es geht mir einfach nicht in den Kopf, wieso ich hier sitze und Bea nicht.

»Hier habe ich ein paar Unterlagen für dich«, sagt Frau Graleski und schiebt mir eine dicke Informationsmappe zu. »Darin findest du Informationen zu den Kosten, der Ausbildung, der Unterkunft, Kontaktdaten von Alexander und die Anmeldeformulare. Wenn du Interesse daran hast, das Angebot anzunehmen, sollst du dich bis Ende der Woche bei ihm melden und die Anmeldung ausfüllen. Da du noch minderjährig bist, müssten deine Eltern die Anmeldung unterschreiben, aber das würde doch kein Problem darstellen, oder?«

»Nein. Das würden sie ganz sicher unterschreiben«, antworte ich etwas benommen. Mir schwirrt der Kopf, ich kann mein Glück noch gar nicht fassen. Diese Mappe hier ist meine Zukunft, meine große Chance. Die harte Arbeit der letzten Jahre hat sich gelohnt.

»Ich bin wirklich sehr stolz auf dich, Johanna.«

»Ohne Sie hätte ich es nicht geschafft«, sage ich ehrlich. Ich bin zu Tränen gerührt, weil ich mein Glück einfach noch nicht verstehe. Diese Tanzakademie ist eine große Chance – die beste Chance, die ich jemals bekommen kann. Ich blicke auf die ganzen Bilder hier im Raum, die die Karriere von Frau Graleski zeigen, und plötzlich könnte das auch *meine* Zukunft sein. Frau Graleski war auch an dieser Akademie, und sie ist eine tolle Tänzerin und ein absolutes Vorbild. Kaum zu glauben, dass mir diese Türen nun auch offen stehen.

»Danke«, sage ich. »Für alles.«

»Nichts zu danken. Du hast Talent, Johanna. Du hast deinen eigenen Kopf, du bist manchmal widerspenstig und wild, aber wenn du dich auf einen Tanz einlässt, dann schaffst du es, dieses Feuer in den Tanz zu legen, und das ist deine Stärke. Denk immer daran.«

»Mache ich.« Am liebsten würde ich sofort zu Bea gehen und ihr alles erzählen. Mein Lächeln verebbt ein wenig bei der Vorstellung. Ich weiß, dass sie sich für mich freuen wird, da bin ich mir absolut sicher.

Aber trotzdem ist da dieser Funke Ungerechtigkeit, den ich spüre. Bea hat alles getan, sie hat viel mehr geübt, hat viel mehr Leidenschaft fürs Ballett, und sie sitzt nicht hier. Es ist nicht fair.

»Haben es noch andere von uns geschafft?«, frage ich.

»Du bist die Einzige, die sofort genommen wurde.«

»Verstehe«, sage ich halb stolz und halb traurig.

»Du fragst wegen Bea«, stellt Frau Graleski fest. »Weißt du, am Tag der Aufführung war sie sehr angespannt, das hat sich in ihrem Tanz widergespiegelt. Manchmal ist Bea einfach etwas zu verbissen.«

»Sie hätte es verdient, genommen zu werden.«

»Da gebe ich dir vollkommen recht. Deswegen werde ich mit Bea sprechen und ihr alles sagen, was ich weiß. Du bist die Einzige, die er sofort genommen hat, aber das heißt nicht, dass er sich nicht noch für jemand anderen entscheidet. Er interessiert sich noch immer für Bea, sie muss ihn nur noch etwas von sich überzeugen.«

»Dann hat sie noch eine Chance, auch genommen zu werden?«

Frau Graleski lächelt sanft. »Ich denke schon. Nach dem Training rede ich mit Bea und Bianca.« Frau Graleski wirft einen Blick auf die Uhr. »Nun denn. Du solltest dich besser umziehen. Das Training beginnt in zehn Minuten.« Sie schiebt mir die Mappe mit den Aufnahmeunterlagen zu, die ich in meine Tasche gleiten lasse, ehe ich den Raum verlasse.

Bea wartet bereits in der Umkleidekabine auf mich. Wir tauschen nur Blicke, mehr braucht es nicht, um ihr zu sagen, was ich gerade erfahren habe. Obwohl ich weiß, dass sie tief im Innern enttäuscht über sich selbst ist, zögert sie nicht eine Sekunde, sie fällt mir sofort um den Hals.

»Das ist so toll.«

»Was ist denn los?«, fragt eins der anderen Mädchen.

Ich löse mich aus Beas Umarmung. »Ich wurde bei der Tanzakademie von Alexander Paraveska genommen.«

»Wow«, haucht eins der Mädchen ehrfürchtig. »Das ist großartig, gratuliere.« Ich höre deutlich eine Spur von Neid heraus, und ich bin froh, dass ich es bei Bea nicht gehört habe.

»Danke«, sage ich in die Runde. Dann beginne ich mich umzuziehen. Die anderen gehen schon ins Studio, nur Bea wartet auf mich.

Kaum dass die Letzte die Umkleide verlassen hat, lasse ich von meiner Tasche ab und sehe zu ihr. »Du hast auch noch eine Chance«, platzt es förmlich aus mir heraus. »Frau Graleski will dir und Bianca alles erklären. Nach dem Training.«

Bea wird sofort ganz aufgeregt. »Weißt du etwas Genaues?«

»Leider nein. Sie wollte nicht so ganz mit der Sprache rausrücken.«

»Okay«, sagt Bea und versucht, ruhig zu atmen. »Dann warte ich wohl einfach mal ab. Was anderes bleibt mir ja nicht übrig.« Sie geht einen Schritt auf mich zu. Plötzlich sehe ich nicht mehr die Aufregung in ihrem Gesicht, als würde sie sich gerade auf *mich* konzentrieren. »Aber ich bin wahnsinnig stolz auf dich«, sagt sie und streichelt mir sanft über die Wange. »Ganz egal, was mit mir ist ... du weißt, dass ich mich für dich freue, oder?«

»Das weiß ich«, sage ich ehrlich. »Danke.«

Sie nickt mir lächelnd zu und haucht mir einen Kuss auf die Lippen.

»Ich denke, wir müssen los«, sage ich, obwohl ich noch viel länger hier mit ihr verweilen möchte.

Nach dem Training warte ich auf Bea und Bianca. Das Gespräch bei Frau Graleski dauert mir schon viel zu lange, ich habe das Gefühl, gleich durchzudrehen. Und ich habe nicht mehr viel Zeit, ich bin in einer Stunde mit meinem Vater verabredet.

Quälende zwanzig Minuten später öffnet sich endlich die Bürotür, und Bea und Bianca treten heraus. Mein Blick ruht auf Beas Gesicht, ich bin bereit, jede Emotion abzulesen, suche nach einem Hinweis darauf, ob es ein gutes oder schlechtes Gespräch war. Und dann lächelt Bea leicht, als sie auf mich zugeht.

»Und?«, frage ich sofort. »Was hat sie gesagt?«

»Wir sind noch nicht aufgenommen«, erklärt Bianca. »Aber wir sind auch noch nicht abgelehnt.«

»Geht das auch genauer?«, frage ich ungeduldig.

»Du bist die Einzige, die er sofort wollte«, sagt Bea mit Stolz in ihrer Stimme. »Bianca und ich haben ihm auch gefallen, aber er ist sich noch nicht sicher, also braucht er Bedenkzeit. Frau Graleski schickt ihm Mitschnitte der letzten Aufführungen, damit er sich ein umfangreicheres Bild von uns machen kann.«

»Und wenn es ihm gefällt, werdet ihr vielleicht doch noch genommen?«

»Vielleicht«, sagt Bea.

»Wie viel Bedenkzeit will er denn? Wann sagt er euch Bescheid?«

»Soweit ich weiß, in den nächsten zwei Wochen. Danach startet die offizielle Bewerbungsphase für die Akademie.«

Zwei Wochen. Es kommt mir unmöglich vor, so lange darauf zu warten. Mir ist durchaus bewusst, dass Beas und meine Zukunft nun quasi in den Händen von Alexander Paraveska liegt. Ein merkwürdiges Gefühl, bei dem mir ein wenig übel wird. Aber in meinem Inneren weiß ich, dass er keine andere Wahl haben wird als Bea aufzunehmen, wenn er die Mitschnitte von Frau Graleski sieht – zumindest nicht, wenn dort auch Beas Verkörperung der Aurora drauf ist. Und sie wird drauf sein, Frau Graleski schwärmt noch immer von diesem magischen Moment, in dem Bea ihr Solo getanzt hat. Selbst wenn sie beim Nussknacker nicht alles geben konnte, war diese eine Aufführung perfekt, und das wird ihn davon überzeugen, sie auch aufzunehmen. Er muss einfach.

Mein Vater wartet bereits an einem Ecktisch im Salt and Pepper auf mich. Er wirkt erleichtert, als er mich entdeckt, ganz so, als wäre er nicht sicher gewesen, ob ich wirklich auftauche. Er begrüßt mich mit einer Umarmung, dann lasse ich mich gegenüber von ihm nieder und bestelle bei Bernd eine Cola.

»Schön, dich zu sehen«, sagt mein Vater und atmet tief aus. »Du siehst gut aus. Geht's dir gut?«

»Mir geht es super.« Da es leichter ist, Small Talk zu führen, anstatt über das Offensichtliche zu sprechen, beginne ich damit, ihm von dem Angebot von Alexander Paraveska zu erzählen. Ich berichte ihm von der Schule, meinem Training ... Als das Essen kommt, haben wir bereits über alles Unverfängliche gesprochen. Das scheint auch mein Vater zu bemerken, denn sein Gesicht legt sich immer mehr in Falten, während er seine Pommes isst.

Irgendwann halte ich diese Stimmung nicht mehr aus. Selbst das fettige Essen – ein Garant für Glückshormone – schafft es nicht, die Stimmung aufzulockern.

Ich lasse meine Gabel sinken und sehe ihn an. Er weicht meinem Blick aus. »Es tut mir leid«, sage ich und ernte damit doch Blickkontakt. Mit einer Entschuldigung von mir hat er wohl nicht gerechnet. »Es tut mir leid, dass ich so lange sauer auf dich war und deine Nachrichten ignoriert habe. Du bist mein Vater, und das war nicht gerade fair von mir.«

Mein Vater schüttelt den Kopf. »Du brauchst dich nicht zu entschuldigen. Ich verstehe das. Nachdem ich zu dir gefahren bin und du mir an den Kopf geworfen hast, dass ich mit meinem Verhalten nicht nur Mama, sondern auch dich verletzt habe, ist es mir erst klar geworden. Du hattest recht. Ich habe nicht nachgedacht, und ich bereue sehr, dass ich euch so wehgetan habe. Egal, was zwischen Mama und mir falsch gelaufen ist: Ich hätte es anders lösen müssen. Den beiden Frauen, die ich liebe, wehzutun war nie meine Absicht.«

»Ich weiß«, seufze ich. »Das weiß ich doch, Papa. Manchmal bleibt es nicht aus, dass man Menschen verletzt«, sage ich und denke an Bea und mich. »Ich entschuldige nicht das, was du getan hast. Ein Teil von mir hasst dich noch immer dafür, dass du deine Ehefrau betrogen hast. Aber Geschehenes kann man nun mal nicht rückgängig machen.« Ich zucke hilflos mit den Schultern. »Ich habe mich in den letzten Wochen nicht sehr reif benommen. Ich werde bald volljährig, also hätte ich anders auf deinen Fehltritt reagieren sollen. Auch wenn ich es nicht gutheiße, werde ich dich nicht mehr dafür bestrafen.«

Es ist das erste Mal in der Stunde, in der wir hier sitzen, dass sein Lächeln seine Augen erreicht. »Das bedeutet mir viel«, sagt er, und ich sehe wahrhaftig eine kleine Träne in seinen Augen glitzern. »Danke.«

Ich nicke ihm zu. Die Knoten, die sich seit der Trennung meiner Eltern in meinem Magen befunden haben, lösen sich auf. Mit einem Mal bin ich viel hungriger als vorher und beginne wild Pommes auf meine Gabel zu piksen. »Also, dann erzähl doch mal: Wohnst du noch bei Onkel Holger?«

»Ja, leider schon.« Mein Vater verzieht das Gesicht. »Aber ab nächsten Monat habe ich eine Wohnung. Sie ist nicht wirklich groß – nur zwei Zimmer –, aber sie hat einen kleinen Balkon und eine gute Lage, direkt in der Nähe vom Rathaus.« Er holt sein Handy heraus und zeigt mir Fotos. Es ist eine typische Altbauwohnung, mit hohen Decken und Stuck daran. Sie gefällt mir. »Vielleicht kannst du mich da ja auch mal besuchen kommen?«, fragt er hoffnungsvoll.

»Ich kann dir auch beim Umzug helfen.«

»Das wäre toll.«

Ich höre zu, wie er mir von den Möbeln berichtet, die er für das Wohnzimmer gekauft hat. Im Innern schmerzt es noch ein wenig, zu wissen, dass meine Eltern nun wirklich zwei getrennte Leben führen werden – mit zwei Wohnungen, zwei Adressen. Es klingt so endgültig. Aber mich überkommt nicht mehr diese umfassende Trauer, ich fühle mich nicht mehr, als würde meine Welt zusammenbrechen.

Ich denke, ich habe mich langsam an den Gedanken gewöhnt. Vielleicht hat die Sache mit Bea mir gezeigt, dass ich aufhören muss zu verdrängen und wegzulaufen, wenn ich Probleme sehe. Als ich mit Bea am See war, habe ich mich einem Problem gestellt, genau wie heute, als ich mich mit meinem Vater getroffen habe. Ich bin dabei, erwachsen zu werden, bin dabei, meine nächsten Schritte zu wagen. Und es fühlt sich gut an. Bleibt nur zu hoffen, dass auch Bea in dieser Zukunft auftauchen wird.

Kapitel 24

Beas Kopf liegt auf meiner Brust, bei jedem meiner Atemzüge hebt und senkt sie sich mit. Sie lauscht meinem Herzschlag, der sich allmählich wieder beruhigt. Bea hat inzwischen herausgefunden, dass ich es liebe, wenn sie meinen Oberschenkel küsst. Diese Stelle jagt mir jedes Mal eine Gänsehaut über meinen Körper, gemischt mit einem Verlangen nach Bea ... nach der Nähe ... diesem Seufzen. Das Seufzen, das ich auch immer dann höre, wenn ich ihren Hals küsse oder wenn ich mit meinen Fingerspitzen über ihren Bauch streichle – genau an der Stelle, wo der Hosenbund beginnt. Es sind die Momente der letzten Tage, die meine Welt zum Explodieren bringen. Nicht auf eine schlechte Art wie nach der Trennung meiner Eltern, sondern auf eine gute, allumfassende Art, die ich zuvor noch nie erlebt habe. Es ist so viel mehr, als ich mit Leon je hatte. Aber ich möchte keine Vergleiche ziehen, das hier kann man mit gar nichts anderem vergleichen. Bea und ich kennen uns auf emotionaler Ebene so gut, dass die körperliche Ebene nun wie von selbst funktioniert und mehr noch als funktioniert ... es fühlt sich an, als wäre es Bestimmung, dass wir beide zusammengekommen sind. Wir passen perfekt zueinander, in jederlei Hinsicht. Deswegen schaffen wir es, uns immer intensiver aufeinander einzulassen.

Meine Hände streichen über Beas Bauch, so sanft, dass sie lachen muss. An dieser Stelle direkt am Bauchnabel ist sie furchtbar kitzelig. Bea sieht mich an, ihr Blick wandert zu meinen Lippen, die ich ein wenig öffne, um ihr zu zeigen, dass ich bereit bin, sie zu küssen. Auch wenn wir es schon den ganzen Samstagmorgen gemacht haben, bekomme ich nicht genug davon. Ich beuge mich zu ihr, schließe die Augen … und dann klopft es an der Tür.

Bea zuckt zusammen, ich knalle gegen ihr Kinn und beiße mir prompt auf die Lippe. Laut fluchend gehe ich auf Abstand zu ihr. Mein Herz macht Anstalten, vor Schreck aus meiner Brust herausspringen zu wollen.

»Moment noch!«, ruft Bea mit zittriger Stimme und klaubt leicht panisch unsere Klamotten vom Boden, damit wir uns wieder anziehen können.

Sie wirft einen prüfenden Blick auf uns, dann geht sie zur Tür und schließt auf.

»Gott«, keucht Bea, als Karsten ins Zimmer kommt. »Ich dachte, du wärst Mama oder Papa. Du hast mich fast zu Tode erschreckt.«

»Entschuldigung. Ich wollte euch nur sagen, dass in fünf Minuten das Mittagessen fertig ist und ihr runterkommen sollt.«

»Danke«, murmle ich und betaste meine nun blutende Lippe. »Aber beim nächsten Mal sag doch sofort, dass du es bist, bevor wir einen Herzinfarkt bekommen.«

»Habe ich euch gerade etwa gestört?«

»Du brauchst gar nicht so zu grinsen«, erwidert Bea und kneift ihrem Bruder in den Oberarm. Ich bin froh, dass die beiden wieder so normal miteinander umgehen.

»Vielleicht solltet ihr doch mal darüber nachdenken, es Mama und Papa zu erzählen. Es ist doch nur eine Frage der Zeit, bis sie es herausfinden, so wie ihr euch verhaltet.«

»Sind wir denn wirklich so auffällig?« Ich denke an die Momente, in denen Bea und ich beim Abendessen heimlich unter dem Tisch unsere kleinen Finger verhaken oder in denen wir uns hier im Zimmer näherkommen. Wir sind vorsichtig, wir achten darauf, dass uns niemand sieht, und doch können wir nicht voneinander lassen. Ich schaffe es nicht, ein Abendessen durchzustehen, ohne Bea irgendwie zu berühren oder ihr einen Blick zuzuwerfen. Es ist, als wäre ich süchtig nach diesen Berührungen und nach dem Kribbeln, das sie in mir auslösen. Aber bisher hatte ich nie das Gefühl, dass Veronika und Thomas etwas ahnen. Sie wirken eigentlich wie immer. Sie denken sich nichts dabei, wenn ich bei Bea schlafe – sie wissen nicht, dass sie uns eine gute Nacht wünschen und wir uns danach unter den Decken näherkommen. Sie wissen nicht, dass wir uns leise zuflüstern, wie gerne wir uns haben. Es ist ein Geheimnis, und ich verstehe, dass Karsten es satthat, als Geheimniswahrer in unser Lügennetz gezogen zu werden. Aber irgendwie mag ich es, dass Bea und ich noch so geschützt sind – es ist, als wären wir noch in unserer Seifenblase. Auch wenn mir durchaus bewusst ist, dass wir uns nicht fair verhalten. Ich spüre es immer dann, wenn ich Veronika und Thomas ansehe und sie wieder so nett zu mir sind. Wir belügen sie, und das ist nicht okay.

»Ach, Karsten denkt nur, dass sie es merken, weil er von uns weiß. Ist doch klar, dass dir auffällt, dass wir uns anders verhalten. Aber Mama und Papa merken nichts, die haben keine Ahnung.«

»Aber Geheimnisse sind einfach nicht gut«, sagt Karsten. »Geheimnisse bringen Lügen, und du weißt, wie empfindlich Mama und Papa darauf reagieren. Sie wollen doch immer diesen offenen Umgang, bei dem man über alles reden kann.«

»Jetzt tu nicht so, als hättest du nie Geheimnisse vor ihnen«, sagt Bea. »Was ist denn mit deinem Trip nach Holland in den Sommerferien? Da haben Mama und Papa gedacht, du würdest bei Andi schlafen, nicht in einem anderen Land.«

»Das ist doch etwas vollkommen anderes. Dabei ging es um ein einziges Wochenende, das ich verschwiegen habe. Aber das mit euch geht jetzt schon seit Tagen so, das heißt, ihr belügt sie auch Tag für Tag.«

Bea verschränkt ihre Arme vor der Brust. »Aber es ist unsere Entscheidung, und nicht deine. Wir erzählen es dann, wenn wir es erzählen wollen.«

»Na schön«, sagt Karsten. »Ich halte mich raus. Ich wollte euch ja nur sagen, was ich denke.« Er dreht sich um und geht zurück zur Tür. »Denkt dran: Noch fünf Minuten bis zum Mittagessen.«

Bea nickt, bevor Karsten wieder das Zimmer verlässt. Wir beide lassen uns wieder auf dem Bett nieder und kümmern uns um meine Lippe.

Auf dem Tisch stehen Gurkensalat und Kartoffelgratin, das ich über alles liebe. Veronika kann hervorragend kochen, und sie macht immer eine Extraschicht Käse drauf, wenn ich zum Essen bleibe. Wir laden uns allen etwas auf die Teller und beginnen zu essen.

»Gibt's schon was Neues?«, fragt Veronika, und ich weiß sofort, dass sie die Tanzakademie meint. Obwohl die zwei Wochen heute rum sind, gibt es noch keine Rückmeldung. Bea hält das für ein schlechtes Zeichen – sie sagt es zwar nicht laut, aber ich spüre, dass es sie beschäftigt.

Bea schüttelt den Kopf.

»Der Tag ist ja auch noch nicht zu Ende«, sage ich. »Frau Graleski kann sich noch melden.«

»Vielleicht«, erwidert sie zweifelnd. Beas Hand unterm Tisch sucht nach meiner, ihr kleiner Finger tastet sich an meinen heran, um ihn mit meinem zu verhaken, wie wir es in letzter Zeit so oft gemacht haben, aber diesmal spüre ich, wie die Berührung Schwere in mir auslöst.

Mein Blick huscht zu Thomas und Veronika, ich achte auf ein Zeichen des Erkennens, auf einen schrägen Blick – irgendetwas –, aber niemand scheint etwas mitzubekommen. Trotzdem schlägt mir das Herz bis zum Hals, meine Handflächen werden schwitzig, während ich darüber nachdenke, dass man uns erwischen könnte. Ich kann mir nicht mal annähernd vorstellen, wie Veronika und Thomas reagieren würden, vor allem, wenn sie herausfinden, dass wir sie seit Tagen an der Nase herumführen. Mein kleiner Finger zuckt, Bea sieht mich an. Wir tauschen stumm Blicke, die darüber diskutieren, ob wir nicht vorsichtiger sein sollten.

Mein kleiner Finger schließt sich fester um ihren, ich gebe ihr mit meiner Geste zu verstehen, dass ich mich entschieden habe: Ich will nicht vorsichtiger sein. Ich will Bea nah sein, ich mag diese Momente zwischen uns. In den letzten Tagen hat niemand etwas gemerkt, und so wird es auch bleiben. Wir nehmen uns die Zeit, die wir brauchen. Egal, welche Argumente Karsten auch haben mag, mein Bauchgefühl und mein Herz, das auf Beas Berührungen reagiert, haben einfach die besseren Argumente.

Karsten will gerade etwas von seiner letzten Bioklausur erzählen, als das Klingeln von Beas Handy uns alle zusammenzucken lässt.

»Frau Graleski«, krächzt Bea, als sie es aus der Hosentasche gefischt hat und auf das Display guckt.

»Nimm schon ab«, sage ich. »Na los.«

Bea guckt mich an, als müsse sie sich Mut zusammensuchen, dann nickt sie und geht ans Telefon. Ich versuche mitzuhören, aber außer Beas Nicken, ihrem »Ja« und »Mhm« kann ich nichts hören. Am Tisch ist es still geworden, alle sehen gebannt zu Bea, die ein Pokerface hat und nicht erahnen lässt, was gerade auf der anderen Leitung gesagt wird. Karsten starrt Bea so intensiv an, dass sein Gurkensalat von seiner Gabel tropft, aber es kümmert ihn gar nicht. Wir alle wissen, dass das der Moment ist, der Beas Zukunft entscheiden kann. Nicht nur ihre ... auch unsere.

»Vielen Dank, Frau Graleski. Nein, wirklich, ich danke Ihnen sehr. Für alles.«

Sind das jetzt ehrliche Dankesbekundungen oder eine Art Abschiedsgruß voller Enttäuschung? Ich habe keine Ahnung. Bis Bea endlich auflegt und sich ein Strahlen auf ihr Gesicht legt.

»Geschafft! Ich bin auch aufgenommen!«

Das Jubeln am Tisch ist ohrenbetäubend. Veronika springt auf und fällt in Beas Arme, Karsten klopft ihr anerkennend auf die Schulter. Und ich? Ich starre sie einfach nur an und versuche noch zu verdauen, was sie gerade gesagt hat. Plötzlich ist sie da: die Zukunft mit Bea, die Gewissheit, dass wir nicht kilometerweit voneinander entfernt sein werden. Auch wenn ich mich in den letzten Tagen auf unsere Beziehung eingelassen habe, war da immer noch dieser Gedanke in meinem Kopf, diese letzte Sorge, was mit uns und unserer Beziehung passiert, wenn wir in unterschiedlichen Städten sind. Und nun verpuffen diese Sorgen, und ich sehe uns vor meinem inneren Auge, gemeinsam mit mir an der Akademie. Wir haben diesem Traum seit fünf Jahren zusammen entgegengefiebert, und ich wusste, dass Träume sich nicht immer erfüllen. Mir war klar, dass solche Träume auch viel Enttäuschung mit sich bringen können, wenn sie nicht aufgehen. Und nun haben wir dieses Traumziel erreicht. Wir beide.

»Was sagst du?«, fragt Bea, die sich aus der Umarmung ihrer Eltern befreit hat und nun vor mir steht. Das Verlangen, sie hier und jetzt zu küssen und ihr zu zeigen, wie ich in diesem Moment fühle, ist überwältigend. Ich zittere sogar leicht bei dem Gedanken. Aber die Anwesenheit von Veronika und Thomas hält mich davon ab.

Stattdessen umarme ich sie. Meine Hände streichen sanft über ihren Rücken. »Ich wusste es«, flüstere ich ihr ins Ohr. »Ich wusste, dass du es auch schaffst.«

Als wir uns voneinander lösen, schimmern Tränen in Beas Augen. Ob vor Rührung, Glück oder weil die Anspannung der letzten Tage endlich abfällt, weiß ich nicht. Aber sie erinnern mich daran, warum ich Bea so mag. Mehr als mag. Warum ich sie liebe.

»Das müssen wir feiern«, sagt Veronika und kramt Sektgläser aus dem Schrank.

Kapitel 25

Das Gebäude der Akademie ist eindrucksvoll, mit großen Fensterfronten und einer Höhe, die mir Schwindel bereitet, wenn ich bis nach ganz oben gucke. Ich habe diesen Ort schon oft im Internet oder auf Fotos gesehen, aber wirklich hier zu sein – mit dem Wissen, bald hier zu studieren – ist etwas ganz anderes.

»Beeindruckend, oder?«, fragt Bea und drückt meine Hand. Hier, eine Stunde entfernt von unserem Zuhause, trauen wir uns in aller Öffentlichkeit, unsere Beziehung zu zeigen. Es fühlt sich beinahe an wie ein Probelauf ... eine Zerreißprobe. Ich hätte erwartet, viele neugierige Blicke zu ernten, aber ich nehme keine wahr. Vielleicht weil es tatsächlich so ist, dass die Menschen langsam offener für gleichgeschlechtliche Paare werden. Vielleicht denken sie auch, Bea und ich wären nur Freundinnen, die Händchen halten, wie man es so oft sieht. Dabei bedeutet diese Geste mir gerade so viel, viel mehr, als die Leute, die an uns vorbeigehen und ihren Einkäufen nachgehen, auch nur ahnen können.

»Sollen wir reingehen?«, frage ich.

»Deswegen sind wir hier, oder?«, fragt Bea rhetorisch. Wir lösen unsere Hände voneinander und gehen nacheinander durch die Glastür. Der Eingangsbereich ist voller Pflanzen, und überall hängen Bilder von ehemaligen Absolventen, die es auf große Bühnen geschafft haben. Ich frage mich, ob Bea und ich auch irgendwann an dieser Wand hängen werden. Ich sehe in Beas Augen denselben Gedanken, sehe den Wunsch, es auch an diese Wand zu schaffen.

»Kann ich euch helfen?«, fragt die Frau am Empfang. Sie hat ein einnehmendes Lächeln und trägt einen fliederfarbenen Blazer.

»Wir wollten nur unsere Anmeldeformulare abgeben«, sagt Bea und kramt unsere Umschläge aus ihrer Tasche. Die Frau am Empfang nimmt sie entgegen.

»Bea Mönning und Johanna Bergmann«, murmelt sie und macht ein paar Klicks auf ihrem Computer. »Ah ja, da habe ich euch. Habt ihr die Unterschriften von euren Eltern?«

»Da ist alles drin«, sage ich und deute auf die Umschläge. »Falls Sie noch etwas anderes brauchen, sind unsere Eltern bereit, es zu besorgen.«

Sie öffnet die Umschläge und sieht die Unterlagen durch. Immer wieder nickt sie mit dem Kopf. »Das reicht so vollkommen aus«, sagt sie lächelnd. »Ich werde alle Unterlagen einscannen, und damit seid ihr dann hier aufgenommen. Ihr bekommt heute noch eine Bestätigungsmail mit allen weiteren Informationen.«

»Danke«, sage ich. »Wir freuen uns wirklich sehr.«

»Wir uns auch, meine Liebe.«

Wir blicken noch mal auf unsere Unterlagen, ehe wir uns von der Frau verabschieden und uns ein letztes Mal in dem Raum umsehen. Es ist überwältigend, zu wissen, dass dies hier unsere nächsten drei Jahre bestimmen wird.

Hand in Hand schlendern Bea und ich zum Bahnhof zurück und grinsen uns immer wieder an, wir beide sind regelrecht high von dem Wissen, unsere Anmeldung abgegeben zu haben.

»Na toll, die Bahn hat zehn Minuten Verspätung«, sagt Bea, als wir zum Gleis kommen. »Ich schreib besser mal meinen Eltern, dass wir alles abgegeben haben. Die sitzen bestimmt schon auf heißen Kohlen.«

Bea holt ihr Handy hervor und beginnt eine Nachricht zu schreiben. Ich trete einen Schritt auf sie zu, um meine Arme um ihre Taille zu schlingen und mich ein bisschen an ihr zu wärmen. Hier an den Gleisen ist es viel zu zugig, der Wind weht immer wieder meine Haare ins Gesicht.

»Erledigt«, sagt Bea und schenkt mir ein Lächeln.

Sie legt ihre Hände ebenfalls um mich. »Ich bin gerade ziemlich glücklich.« Mehr sagt sie nicht, aber ihr Blick sagt alles. Er sagt mir, dass sie auch diese Erleichterung und Euphorie spürt, die mich seit Tagen nicht mehr loslassen. Ich ziehe sie noch ein Stück näher an mich, um sie zu küssen. Unsere Zungen treffen sich, der Wind peitscht mir durch die Haare, und ich habe mich noch nie so lebendig wie in diesem Moment gefühlt. Unsere Körper drängen sich aneinander, meine Hände streichen Bea über den Rücken, während ihre mit meinen Haaren spielen. Das Einzige, was zählt, sind wir beide und die Zukunft. Bea seufzt leise, trotz des Windes, der mir um die Ohren weht, höre ich es ganz deutlich. Mein Kuss wird noch drängender, ich lege alles hinein, was ich gerade fühle, all die positiven Emotionen.

Und dann erstarre ich, als ich unsere Namen höre. Bea versteift sich ebenfalls.

»Bea? Jo?«, hören wir noch einmal. Mit Schrecken stelle ich fest, dass ich die Stimme kenne.

Bea und ich lösen uns aus dem Kuss, sie ist leichenblass, weil ihr genau wie mir klar geworden ist, dass Freddy aus unserem Deutschkurs auf uns zukommt. Und er hat unseren Kuss gesehen ...

Das Hochgefühl ist weg, stattdessen kehren Unsicherheit und Angst zurück, während Freddy immer näher kommt und uns neugierig mustert. Sein Blick spricht Bände. Blitzschnell lasse ich Beas Hand los und blicke in Freddys Gesicht, das Blut schießt mir in die Wange.

»Was macht ihr beiden denn hier?«

»Wir gehen hier ab Sommer auf eine Tanzakademie und haben unsere Anmeldungsunterlagen abgegeben«, antwortet Bea mit viel zu hoher Stimme. »Und du?«

»Ich war bei meinem Onkel zu Besuch. Der wohnt hier.«

»Oh.« Hätten wir gewusst, dass Freddy hier Verwandte hat, wären wir sicher viel vorsichtiger gewesen.

»Alsoooo«, sagt Freddy, und ich weiß genau, was jetzt kommt. Es war nur reine Höflichkeit von ihm, dass er uns nicht sofort auf den Kuss angesprochen hat, aber es war klar, dass er es noch ansprechen würde. »Habe ich gerade richtig gesehen? Seid ihr ein Paar?«

In meinem Kopf spiele ich alle Möglichkeiten durch: Es leugnen oder dazu stehen? Ich weiß nicht, was besser ist ...

Bea seufzt kapitulierend. In dem Moment weiß ich, dass sie mir die Entscheidung abnehmen wird. »Also schön, leugnen hat wohl keinen Sinn mehr«, sagt sie und holt ein paar Mal tief Luft, ehe sie es wirklich ausspricht. »Jo und ich sind seit ein paar Wochen fest zusammen. Aber bitte, Freddy, sag es keinem, okay?«

»Keine Sorge, wenn ihr nicht wollt, dass es jemand erfährt, dann sage ich natürlich nichts. Aber ich verstehe nicht, wieso es keiner wissen soll. Dass ihr zusammen seid, ist doch etwas Schönes, und es ist keine große Sache. Oder denkt ihr, jemand könnte was dagegen haben?«

»Es ist noch sehr frisch«, erwidere ich sofort. »Es ist einfach noch nicht an der Zeit, es überall zu erzählen.«

»Na gut, ganz wie ihr wollt. Ich selbst würde so etwas nie für mich behalten können. Wisst ihr noch, als ich damals mit Natascha zusammengekommen bin? Ich habe es groß an die Tafel geschrieben, damit es jeder mitbekommt.«

»Ich erinnere mich daran«, sage ich schmunzelnd. Freddy war so verdammt stolz darauf, endlich mit seiner Traumfrau zusammen zu sein, dass er es uns allen unter die Nase gerieben hat. Das Ganze hielt leider nur ein halbes Jahr, aber die beiden sind in Freundschaft auseinandergegangen.

Freddy lacht. »Aber gut, da ist wohl jeder anders, und ich akzeptiere, wenn ihr es noch nicht sagen wollt. Ich behalte es für mich, versprochen.«

»Danke«, sagt Bea.

»Und du hast kein Problem damit?«, frage ich unsicher. Insgeheim ist es meine größte Sorge, dass andere Menschen uns deswegen verurteilen könnten. Es gibt so viele Idioten auf der Welt, so viele Menschen, die nicht über den Tellerrand blicken können. Der Gedanke macht mir

Angst, er hindert mich daran, die Neuigkeit über Bea und mich groß an die Tafel zu schreiben, und diese Tatsache löst ein wenig Wehmut bei mir aus. Ich würde mich gerne so frei fühlen wie Freddy damals und es überall herausposaunen. Aber ich bin gehemmt.

»Natürlich stört es mich nicht. Wieso auch? Ich habe da echt nichts gegen. In unserer Familie ist das sowieso kein Thema. Mein Cousin hat sich mit vierzehn geoutet und hat seitdem einen festen Freund – ein ziemlich netter Kerl. An Geburtstagen oder an Weihnachten bringt er ihn immer mit, irgendwie gehört er inzwischen schon zur Familie.«

»Wie haben es seine Eltern aufgenommen, dass dein Cousin schwul ist?«

»Eigentlich ganz okay. Es war, ehrlich gesagt, nicht so eine Überraschung. Manchen Menschen merkt man einfach an, dass sie vom anderen Ufer sind, irgendwie hatten wir das immer schon im Gefühl, deswegen hat uns das jetzt nicht so geschockt.«

»Verstehe«, sage ich leise. Irgendwie beruhigen mich seine Worte gar nicht. Es kommt mir viel einfacher vor, sich zu outen, wenn sowieso schon alle eine Ahnung haben und deswegen nicht überrascht sind. Aber ich habe so das Gefühl, dass das bei Bea und mir nicht der Fall sein wird. Ich denke, niemand aus unseren Familien ahnt etwas, ich glaube, dass sie ziemlich überrascht wären, vielleicht sogar geschockt. Es würde sie vermutlich genauso unvorbereitet treffen wie Bea und mich. »Ich finde es auf jeden Fall cool mit euch«, sagt Freddy. »Auch wenn es schade ist, dass ich jetzt keine Chance mehr bei dir habe«, sagt er grinsend und stupst mich an. Ich grinse dümmlich zurück, weil ich nicht weiß, ob er das ehrlich meint. Freddy und ich sind immer total locker und kumpelhaft miteinander umgegangen, geflirtet haben wir aber eigentlich nie.

»Tja, zu spät«, sagt Bea neckend. »Da war ich schneller.«

»Bei Gelegenheit müsst ihr mir unbedingt mal sagen, wie ihr zwei zusammengekommen seid.« Er blickt auf die Uhr. »Aber ich muss jetzt los.«

»Nimmst du nicht den Regionalexpress nach Hause?«

»Nein, ich muss erst noch etwas in der Stadt besorgen. Aber wir sehen uns ja dann Montag in der Schule.«

»Okay. Dann bis Montag …« Bea sieht ihn zweifelnd an, es ist deutlich, dass sie überlegt, noch mal etwas zu sagen, aber Freddy ist schneller.

»Keine Panik, Bea. Ich kann die Klappe halten.«

Sie atmet erleichtert aus. »Gut. Dann mach dir noch ein schönes Wochenende.«

Freddy winkt uns noch einmal zu, im selben Moment, wie unsere Bahn endlich einfährt und wir einsteigen können. Bea und ich setzen uns in einen Zweiersitz, automatisch möchte ich ihre Hand nehmen, aber ich zögere. Nachdem es gerade so knapp davor war, richtig aufzufliegen, fühlt es sich zu riskant an, einfach da weiterzumachen, wo wir auf dem Bahnsteig aufgehört haben. Bea scheint es genauso zu sehen, denn auch sie nimmt meine Hand nicht. Wir sitzen einfach nur da und reden über die Tanzakademie, aber niemand von uns erwähnt, dass jetzt auch Freddy unser Geheimnis kennt.

Zu Hause lasse ich mir ein heißes Bad ein. Immer wieder jagt der Moment auf dem Bahnsteig durch meinen Kopf – Freddys Gesichtsausdruck, meine Angst und seine Worte. Selbst das warme Wasser und der Schaum, der nach Limette riecht, können mich nicht davon abbringen, daran zu denken. Und dabei weiß ich nicht mal genau, was mich daran beschäftigt. Ist es die Tatsache, dass Freddy von Bea und mir weiß und ich Angst habe, er könnte es weitererzählen? Eigentlich vertraue ich Freddy; wenn er sagt, dass er es für sich behält, wird er es tun. Das kann es also nicht sein.

Frustriert halte ich die Luft an und tauche ab. Die Ruhe unter Wasser fand ich schon als Kind immer beruhigend – während andere Panik bekommen haben, sobald sie mit dem Kopf unter Wasser waren, bin ich stundenlang getaucht und habe immer länger versucht, unter Wasser zu bleiben. Es hilft mir dabei, meine Gedanken zu ordnen und ruhiger zu werden, viel zu lange habe ich es nicht mehr gemacht, und ich spüre, wie mein Puls sich beruhigt und ich den Gedankenstrudel verlassen kann. Und dann wird mir klar, was mich so stört. Keuchend tauche ich auf und wische mir den Schaum aus dem Gesicht. Das Problem ist nicht Freddy. Das Problem sind Bea und ich.

Die letzten Wochen mit Bea waren berauschend. Ihr nah sein zu können, meine Gefühle auszuleben und dazu zu stehen, macht mich glücklich. Aber genau das ist der Knackpunkt: Eigentlich stehen Bea und ich doch nicht wirklich zu unseren Gefühlen ... voreinander schon, aber ansonsten verstecken wir uns. Es hat sich für den Moment richtig angefühlt, diese Gefühle für uns zu behalten und erst mal zu genießen, aber gleichzeitig kommt es mir auch falsch vor, so zu tun, als wären wir kein Paar. Es wirft irgendwie Schatten auf das, was Bea und ich haben, als müssten wir uns dafür schämen oder als wäre es irgendwie verwerflich. Und das will ich nicht mehr.

Ich will nicht immer aufpassen müssen, wie ich Bea ansehe oder was ich sage oder tue. Ich möchte Bea küssen, wenn ich das Bedürfnis danach habe, ganz egal, wer gerade um uns herum ist. Ich möchte allen Leuten, die ich kenne, sagen, wie glücklich verliebt ich gerade bin, am liebsten würde ich es von den Dächern schreien, so wie ich es damals schon vom Dach der Bank gerufen habe. Ich will mich nicht verstecken müssen.

»Schluss damit«, murmle ich mir selbst zu und schnappe mir die Seife. Während ich meinen gesamten Körper einschäume, wird mein Entschluss immer stärker: Ich werde mit Bea reden, um diesem Versteckspiel ein Ende zu bereiten. Es war gut, um uns an unsere Beziehung zu gewöhnen, aber nun ist es einfach an der Zeit, der Welt zu zeigen, was zwischen uns passiert ist. Der Gedanke macht mir noch etwas Angst, mein Magen wird ganz flau, wenn ich daran denke, aber ich weiß, dass es das Richtige ist. Wir können nicht ständig allen etwas vorspielen. Bea und ich haben uns in den letzten Wochen unseren Ängsten und Sorgen gestellt, sind ein Stück erwachsen geworden. Nun müssen wir einfach den letzten wichtigen Schritt gehen. Hier geht es nicht nur um Bea und mich, sondern um uns. Uns, als Paar. Und wir haben es auch verdient, gesehen und akzeptiert zu werden – nicht nur von anderen, sondern auch von uns selbst, und dazu gehört es einfach, sich nicht immer zu verleugnen.

Kapitel 26

Die Bananen-Blaubeer-Pfannkuchen brutzeln in der Pfanne, während ich Teller und Besteck auf den Tisch stelle und meiner Mutter schon mal einen Kaffee eingieße. Dabei sehe ich immer wieder auf die Uhr, obwohl ich längst weiß, dass es noch zu früh ist, um mich mit Bea zu treffen. Ich kann frühestens in zwei Stunden bei ihr sein, egal, wie sehr es mich auch drängt, endlich mit ihr zu reden.

»Guten Morgen«, begrüßt mich meine Mutter. Sie gibt mir einen flüchtigen Kuss auf die Wange und schnappt sich dann direkt den Kaffee, der an ihrem Platz steht. »Danke fürs Frühstückmachen.«

»Kein Problem, ich war heute sowieso früh wach.«

»Wieso? Hast du nicht gut geschlafen?«

In Wahrheit bin ich wegen meinem Entschluss so aufgewühlt, dass ich es einfach nicht erwarten konnte, aufzustehen und das mit Bea zu klären. Mein ganzer Bauch kribbelt, wenn ich daran denke, als wäre das eine riesengroße Sache, dabei will ich gar nicht so eine große Sache daraus machen. Ich will es für mich eher als normal ansehen, dass ich zu meiner Freundin stehe – es sollte nicht so etwas Besonderes sein.

»Doch, doch, ich habe gut geschlafen«, sage ich endlich, weil ich merke, dass meine Mutter noch eine Antwort erwartet. Ich staple die Pfannkuchen auf einen der Teller und setze mich dann an den Tisch.

»Lass es dir schmecken«, sage ich.

Meine Mutter nimmt sich sofort zwei der Pfannkuchen und schmiert Apfelmus darauf, während ich sie mit ein wenig Schlagsahne esse. Nicht das gesündeste Frühstück, aber gut für die Seele. Während ich einen Bissen vom Pfannkuchen nehme, mustere ich meine Mutter, die während des Kauens die neuesten Nachrichten auf ihrem Tablet liest. Zu gerne würde ich ihr jetzt schon sagen, was ich seit Wochen mit mir herumschleppe. Ich würde ihr gerne alles beichten, so wie ich es vor ein paar Wochen schon einmal überlegt habe, als ich noch nicht wusste, dass Bea meine Gefühle erwidert. Damals hat mich nur meine Angst zurückgehalten. Angst vor ihrer Reaktion und davor, in eine Schublade gesteckt zu werden. Heute ist diese Angst deutlich schwächer, auch wenn ich sie noch immer als Druck auf meinem Brustkorb spüre, der mir das Atmen schwer macht. Aber was mich diesmal zurückhält, ist alleine Bea. Ich habe nicht das Recht dazu, über ihren Kopf hinweg zu entscheiden, wer von uns wissen darf. Zu einer Beziehung gehört es einfach, solche Dinge gemeinsam zu besprechen und zu entscheiden, und ich möchte nichts tun, was Bea verletzen könnte. Nicht schon wieder, schon gar nicht jetzt, wo unsere gemeinsame Zukunft klar ist.

»Hat mit der Anmeldung gestern alles geklappt?«

Gestern, als ich nach Hause kam, war meine Mutter nicht zu Hause und ist erst wiedergekommen, als ich schon im Bett lag. In letzter Zeit geht sie immer öfter mit einer Freundin aus, sie gehen etwas essen oder tanzen, um die Trennung zu verarbeiten und die Freiheit zu genießen. Auch wenn es komisch ist, wenn sie nach mir ins Bett geht und ich mich immer noch nicht daran gewöhnt habe, dass sie ausgeht und womöglich noch Männer kennenlernt, bin ich dennoch froh, dass sie sich nicht mehr in der Wohnung einigelt und trauert. Es tut ihr gut, rauszukommen und sich abzulenken, sie wirkt schon viel befreiter.

»Gestern Abend kam noch die Bestätigungsmail. Bea und ich sind jetzt offiziell bei der Akademie aufgenommen.«

»Wow, das ist großartig! Schön, dass Bea es auch geschafft hat und du dann auf der Akademie nicht alleine bist.«

»Und wie. Es hat mir lange Sorgen gemacht, was aus Bea und mir wird, wenn wir vielleicht in unterschiedlichen Städten wohnen. Wir haben zwar immer davon geträumt, zusammen das Studium zu machen, aber ich hätte nie gedacht, dass das klappen würde.«

»Wie gut, dass du damals bei Frau Graleski angefangen hast«, sagt meine Mutter und nippt an ihrem Kaffee. »Die Frau war ein echter Glücksgriff.«

»Da sagst du was«, seufze ich. Ohne Frau Graleski hätte ich es nicht geschafft, im Ballett und im Modern so gut zu werden, ohne ihre Beziehungen hätte ich es vermutlich nie auf die Tanzakademie geschafft. Und ohne die Ballettstunden bei ihr wären Bea und ich uns auch nie so nah gekommen.

»Sag Bea auf jeden Fall Glückwunsch von mir. Du siehst sie doch sicher später noch, oder?«

»Ja, ich wollte direkt nach dem Frühstück zu ihr fahren.« Sofort spüre ich wieder dieses Kribbeln in meinem Magen.

Später sitze ich in Beas Zimmer. Ihre Eltern sind zum Brunchen bei den Nachbarn, und so können wir in dem hellhörigen Haus reden, ohne Angst zu haben, jemand könnte uns hören. Wir sitzen auf ihrem Sofa, meine Arme habe ich um meine Beine geschlungen, um mir selbst ein wenig Halt zu geben. Egal, wie sehr ich darauf hingefiebert habe, meine Gedanken mit Bea zu besprechen, fühle ich mich auch ein wenig verletzlich damit, ihr meinen Wunsch zu nennen.

»Bea?«, frage ich, als ich mich endlich dazu durchringen kann zu beginnen. »Ich habe nachgedacht.«

Beas Gesicht wird eine Nuance blasser. »Sag jetzt nicht, dass du dir das mit uns beiden anders überlegt hast.«

»Was? Quatsch, wie kommst du denn darauf?«

»Ich weiß nicht. Als wir uns gestern verabschiedet haben, wirktest du so nachdenklich, und da hat mein Kopf angefangen zu arbeiten. Ich dachte ... na ja, ich habe wohl Angst, dass du es dir anders überlegt hast, weil Freddy nun von uns weiß.«

Obwohl Beas ernster Gesichtsausdruck gar nicht zum Lachen ist, muss ich schmunzeln. »Du liegst so was von daneben«, sage ich und nehme Beas Hand. »Ja, ich war nachdenklich ... noch den ganzen Abend. Mein Kopf hat auch gearbeitet, weißt du? Aber nicht, weil ich nicht mehr mit dir zusammen sein will, sondern eigentlich wegen dem Gegenteil davon.«

»Verstehe ich nicht.«

»Ich will das mit uns, Bea. So sehr, dass ich dieses Versteckspiel nicht mehr haben kann. Ich möchte richtig mit dir zusammen sein, und dazu gehört auch, zueinander zu stehen. Findest du nicht?«

»Ja«, sagt Bea leise. »Natürlich. Meinst du denn, dass ich das nicht will? Ich hasse es, dass ich immer aufpassen muss, wie ich mich in deiner Gegenwart verhalte und ob es nicht zu offensichtlich ist, dass ich in dich verliebt bin. Ich habe es schon damals gehasst, als ich meine Gefühle vor dir verstecken musste, aber jetzt, wo ich sogar die Chance hätte, dieses Gefühl richtig auszuleben, hasse ich es noch mehr. Ich will dich küssen, mit dir Händchen halten und dich offiziell meine Freundin nennen.«

»Aber wieso machen wir es dann nicht? Wieso dann dieses Versteckspiel?«

»Weil es einfacher ist«, flüstert Bea beinahe. In ihren Augen sehe ich Tränen glitzern, aber sie werden offenbar von ihr zurückgehalten.

»Einfacher? Meinst du nicht, dass das alles nur schwerer macht? Du merkst doch, wie es ist: ständig auf der Hut sein müssen und dann unsere Panik, als wir gemerkt haben, dass Freddy uns gesehen hat. Meinst du echt, dass das einfacher ist als zu sagen, was Sache ist?«

»Solange es keiner weiß, sind wir geschützt.«

»Geschützt? Wovor?«, frage ich, obwohl ich schon so eine Ahnung habe.

»Vor dummen Kommentaren. Was ist, wenn alle dagegen sind? Was, wenn sie uns damit alles kaputt machen?«

»Denkst du denn, dass das wirklich passiert? Ich meine, ja, ich habe auch etwas Angst davor – vor allem davor, es unseren Eltern zu sagen –, aber glaubst du wirklich, dass wir deswegen angefeindet werden?«

»Keine Ahnung. Ich habe wohl nur Angst, dass wir dann erst recht befangen sind und uns nicht mehr trauen, uns als Paar zu zeigen. Wenn es niemand weiß, kann man sich einreden, dass es kein Thema ist.

Dann können wir es einfach genießen. Aber stell dir nur mal vor, dass in der Schule alle über uns lästern oder sogar öffentlich gegen uns hetzen. Das hört man doch immer wieder. So ein Coming-out ... ich habe viel darüber gelesen, und in vielen Fällen läuft es gut, aber eben nicht in allen. Und ich habe Angst, dass wir einer dieser Fälle sind, wo es nicht gut läuft. Wenn es jemand, vielleicht sogar einer von unseren engen Freunden oder von unserer Familie, komisch findet, dass wir beide ein Paar sind, werden wir vielleicht auch anfangen, uns komisch zu fühlen. Und das möchte ich nicht. Nicht mehr. Wir haben doch gerade endlich angefangen, es zu akzeptieren, und können es genießen.«

»Und nichts wird mich davon abhalten, dazu zu stehen«, sage ich entschlossen. »Nichts.«

»Auch nicht, wenn deine Eltern dagegen sind? Oder meine? Was dann?«

»Glaubst du das echt?«

Bea zuckt mit den Schultern. »Keine Ahnung. Ich versuche immer und immer wieder, mir ihre Reaktion vorzustellen, aber es gelingt mir nicht so richtig.«

»Karsten hat es gut aufgenommen. Er hat kein Problem damit.«

»Das ist etwas anderes.«

»Und Freddy hat auch total locker reagiert«, gebe ich zu bedenken. Ich verstehe Bea, und ich kann ihre Sorgen gut nachempfinden – tief im Innern habe ich sogar Angst, dass diese Sorgen berechtigt sind –, aber ich weiß trotzdem, dass mich nichts mehr davon abhalten wird, in Bea verliebt zu sein. Ich bin mir dieser Gefühle so sicher, dass sie nicht so schnell ins Wanken geraten können, egal wie stark der Wind auch sein mag, der dagegen bläst. Auch wenn mir durchaus bewusst ist, dass das Szenario, dass unsere Familien das nicht akzeptieren können, mehr als ein Wind ist. Es wäre ein Sturm, ein Sturm, der uns mitreißen könnte. Aber darüber will ich nicht nachdenken, denn das würde bedeuten, aus Angst vor einem Hurrikan nicht mehr das Haus zu verlassen, obwohl gerade noch kein Lüftchen weht.

»Ich denke, wir finden nie heraus, wie die Leute reagieren, wenn wir es ihnen nicht sagen. Wir können spekulieren und Angst haben, wir können uns noch monate- und jahrelang heimlich treffen und uns küssen, immer in Furcht, jemand könnte etwas bemerken, aber wir können auch einfach herausgehen, uns als Paar präsentieren und schauen, was passiert.«

Bea lächelt müde. »Das klingt so einfach.«

»Nein«, sage ich ernst. »Einfach wird es vielleicht nicht immer. Aber ich glaube, wir sind so weit.«

»Meinst du echt?«

Ich rücke ein Stück näher zu Bea. »Wie hast du dich gefühlt, als du auf dem Weg zur Bahn meine Hand gehalten hast ... oder als wir uns an den Gleisen geküsst haben?«

»Frei«, sagt Bea sofort. »Unbeschwert.«

»So will ich mich immer mit dir fühlen, Bea. Ich möchte diese Freiheit für uns.«

Bea nickt sachte. »Das möchte ich auch. Sehr sogar.«

Ich rücke noch näher, sodass Beas Gesicht jetzt direkt vor meinem liegt und ich ihren Atem auf meiner Haut spüren kann. »Dann wagen wir den Sprung?«

»Wir wagen den Sprung«, flüstert Bea. Und dann besiegeln wir unsere Entscheidung mit einem Kuss. Mein Herz rast, als würde ich einen Marathon laufen, nicht als würde ich nur mit Bea auf dem Sofa sitzen. Mit jedem Kuss fühle ich mich ihr noch ein Stück näher, fühle mich ihr noch mehr verfallen. Ich will mit ihr springen, ganz egal, wie hoch die Klippe oder wie steinig der Boden sein mag. Gemeinsam springen wir, und gemeinsam schaffen wir es.

Kapitel 27

Beas Wangen haben einen rosigen Farbton angenommen, wie immer, wenn wir uns etwas leidenschaftlicher küssen. Ich liebe es, wie ich dadurch in ihrem Gesicht ablesen kann, dass unsere Küsse sie genauso aufheizen wie mich. Meine Fingerspitzen kreisen über Beas Bauch, ihr T-Shirt liegt neben uns auf dem Kopfkissen. Es ist schon verrückt: Ich habe Bea in der Vergangenheit schon oft in Unterwäsche oder im Bikini gesehen, aber in den letzten Wochen ist es so, als würde ich das erste Mal richtig hinsehen und sie erst richtig wahrnehmen – die zarte, blasse Haut, die kleinen Leberflecke am Bauchnabel, den Schwung ihrer Hüfte. Jetzt sehe ich all das, und ich genieße es, mit meinen Fingern über die Stellen zu fahren und sie in mein Gedächtnis einzuprägen. Ich will irgendwann die Augen schließen und genau wissen können, wie Bea aussieht, genau wie ich ihr kleines Seufzen abgespeichert habe.

Endlich löse ich meine Finger von ihr. Am liebsten würde ich noch stundenlang hier in ihrem Bett liegen und Bea ansehen und diese Zweisamkeit genießen, aber die Zeit tickt leider weiter, egal, wie sehr ich mir wünschen würde, sie könnte stehen bleiben, damit ich mehr Zeit mit ihr habe.

»Deine Eltern kommen sicher bald nach Hause«, sage ich leise.

Bea nickt gegen mein Schlüsselbein und richtet sich dann auf. Ihre Haare sind leicht zerzaust. »Und ich habe allmählig Durst«, sagt sie, und ihre Stimme klingt tatsächlich etwas rauer als sonst.

»Sollen wir uns was holen?«

»Machen wir.« Bea zieht ihr Shirt wieder über den Kopf, dann richtet sie ihren Dutt, ehe wir gemeinsam runter in die Küche gehen.

»Na, ihr zwei Turteltäubchen, kommt ihr auch endlich mal aus eurer Höhle?«, begrüßt uns Karsten, der gerade ein paar dreckige Klamotten in die Waschküche bringt. »Ich treffe mich gleich mit Andi im Salt and Pepper. Lust, mitzukommen?«

»Wann sage ich dazu jemals Nein?«, erwidere ich grinsend. »Außerdem müssen Bea und ich noch unsere Aufnahme bei der Akademie feiern. Sie hat mir versprochen, dass wir ganz viel ungesunden Kram essen.«

Karsten lacht. »Sag nicht, du nötigst sie zu fettigem Essen?«

»Sie nötigt mich nicht«, sagt Bea und reckt den Hals. »Ich freue mich schon auf Pommes mit Mayonnaise und eine normale Cola.« Karsten atmet schockiert ein. »Jetzt tu nicht so, als hätte ich noch nie in meinem Leben Pommes gegessen«, lacht nun auch Bea. »Ihr wisst, dass ich durchaus reinhauen kann, wenn ich denn will.«

Da muss ich Bea recht geben. Wenn sie sich dazu entschließt, zu sündigen, dann macht sie es mit richtig Einsatz. Dann verdrückt sie das Essen, bis sie Bauchschmerzen bekommt und sie aussieht, als wäre sie schwanger.

Karsten verneigt sich vor ihr. »Dann freue ich mich darauf, heute essenstechnisch mit dir zu eskalieren.«

»In einer halben Stunde?«, frage ich.

»Perfekt. Ich sage Andi Bescheid.«

Bea und ich gehen endlich die Treppe hinunter in die Küche und gießen uns Wasser ein. Ich lasse mich auf einem der Barhocker nieder, die am Küchentresen stehen, Bea bleibt stehen und nippt an ihrem Glas.

»Meinst du, wir sollten es Andi schon sagen?«, frage ich. »Wenn wir es doch eh allen sagen wollen, können wir doch mit ihm anfangen. So als Probedurchlauf.«

»Wenn Karsten es ihm nicht schon erzählt hat.«

Ich schüttle den Kopf. »So was macht Karsten nicht.«

»Weiß ich doch«, sagt Bea. »Sonst hätte Andi ja auch schon längst was gesagt. Ich denke ... ja, ich denke, wir sagen es ihm heute.«

»Finde ich gut«, sage ich und trinke zufrieden mein Wasser. Wir müssen uns einfach langsam herantasten – erst mal Freddy, jetzt Andi, und dann die große Hausforderung: unsere Eltern.

Das Salt and Pepper ist voller als sonst, aber wir finden trotzdem noch einen Platz in unserer Lieblingsecke, oben auf einem kleinen Podest, fern vom Küchen- oder Toilettenlärm, sodass wir uns in Ruhe unterhalten können. Genau das Richtige für Bea und mein Vorhaben.

Bernd kommt freudestrahlend zu uns. »Das Übliche, die Herrschaften?«

»Nein«, verkünde ich. »Heute gibt's was ganz Besonderes.« Ich zwinkere Bea zu.

»Vier Mal Cola, vier Mal Cheeseburger mit Pommes«, sagt Karsten amüsiert.

»Und noch eine Portion Zwiebelringe«, ergänzt Bea. »Die können wir uns dann teilen.«

»Ganz wie du möchtest«, sagt Bernd. »Sonst noch etwas?«

»Das wär's erst mal.«

Bernd notiert sich alles und rauscht dann wieder davon.

»Ich habe gehört, es gibt Neuigkeiten?«, fragt Andi und sieht Bea an. Mir ist sofort klar, dass er von Beas Aufnahme in der Tanzakademie spricht, aber Bea und ich tauschen vielsagende Blicke.

»Mehr Neuigkeiten, als du denkst«, sagt Bea. »Jo und ich wurden beide für einen Studienplatz an einer Tanzakademie angenommen und fangen dort im Sommer an.« Sie sieht etwas unsicher zu mir und zu Karsten, aber wir beide nicken ihr zu. Jetzt oder nie. »Und wir sind zusammen«, schießt es quasi aus ihr heraus.

»Zusammen?«, fragt Andi begriffsstutzig. »Zusammen bei dem Studium, meinst du?«

»Nein«, sage ich. »Zusammen zusammen.«

»Zusammen zusammen im Sinne von ihr seid ein Paar?«

»Check´s doch endlich«, lacht Karsten.

»Ja«, bestätigt Bea. »Jo und ich sind ein Paar.«

Andi lässt sich gegen das Sitzpolster fallen, während Bea und ich unsichere Blicke tauschen. Er starrt uns nur an und mustert uns von oben bis unten, als würde er uns zum ersten Mal wahrnehmen. Ich fühle mich, als würde er mich röntgen. Ich mag das Gefühl nicht, und ich wünschte, er würde irgendetwas sagen.

»Hast du gehört, was sie gesagt haben?«, fragt Karsten.

Andi nickt, er wirkt immer noch neben der Spur.

Ich räuspere mich. »Was sagst du dazu?«

»Du wusstest davon?«, fragt er an Karsten gerichtet.

»Klar weiß ich davon. Ich bin schließlich Beas Bruder.«

Andi starrt uns erneut an und fährt mit den Händen über seinen offen stehenden Mund. Dann sagt er endlich was. »Das haut mich aus den Socken. Ihr seht gar nicht lesbisch aus.«

»Weil man ja auch nicht lesbisch aussehen kann«, stöhnt Karsten. »Man kann Menschen doch nicht ansehen, ob sie hetero, bi oder homosexuell sind.«

»Manchmal schon.«

»Manchmal bist du echt bescheuert. Nicht alle Frauen, die mit Frauen zusammen sind, haben kurz rasierte Haare und ein Holzfällerhemd. Dieses Bild ist doch total überholt.« Karsten rauft sich die Haare. »Lass es die Mädels nicht bereuen, dass sie es dir erzählt haben. Ich finde das mit den beiden toll, also versau es ihnen nicht, klar?«

»Schon gut, schon gut, ich sag doch gar nichts. War doch nur so dahergesagt. Sorry.« Andi grinst entschuldigend. »Was ich damit sagen wollte, war: Ich habe nix geahnt, aber ist doch cool.«

»Cool? Findest du?«, frage ich.

»Ja, wieso auch nicht.« Andi zuckt mit den Schultern.

Ich beobachte ihn genau, aber seine Mimik und Gestik signalisieren mir wirklich, dass er kein Problem damit hat. Zum Glück. Andi ist so ein guter Freund von uns, dass es mich wirklich verletzt hätte, wenn er abweisend reagiert hätte. Auch wenn es zu Andi nicht passen würde, wo er sonst immer so unkompliziert und locker ist, aber ein bisschen war ich trotzdem besorgt.

Probedurchlauf geglückt, auch wenn ich hoffe, dass wir es uns bei unseren Eltern ersparen werden, solche unnötigen Lesben-Kommentare zu hören.

»Glückwunsch auf jeden Fall«, sagt Andi. »Zum Studienplatz *und* zur Beziehung.«

»Danke«, sagen Bea und ich gleichzeitig und lächeln sanft.

Kurz darauf kommt schon unser Essen, und wir verfallen so sehr ins Genießen von Bernds Kochkünsten, dass wir kaum noch zum Sprechen kommen. Trotzdem spüre ich die Erleichterung, wieder einen Schritt näher Richtung Freiheit zu sein. Wie von selbst sucht meine freie Hand die von Bea. Unterm Tisch haken wir unsere kleinen Finger ineinander, während wir mit der anderen Hand unsere Pommes essen. Es ist nicht so offensichtlich, dass es jeder mitbekommt, aber es ist in der Öffentlichkeit und damit ein erster Schritt. In kleinen Etappen, genau wie ich gesagt habe. Die große Etappe, nämlich unsere Eltern, muss hingegen gut geplant sein. In einer beiläufigen Bemerkung wie bei Andi wird das nicht funktionieren. Wir brauchen einen Plan.

»Jetzt, wo du in unser Geheimnis eingeweiht bist«, beginne ich. »Hast du eine Idee, wie wir es unseren Eltern sagen können?«

»Habt ihr das vor?«, fragt Karsten.

»Eigentlich schon«, sagt Bea unsicher.

»Ist nur die Frage, wie ihr es machen wollt«, überlegt Andi laut. »Ich stelle mir das ein bisschen wie mit Pflastern vor. Entweder man macht kurzen Prozess, so wie bei mir gerade, und haut es einfach heraus, oder ihr entfernt das Pflaster Stück für Stück, das ist auf jeden Fall schonender.«

»Eigentlich ist es doch bescheuert, dass wir so einen Aufriss deswegen machen«, überlege ich. »Wie hast du damals Paula vorgestellt, Karsten? Sicher nicht mit einem großen Event, oder?«

»Nö«, sagt er verdutzt. »Ich habe sie einfach mit nach Hause gebracht, gesagt, dass sie meine Freundin ist, und bin dann mit ihr hoch in mein Zimmer.«

»Siehst du.«

Andi räuspert sich. »Ganz ehrlich, Jo? Ich verstehe, was du meinst: Du willst damit sagen, dass es so sein sollte wie bei jedem stinknormalen Paar auch, ohne großes Tohuwabohu und ohne sich tausend Gedanken machen zu müssen. Aber du kannst nicht leugnen, dass es zwischen Bea und dir etwas anderes ist als zwischen Paula und Karsten damals.« Ich will den Mund aufmachen, aber Andi redet schon weiter. »Damit meine ich nicht, dass ihr zwei Mädchen seid«, lenkt er ein. »Darum es geht es nicht. Es geht darum, dass ihr zwei schon lange beste Freundinnen seid. Du gehst im Haus der Mönnings ein und aus, du schläfst in Beas Bett, warst schon mit der Familie im Urlaub. Du bist wie eine Tochter für Veronika und Thomas, und genau *das* ist der Grund, wieso sie es nicht zwischen Tür und Angel erfahren sollten. Und das ist auch der Grund, wieso es gut ist, wenn sie es erfahren. Du bist den beiden ebenso wichtig wie Bea, und wenn sich zwischen euch beiden so etwas Entscheidendes geändert hat, dann müssen sie das einfach wissen.«

»Warst du schon immer so weise?«, feixe ich.

Andi lacht. »Ich sage nur, was ich denke.«

»Und du hast recht«, sagt Bea. »Mit allem, was du gesagt hast.«

»Nächstes Wochenende?«, frage ich. Ich schlucke schwer bei dem Gedanken, dass dieser große Schritt wirklich schon so schnell kommt. Aber ich weiß, dass es sein muss, deswegen nicke ich.

Kapitel 28

Bea verzieht immer wieder das Gesicht, weil ich es nicht lassen kann, meine Fingergelenke knacken zu lassen. Ich bin das reinste Nervenbündel, und auch wenn Bea versucht, es zu überspielen, weiß ich, dass es ihr auch so geht. Immer wieder blickt sie aus dem Fenster an der Küche, das direkt auf die Auffahrt führt, aber das am Haus am See hat von außen so wenig Lichtquellen, dass man kaum etwas erkennen kann.

»Wo bleibt denn deine Mutter?«, fragt sie zum wiederholten Mal. Veronika, Thomas und mein Vater werden auch langsam ungeduldig.

»Keine Ahnung. Sonst ist sie immer pünktlich.«

»Und sie hat ganz sicher gesagt, dass sie kommt?«

»Natürlich kommt sie.« Ich gucke auf mein Handy, aber ich habe keine Nachricht von ihr. Langsam mischen sich unter meine Nervosität noch Sorgen, dass ihr etwas passiert sein könnte.

»Wollt ihr vielleicht noch etwas trinken?«, fragt Bea in die Runde. Sie hält eine Flasche Rotwein hoch, und mein Vater nickt dankend.

»Wollt ihr nicht schon mal sagen, was es zu bereden gibt?«, fragt Thomas. »Ihr macht es ja furchtbar spannend.«

»Erst wenn Jo's Mutter auch da ist«, sagt Bea. Ihre Eltern tauschen Blicke, sicherlich versuchen sie schon zu erraten, worum es bei diesem Treffen geht.

Bea setzt gerade noch mal an, um mich zu fragen, wo meine Mutter bleibt, als es endlich an der Tür klingelt. Wie ein aufgescheuchtes Huhn eile ich zur Haustür und lasse meine Mutter herein. Sie sieht mich abgehetzt an und hängt ihre Jacke einfach über die Stuhllehne, anstatt den Garderobenständer an der Tür zu benutzen.

»Ich musste länger arbeiten. Entschuldigt.«

»Kein Problem«, sagt Bea und schenkt ihr ebenfalls Wein ein.

»Also, was gibt es zu besprechen?«, fragt Veronika.

Bea schüttelt den Kopf. »Erst das Essen, sonst wird es kalt.« Sie versucht nur Zeit zu schinden. Uns beiden ist klar, dass wir die Bombe früher oder später platzen lassen müssen, aber nach etwas Wein und gutem Essen wird die Explosion vielleicht etwas milder ausfallen.

»Wir haben Lasagne gemacht«, erklärt Bea und holt die schwere Auflaufform aus dem Ofen. Sofort legt sich der Duft von geschmolzenem Käse über das Esszimmer.

»Das riecht ja himmlisch«, kommentiert meine Mutter.

Wir stellen die Form in die Mitte des Tisches, wo zwei Korkenuntersetzer liegen, und setzen uns dann ebenfalls an den Tisch, nebeneinander, umgeben von den Menschen, die wir lieben und denen wir gleich sagen müssen, dass auch Bea und ich uns lieben. Es kommt mir verrückt vor, ich bin mir sicher, dass ich es nicht schaffen werde, es zu sagen. Panik steigt in mir hoch, wie schon die letzten Tage, wenn ich daran gedacht habe. Und ich fühle mich schlecht, weil ich solche Angst davor habe. Wieso eigentlich? Dadurch vermittle ich mir selbst nur das Gefühl, dass das, was zwischen Bea und mir ist, verwerflich oder falsch wäre, dabei hat sich noch nie etwas so richtig angefühlt. Es ist nichts, wovor ich Angst haben sollte oder was schlecht ist. Liebe ist immer gut, zwischen all dem Hass, der in der Welt passiert.

Ich mustere Bea, die gerade dabei ist, Lasagne auf den Tellern zu verteilen. Wärme breitet sich in mir aus und legt sich auf meine Nervosität.

Plötzlich habe ich den Drang, nicht länger zu warten. Ich kann es einfach nicht länger verheimlichen, ich kann mich nicht länger verstellen, nicht vor unseren Familien. Sie sollten es wissen. Ich entscheide mich dafür, das Pflaster schnell abzureißen und es nicht mehr hinauszuzögern.

»Bea und ich haben euch etwas zu sagen«, beginne ich, noch ehe jemand die Lasagne anrühren kann. Beas Blick trifft mich, sie wirkt unsicher, und ich nehme ihre Hand, drücke leicht zu, um ihr Kraft zu geben. Die anderen sehen die Berührung, aber da wir seit fünf Jahren so eng befreundet sind, merken sie nicht, dass diese Berührung anders ist als früher.

»Ich … also wir …« Ich weiß nicht, wie ich es ausdrücken soll.

Bea und ich tauschen hilflose Blicke. Ich wünschte, ich hätte doch noch bis nach dem Essen gewartet, denn nun sind alle Blicke auf uns gerichtet, während die Lasagne vergessen auf den Tellern liegt.

»Jo und ich sind ein Paar«, platzt es aus Bea heraus, und ich schließe kurz die Augen, warte auf die Explosion. Wie kann sie es denn einfach so heraushauen? Ich dachte, wir wären uns einig, es Schritt für Schritt zu erklären und es ihnen sanft beizubringen.

»Das war dann wohl doch die Brechstangenmethode«, sage ich und öffne wieder meine Augen. Ich sehe die Gesichter unserer Eltern an, warte auf irgendeine Reaktion. Aber irgendwie scheinen alle drei in eine kurze Schockstarre verfallen zu sein.

»Sagt doch was dazu«, flehe ich beinahe. Diese Stille ist kaum auszuhalten.

»Wie meinst du das, ihr seid ein Paar?«, fragt Veronika.

Bea zuckt mit den Schultern. »Wie ich es sage.«

»Vielleicht sollten wir es doch besser von Anfang an erzählen«, mische ich mich ein.

»Ich bitte darum«, sagt meine Mutter. Ich sehe ein kleines Lächeln, es gibt mir den nötigen Mut, um alles zu erzählen. Ich sehe meine Mutter an, während ich erzähle, die anderen blende ich komplett aus. Ich hätte es ihr schon damals erzählen sollen, als sie mich gefragt hat, was mit Bea ist. Ich sehe in ihren Augen, dass sie sich für mich freut. Ich traue mich nicht, die anderen anzusehen, sondern konzentriere mich nur auf sie, denn ich weiß, dass sie es versteht.

Erleichterung durchflutet mich, warm und beruhigend. Schlagartig kommt mein Hungergefühl wieder, das von dem Duft der Lasagne verstärkt wird, aber solange ich nicht zu Ende erzählt habe, kann ich nicht essen. Ich berichte von unserem Kuss und unseren Gefühlen. Dinge wie Karsten lasse ich weg, aber ich erzähle genug, damit sie verstehen, dass das hier wirklich wichtig ist – und dass wir wirklich Gefühle füreinander haben.

»Wir haben es eine Weile vor euch geheim gehalten ... vor allen. Aber wir wollen dieses Versteckspiel nicht mehr«, schließe ich meine Erzählung ab.

»Deswegen sitzen wir jetzt hier«, ergänzt Bea. »Wir wollten es euch gemeinsam sagen.«

Fragend blicken wir in die Runde, warten auf irgendeine Reaktion. Meine Mutter ist die Erste, die reagiert. Wortlos steht sie vom Tisch auf. Erst habe ich Angst, sie könnte wütend aus dem Raum stürmen, auch wenn ihr Gesichtsausdruck während meiner Erzählungen etwas anderes gesagt hat. Sie kommt direkt auf mich zu, und dann umarmt sie mich. Ich bin so verdutzt, dass ich gar nicht daran denke, die Umarmung zu erwidern. Ich sitze nur da und lasse mir von meiner Mutter über den Rücken streichen. Die Geste ist vertraut und mütterlich, sie gibt mir die Liebe und den Zuspruch, den ich in dieser Situation brauche. Meine Mutter sagt mir damit, dass sie nichts gegen Bea und mich hat und dass sie hinter uns steht, und das bedeutet mir viel.

»Danke, dass ihr uns das erzählt habt«, sagte sie und löst sich wieder von mir. Dann geht sie auf Bea zu und umarmt auch sie. »Ich habe schon lange gespürt, dass da etwas ist, was du mir nicht erzählen willst«, sagt sie mit Blick auf mich. »Und ich bin froh, dass ich jetzt weiß, was es ist. Ich hatte schon Sorge, dass es mit Papa und mir zu tun hat ... aber das hier ist besser. Ich freue mich sehr für euch beide.«

»Du freust dich?«, frage ich begriffsstutzig.

»Natürlich. Für mich zählt doch nur, dass du glücklich bist. Alles andere ist unwichtig.«

»Ich bin glücklich«, sage ich erleichtert. Meine Mutter mustert mich kurz, als wolle sie herausfinden, ob ich wirklich die Wahrheit sagen – offenbar kommt sie zu dem Entschluss, denn sie nickt lächelnd und setzt sich dann wieder auf ihren Platz.

Ich atme aus, eine von vier Reaktionen ist überstanden. Aber die anderen am Tisch sind noch verdächtig still.

Dann räuspert sich Beas Vater. »Denkt ihr denn nicht, dass das vielleicht nur eine Phase ist? In eurem Alter ist es ja vollkommen normal, dass ihr neugierig seid und experimentiert. Aber ihr riskiert damit, dass die Leute über euch reden – eure Mitschüler, die Nachbarn. Was ist mit der Akademie? Wollt ihr dort wirklich sofort abgestempelt werden? Ich denke, ihr habt das nicht richtig durchdacht. Was, wenn ihr mit diesem kleinen Experiment eure Freundschaft zerstört?«

Ich presse meine Lippen aufeinander. Genau solche Reaktionen habe ich befürchtet – Leute, die unsere Gefühle nicht ernst nehmen.

»Das ist keine Phase«, erwidert Bea aufgebracht. »Ich fasse es nicht, dass du so etwas sagst.«

»Wenn ich ein Typ wäre, würdet ihr doch auch nicht von einer Phase sprechen«, sage ich leise, aber mit bestimmendem Unterton, damit sie merken, wie ernst mir das ist, was ich sage. »Wenn ich beispielsweise Andi wäre, der nach langer Freundschaft plötzlich Gefühle für Bea hätte, würdet ihr nicht davon sprechen, dass es bald wieder vorbei sein könnte. Ihr würdet euch freuen, euch wäre wohl bei dem Gedanken, dass Bea einen Partner hat, den ihr gut kennt und bei dem ihr wisst, dass sie dort in guten Händen ist. Jemand, der sie gut behandelt. Ist doch so, oder?

Der Unterschied ist nur der, dass ich kein Junge bin. Aber ansonsten ist es genau so, als wäre ich Andi. Ich kenne Bea gut, ich weiß alles über sie. Ja, ich sollte vielleicht Angst haben, dass wir unsere Freundschaft gefährden, falls es mit uns beiden nicht klappt. Aber diese Angst habe ich nicht. Diese Gefühle zwischen uns kamen für mich im ersten Moment überraschend, aber eigentlich haben sie sich über fünf Jahre lang aufgebaut. Sie wurden immer stärker, bis ich sie nicht mehr ignorieren konnte. Gefühle, die über einen so langen Zeitraum wachsen, sind stark. Ich habe keine Angst davor, dass sie morgen wieder weg sind oder es zwischen uns nicht klappt, weil wir uns dafür viel zu gut kennen.

Also: Nein, das ist keine Phase. Und es wird sich auch nichts an unseren Gefühlen ändern, da ist es auch egal, was ihr oder die Nachbarn davon halten. Ich weiß nur, dass ihr glücklich sein könnt, dass *ich* diejenige bin, die mit Bea zusammen ist, denn ich würde *alles* für sie tun. Und das ist doch das, was euch als Eltern wichtig sein sollte.«

Thomas ist ganz weiß geworden, er sieht beinahe aus, als sei ihm etwas übel. Kurz denke ich, meine kleine Rede ist vielleicht zu sehr ausgeartet, aber Beas Hand drückt meine bestätigend. Ich suche ihren Blick, sie lächelt mich an, ihre Augen funkeln, ausgelöst durch meine Worte. Worte, die ich genau so gemeint habe.

»Du hast recht«, sagt Veronika. »Alles was du sagst, stimmt.«

»Ja«, krächzt Thomas. »Vielleicht ist es so. Vielleicht hätte ich bei Andi anders reagiert. Vermutlich sogar. Versteht mich nicht falsch, ich habe wirklich kein Problem mit ... mit ...«

»Lesben?«, fragt Bea provokativ, weil sie merkt, dass ihr Vater es nicht in Worte fassen kann.

»Genau. Ich habe nichts dagegen. Es ist nur so, dass ich eben nie gedacht hätte ... also es überrascht mich einfach. Es ist nicht das, was ich mir für meine Tochter wünsche. So habe ich mir das einfach nicht vorgestellt.«

»Und was genau heißt das jetzt, Papa? Bist du jetzt sauer? Traurig? Entsetzt?«

»Ich weiß es nicht«, sagt er ehrlich. »Ich bin durcheinander.«

In Beas Augen schimmern Tränen. Ich spüre, dass sie enttäuscht ist, weil ihr Vater nicht sofort so positiv reagiert wie meine Mutter, aber ich verstehe ihn.

»Es ist okay, Thomas«, sage ich, gucke aber Bea an. »Ich habe auch eine Weile gebraucht, um mich an den Gedanken zu gewöhnen. Keiner verlangt, dass du sofort nur positive Gefühle deswegen hast. Lass es sacken.«

Bea schnieft leise, nickt jedoch auf meine Worte hin. Thomas braucht einfach Zeit, genau wie Bea und ich Zeit brauchten. Ihrem Vater sollte es zumindest gestattet sein, seine Gedanken zu sortieren, bevor er richtig reagiert.

»Was ist mit dir, Papa?«, frage ich nun meinen Vater, der die ganze Zeit zwischen Thomas und mir hin und her gesehen hat, er selbst ist aber immer noch still.

»Ich denke ...«, sagt er langsam, »dass Bea gerne das nächste Mal mitkommen kann, wenn wir essen gehen. Oder wenn du mich besuchen kommst.«

»Du hast nichts dagegen?«

»Wie könnte ich, nach dem, was du eben gesagt hast? Ich wünsche dir wirklich all das Glück auf dieser Welt. Und ich bin stolz auf dich, egal was du tust.«

Diesmal bin ich es, die vom Tisch aufsteht und zu meinem Vater rübergeht, um ihn zu umarmen. Papa und ich hatten in den letzten Wochen so viele Probleme, dass mir sein Zuspruch besonders viel bedeutet. Er sorgt dafür, dass unsere Annäherung der letzten Tage weiterhin eine Chance hat und ich meinen Vater wirklich wiederbekomme und ihm zu verzeihen lernen kann. Erleichterung durchströmt mich, während ich meinem Vater einen kleinen Kuss auf die Wange gebe. Insgesamt ist es besser gelaufen, als ich erwartet hätte. Keiner wurde enterbt, niemand ist aus dem Esszimmer gelaufen, keiner ist in Tränen ausgebrochen. So weit, so gut.

»Sollen wir essen?«, frage ich. Ich weiß, dass Bea noch hofft, ihre Eltern würden auch so freudig reagieren, aber wenn wir hier schweigend sitzen und sie anstarren, wird dieser Moment nicht kommen. Wir sollten es als das behandeln, was es ist: etwas Normales. Wir sollten einfach essen, Small Talk führen und sie vor vollendete Tatsachen stellen, und irgendwann werden sie sich an den Gedanken gewöhnen, dass ihre Tochter ein Mädchen liebt, und dann ist alles gut. Wenn ich mich an die Trennung meiner Eltern gewöhnen kann, schaffen Beas Eltern es doch auf jeden Fall, den ersten Schock zu überwinden und zu akzeptieren, dass das mit Bea und mir ernst ist.

»Okay«, seufzt Bea, die wohl ebenfalls zu der Einschätzung gekommen ist. »Dann lasst euch mal die Lasagne schmecken.«

Die Lasagne ist aufgegessen, und wir reden über alles Mögliche –

Papas neue Wohnung, Veronikas Plätzchenrezept, das meine Mutter mal probieren soll, unsere Zusage für die Tanzakademie ... wir reden über alles, nur nicht mehr darüber, was Bea und ich ihnen erzählt haben. Thomas´ Blick huscht immer mal wieder zu unseren Händen, die ineinander verhakt auf dem Tisch liegen, und dann guckt er immer Veronika an. Es ist nichts Feindseliges in seinem Blick, aber ich sehe Unsicherheit und Nervosität. Bea registriert es auch und wird von Blick zu Blick ruhiger, inzwischen sagt sie kaum noch etwas, sondern nickt und lächelt nur matt, wenn jemand etwas sagt.

»Wir sollten wohl langsam mal abwaschen«, sagt Veronika und steht auf. Wir anderen tun es ihr nach und räumen die Teller und Gläser zusammen. Der Abend neigt sich dem Ende zu, und ich weiß nicht, ob ich ihn nun als Erfolg oder Niederlage werten soll. Ich halte an dem, was ich eben gesagt habe, fest: Wir können nicht erwarten, dass alle sofort in Jubelschreie verfallen, sondern müssen den Leuten auch Zeit geben. Und dennoch bleibt da dieser bittere Beigeschmack, weil Thomas und Veronika – die beinahe genauso meine Familie sind wie die von Bea – offenbar nicht so gut damit zurechtkommen. Beas Schweigen ist nur ein kleiner Ausdruck des Schmerzes, den sie als Tochter wohl gerade dabei fühlt.

Auch mir tut es weh.

»Ich denke, ich sollte mich mal auf den Heimweg machen«, sagt meine Mutter. »Es ist schon spät.«

»Aber du kannst doch hier schlafen. Das Haus hat genug Zimmer.«

»Du weißt doch, dass ich morgen zum Frühstücken verabredet bin.«

»Aber du hast Wein getrunken.«

Meine Mutter schmunzelt. »Nur ein kleines Glas, und dann habe ich gut gegessen. Mach dir keine Sorgen, ich bin noch absolut Herrin meiner Sinne.«

»Okay, gut.«

»Ich fahre besser auch«, sagt mein Vater, der definitiv mehr als ein Glas Wein getrunken hat.

»Ähm ...«

»Ich nehme dich mit und setz dich bei dir ab. Dein Auto kannst du morgen holen«, sagt meine Mutter, und mein Vater nickt. »Du bleibst hier?«, fragt sie an mich gewandt.

»Ja, Bea braucht mich.«

»Dann haltet die Ohren steif«, sagt meine Mutter und verabschiedet sich bei den anderen. Dann kommt sie zu mir und umarmt mich. »Ich freue mich wirklich für euch zwei«, flüstert sie mir ins Ohr.

Tränen rauben mir kurz die Sicht. Als ich gedacht habe, meine Mutter und ich hätten uns voneinander entfernt, habe ich falsch gelegen. In diesem Moment spüre ich ganz deutlich, dass wir uns so nah sind wie früher, vielleicht sogar noch näher. Wir haben gemeinsam die Trennung gemeistert, haben uns gegenseitig unterstützt und Halt gegeben, sie gibt uns Zuspruch und akzeptiert Beas und meine Gefühle. Näher könnte ich mich meiner Mutter nicht fühlen. Ich lege all meine Dankbarkeit in meine Umarmung.

Als wir uns voneinander lösen, haben wir beide Tränen in den Augen. Sie räuspert sich, rückt ihre Tasche gerade und verlässt dann mit meinem Vater das Haus. Ich stehe am Fenster und sehe zu, wie die Lichter vom Auto meiner Mutter immer kleiner werden, bis es nicht mehr zu sehen ist.

»Alles in Ordnung?« Bea tritt neben mich.

»Sollte ich das nicht besser dich fragen?«, frage ich seufzend zurück.

Bea schlingt von hinten die Arme um mich. Ihre Berührung ist wie Watte, sie umhüllt mich und lullt mich ein.

Bis ich Thomas missbilligend schnalzen höre. Es ist leise, vermutlich mehr für ihn selbst bestimmt, aber es hat dieselbe Wirkung, als würde er uns anschreien. Das Geräusch fährt mir durch Mark und Knochen, ist es doch Ausdruck seines negativen Gefühls uns gegenüber. Bea löst sich von mir, ihr Gesicht ist aschfahl. Ehe ich etwas sagen kann, geht sie schon auf ihre Eltern zu, die immer noch in der Küche stehen und die restlichen Weingläser abtrocknen.

Veronika spürt die Anspannung. »Entschuldige dich«, sagt sie leise zu ihrem Mann.

»Das hier ist immer noch mein Haus, und ich bin einfach noch nicht bereit für so etwas. Mir gefällt es nicht. Tut mir leid, Bea, aber ich glaube, dass ihr euch da in etwas verrannt habt. Das passt einfach nicht zu dir. Du bist doch sonst nicht so ... du bist keine ... ich finde wirklich, ihr solltet etwas Abstand gewinnen und noch mal gründlich darüber nachdenken.«

»Es ist das eine, wenn ihr noch Zeit braucht«, sagt Bea, ihre Stimme klingt dünn, als würde sie Tränen zurückhalten. »Das verstehe ich ... wirklich. Wenn ich weiß, dass ihr einfach ein paar Nächte drüber schlafen müsst, um euch mit dem Gedanken anzufreunden, dass ich in ein Mädchen verliebt bin, dann bitte – schlaft, nehmt euch Zeit, und dann ist gut. Aber das, was ihr hier abzieht, ist nicht fair. Ihr tauscht Blicke und redet, als würdet ihr mich verurteilen. Wisst ihr was? Ich bin nun mal in Jo verliebt, und dabei ist es total egal, ob ihr das nun gut findet oder nicht, denn das wird an meinen Gefühlen nichts ändern. Ich bin nun mal, wie ich bin.« Bea schluckt schwer. »Ich bin eure Tochter, und als eure Eltern – als meine Familie – sollte es eure Aufgabe sein, mich bedingungslos zu lieben. Ihr solltet mich so sein lassen, wie ich bin, ihr solltet mich nicht verändern wollen«, schluchzt Bea nun, und es zerreißt mir das Herz, sie weinen zu hören. »Wenn ihr das mit der bedingungslosen Liebe nicht könnt, dann seid ihr nicht die Eltern, für die ich euch siebzehn Jahre lang gehalten habe. Dann würde mich das tief treffen, aber in ein paar Monaten bin ich volljährig, also bin ich dann nicht mehr auf euch angewiesen.«

»Bea«, sage ich leise. »Du wirst immer auf sie angewiesen sein – weil du deine Eltern liebst.«

»Ja«, weint Bea. »Ja, ich liebe sie, das werde ich immer tun. Aber genau das ist es doch: Ich liebe sie, egal, was sie tun. Sie hingegen lieben mich offenbar nur, wenn ich so funktioniere, wie sie mich gerne hätten.«

»Aber das sagen wir doch gar nicht«, sagt Veronika. »Wir lieben dich. Natürlich tun wir das.«

»Liebe heißt, den anderen so anzunehmen, wie er ist. Denkt mal drüber nach«, sagt Bea und rauscht davon.

Thomas und Veronika stehen völlig verdattert in der Küche. Ich fühle mich komplett überfordert, denn auf der einen Seite tun sie mir leid, weil Bea ihnen die Zeit nicht lässt und sie so unter Druck setzt, aber andererseits höre ich dieses Schnalzen von Thomas immer noch in den Ohren, und da wäre ich als Tochter auch die Wände hochgegangen. Das geht einfach nicht.

»Schlaft gut«, sage ich daher nur, mit so fester Stimme, wie ich kann, und gehe Bea hinterher.

Ich finde Bea noch angezogen auf dem Bett sitzen. Wir sind in demselben Zimmer, in dem wir noch vor ein paar Wochen unsere erwiderten Gefühle zelebriert haben. Es ist gut, dass wir wieder hier sind, mir jedenfalls führt das Zimmer vor Augen, dass die Situation gerade zwar nicht schön, aber notwendig ist – weil wir einfach nicht ohneeinander können. Wir können nicht anderen Leuten einen Gefallen tun und uns einfach wieder entlieben und so tun, als wären wir nur Freundinnen. Bea und ich sind an einem Punkt unserer Gefühle angelangt, an dem es kein Zurück mehr gibt. Wir *wollen* kein Zurück mehr.

»Es war gut«, sage ich und setze mich neben sie. »Du musstest sagen, was du fühlst und denkst.«

»Du hast doch gesagt, dass ich ihnen Zeit lassen muss.«

»Ja. Ich denke auch, dass Zeit hier wichtig ist. Aber es ist auch wichtig, dass du deine Gefühle nicht in dich hineinfrisst und sofort mit offenen Karten spielst. So wissen deine Eltern jetzt wenigstens, dass dir das hier wirklich wichtig ist, und so haben sie die Chance, sich zu entscheiden, wie sie damit umgehen.«

Bea nickt betrübt.

»Ist dir kalt? Du zitterst ja.«

»Ich glaube, die Kälte kommt von innen«, sagt Bea und sieht mich mit ihren geschwollenen Augen und ihrer geröteten Nase an.

Ich hauche ihr einen Kuss auf die Wange. Dann helfe ich ihr, die Jeans und das Shirt auszuziehen, und lege mich gemeinsam mit Bea ins

Bett. Ich ziehe sie eng an mich und versuche sie zu wärmen, auch wenn ich weiß, dass ich diese innere Kälte nicht vertreiben kann. Das können nur Veronika und Thomas. Aber ich halte sie weiter, streiche immer wieder über ihren Rücken, um Wärme zu erzeugen, und flüstere Bea ins Ohr, dass alles gut wird. Auch wenn ich es nicht weiß, auch wenn ich keinen Einfluss darauf habe. Ich hoffe einfach, dass Veronika und Thomas zur Besinnung kommen werden.

Kapitel 29

Ich bekomme kaum ein Auge zu, was vor allem daran liegt, dass Bea sich im Bett hin und her wälzt und nicht zur Ruhe kommt. Als wir endlich einschlafen, wird es bereits wieder hell draußen.

Ich klatsche mir kaltes Wasser auf meine geschwollenen Augen, aber dadurch fühle ich mich nicht besser. Bea neben mir sieht erschöpft aus, die Tränen des letzten Abends haben Spuren auf ihrem Gesicht hinterlassen, ihre Nase und ihre Lippen sehen wund aus.

»Ich weiß nicht, ob ich es schaffe, da rauszugehen und sie wiederzusehen.« Bea und ich stehen vor der Zimmertür, und ich kann gut nachvollziehen, dass es sie Überwindung kostet, sie zu öffnen. Ich nehme Beas Hand.

»Du warst gestern Abend stark, also wirst du auch jetzt stark sein können.«

»Für immer hier im Zimmer zu bleiben, ist wohl keine Option, oder?« Bea schmunzelt.

»Nun ja«, überlege ich. »Dass wir ein eigenes Bad hier haben, macht es leichter. Durch den Wasserhahn werden wir schon mal nicht verdursten. Aber wenn wir für immer hierbleiben, werden wir entweder verhungern ... oder uns irgendwann zu Tode langweilen.«

»Mit dir könnte es niemals langweilig werden.«

Ich lache leise, Bea behält selbst in dieser Situation noch ihren Frohmut. »Aber hier ist nicht genug Platz zum Tanzen, und lange werden wir es ohne nicht aushalten.«

»Du hast recht.« Bea seufzt. »Dann mal auf in die Höhle der Löwen.«

Sie öffnet die Tür, und wir gehen Hand in Hand in die Küche. Mir ist bewusst, dass wir mit dieser Berührung nur wieder eine Reaktion von Thomas provozieren, aber keiner von uns denkt daran, die Hand zurückzuziehen. Je klarer wir als Paar auftreten, umso besser. Sie sollen wissen, dass wir noch immer zu Beas Worten stehen und es dabei *nicht* geholfen hat, eine Nacht zu schlafen.

Wir finden Thomas und Veronika am Frühstückstisch. Bea versteift bei diesem Anblick sichtlich. »Guten Morgen«, sagt sie kalt und rauscht an ihnen vorbei, ohne sie eines Blickes zu würdigen.

»Bea«, sagt Veronika flehend. »Können wir nicht noch mal über alles reden?«

»Reden wird mich aber nicht davon abhalten, zu fühlen, was ich fühle.« Sie steht mit dem Rücken zu ihren Eltern und holt Tassen aus dem Schrank über ihr. Mir ist klar, wieso sie gerade die Zicke raushängen lässt: Sie erträgt es nicht, ihre Eltern anzusehen und Ablehnung in ihrem Gesicht abzulesen. Ich hingegen entschließe mich dazu, die beiden direkt anzusehen.

Veronika sieht genauso mitgenommen aus wie Bea. Auch sie wirkt, als habe sie kaum geschlafen und die ganze Nacht lang Tränen vergossen. Thomas wirkt einfach nur blasser als sonst, und er weicht meinem Blick aus. Aber ich sehe noch etwas anderes: Auf dem Frühstückstisch stehen zwei leere Teller.

»Ihr habt für uns gedeckt?«, frage ich.

Veronika nickt. »Wie gesagt: Wir würden einfach gerne über alles reden. Nicht weil wir euch irgendetwas ausreden wollen. Wirklich nicht«, sagt sie verschärft, weil Bea sich nun zu ihr umgedreht hat und ihre Mutter skeptisch ansieht. »Wir wollen es nur besser verstehen ... damit wir es akzeptieren können.« Veronikas Stimme rutscht eine Oktave höher. »Bea, Schatz, wir lieben dich. Wirklich. Daran ändert nichts und ist auch nicht wichtig, ob du Männer oder Frauen liebst oder ob du dich dazu entschließt, von nun an beidem abzusagen und im Kloster zu leben.« Veronika zieht vorsichtig ihre Mundwinkel nach oben, um abzuschätzen, ob sie über ihren kleinen Witz lachen sollte, aber sie verwirft es gleich wieder. »Aber bitte, setzt euch zu uns. Wir wollen wirklich nicht, dass irgendetwas zwischen uns steht. Wir sind eine Familie, und so soll es auch bleiben.«

»Was sagst du dazu, Papa?«

»Ich will reden«, krächzt er. Noch nie habe ich gehört, dass Thomas´ Stimme derart brüchig klingt. Auch Bea scheint diesen Gedanken zu haben, denn sie löst ihre Abwehrhaltung augenblicklich.

»Okay«, seufzt sie. »Dann reden wir.«

Gemeinsam setzen wir uns an den Tisch. Veronika reicht uns Brötchen und schenkt uns Tee ein. Es fühlt sich beinahe so an wie an den anderen Wochenenden, die wir hier schon verbracht haben, nur dass jetzt eine Schwere in der Luft hängt, die sonst nicht da ist. Das Haus am See ist eigentlich ein Ort für schöne, harmonische Erinnerungen, nicht für solche, die einem das Herz runterziehen.

»Es tut uns leid, wie das gestern gelaufen ist«, sagt Veronika. »Wir wollten nicht blöd reagieren und euch vor den Kopf stoßen. Wir sind ja froh, dass ihr es uns gesagt habt.«

»Aber?«, fragt Bea.

»Aber es hat uns überrascht«, sagt nun Thomas. »Du hattest doch bisher immer Freunde ... Jungs. Du hast dir nie etwas anmerken lassen. Und ich weiß einfach nicht, ob ich damit klarkomme, dass es jetzt nicht mehr so sein soll und du plötzlich auf Mädchen stehst. Der Gedanke überfordert mich ... und ehrlich gesagt, macht es mich auch traurig und wütend. Ich weiß, dass es egoistisch ist, aber du bist nun mal meine Kleine, und ich habe mir so viele Dinge für dich gewünscht: Ich wollte dich irgendwann, wenn du einmal heiratest, an den Altar führen und deinem Mann übergeben. Und ich wollte dabei sein, wenn du verkündest, dass du schwanger bist, und wollte nach der Geburt meinen Enkel oder meine Enkelin in den Armen halten. Und als du dann gestern sagtest, dass du mit Jo zusammen bist ...«

»Da sind all diese Träume und Wünsche geplatzt?«, beende ich für ihn den Satz.

»Irgendwie schon.« Thomas schluckt.

»Papa«, flüstert Bea, in ihren Augen schimmern schon wieder Tränen. Diesmal Tränen der Rührung, denke ich. Ich selbst bin jedenfalls gerührt von seinen Worten. Auch wenn ich kein Vater bin, kann ich diese Träume gut verstehen. Und ich verstehe es auch, wenn solche Träume platzen und man das Gefühl hat, dass die Welt implodiert und man keine Kontrolle mehr hat, schließlich ging es mir genauso, als meine Eltern ihre Trennung verkündet haben. Auch ich habe überfordert reagiert, war unleidlich und emotional, weil ich das Gefühl hatte, alles würde in sich zusammenfallen und nichts wäre so, wie ich es mir einst ausgemalt habe.

»Das alles geht doch immer noch«, erwidert Bea. »Selbst wenn ich mit Jo zusammenbleibe, ist das alles möglich. Wir können auch heiraten, und du übergibst mich ihr am Altar. Selbst Schwangerschaften und Kinder wären möglich, es gibt doch heutzutage so viele Möglichkeiten.«

»Aber es ist nicht dasselbe.«

»Vielleicht nicht«, sagt Bea. »Aber in all diesen Träumen war doch das Entscheidende, dass du mich glücklich gesehen hast und dadurch selbst glücklich warst. Und ich bin glücklich, Papa. Jo und ich hatten von Anfang an einen Draht zueinander, du selbst hast mir damals gesagt, dass sie mir guttut, weil ...«

» ... weil sie dich dazu bringt, auch mal die Kontrolle abzugeben und das Leben zu genießen. Ich erinnere mich.«

»Genau. Und das ist, was ich an Jo so liebe. Ihr zwei, Mama und du, ihr seid für mich das perfekte Paar, ihr seid so verschieden, aber wenn man euch zusammen sieht, ergänzt ihr euch perfekt. Da wo Mama ein wenig zu perfektionistisch ist, ist Papa chaotisch genug, um Mama dazu zu bringen, auch mal spontan zu sein. Und Mama ist so reflektiert, dass sie Papas Schnapsideen nicht immer mitmacht und ihn vor Dummheiten bewahrt.«

»Klingt nach uns beiden«, lache ich.

»Weil wir uns auch genauso gut ergänzen«, sagt Bea, nun an mich gewandt. »Haben wir schon immer, schon seit unserer Flucht aus der Umkleide.«

»Ich habe verstanden, was du gestern gesagt hat, Bea«, sagt Thomas. »Das habe ich wirklich, und ich habe auch verstanden, dass meine Reaktion dich verletzt hat. Und das tut mir sehr leid. Aber ich kann einfach noch nicht so tun, als würde es mich nicht beschäftigen oder als würde es nichts in mir auslösen, dass du ... na ja ... dass du ... du weißt schon ... mit Jo zusammen bist. Ich muss mich daran gewöhnen.«

»Aber was heißt das? Heißt das, ich soll in der Zeit so tun, als hätte dieses Gespräch nicht stattgefunden? Soll ich Jo verleugnen und dir zuliebe nicht mit ihr Händchen halten oder sie küssen? Muss ich sonst immer befürchten, dass du mit der Zunge schnalzt oder wütend wirst? Ich finde, dass du das nicht von mir verlangen kannst. Wir haben es euch gesagt, damit wir offen miteinander umgehen können und uns nicht mehr verstellen müssen. Wir werden es auch in der Schule öffentlich machen. Du wirst dich dem Ganzen also stellen müssen.«

Thomas wird noch ein wenig blasser bei ihren Worten, aber er nickt zögerlich.

»Jo ist nach wie vor immer bei uns willkommen«, antwortet Veronika für ihn. »Du bist wie eine zweite Tochter für uns, und wenn ihr beiden euch sicher seid, dann kommen wir damit klar. Wir brauchen noch Zeit, um uns wirklich daran zu gewöhnen, aber ich für meinen Teil weiß, dass ich es schaffen werde, denn ich schaffe immer, was ich mir vorgenommen habe – da bin ich wie du, Bea.« Sie lächelt ihre Tochter an. Bea springt auf und umarmt ihre Mutter. Nur einen Wimpernschlag später steht plötzlich auch Thomas bei ihnen und steigt in die Umarmung mit ein.

»Komm«, sagt Veronika und streckt den Arm nach mir aus. Noch etwas befangen stehe ich auf und gehe zu ihr, doch in dem Moment, in dem sie mich in ihre Arme schließt, fällt alles von mir ab – die Anspannung, die Angst, nun nicht mehr richtig zur Familie zu gehören, die Sorge wegen Bea. Alles verfliegt, und zurück bleiben nur Veronika, Thomas, Bea und ich. Es ist noch nicht perfekt, ich weiß, dass es in den kommenden Tagen, vielleicht sogar Wochen, noch schwer werden kann, solange ihre Eltern sich noch nicht richtig damit abgefunden haben. Aber sie versuchen es, und das ist alles, was Bea und ich wollen: dass sie uns nicht sofort verurteilen oder verteufeln, dass sie nicht versuchen, uns die Beziehung kaputt zu reden, sondern dass sie einfach versuchen, damit umgehen zu lernen. Dass sie es akzeptieren lernen. Und sich irgendwann vielleicht sogar richtig für uns freuen.

Kapitel 30

Bea und ich stehen vor dem Schulgebäude, Schüler für Schüler rauscht an uns vorbei, um noch pünktlich zum Unterricht zu kommen.

»Bist du bereit?«, fragt Bea. Ich höre noch einen leichten Hauch Unsicherheit aus ihrer Stimme. Unsicherheit, die ich nicht fühle. Ich bin mir noch nie im Leben sicherer gewesen, etwas tun zu wollen.

»Wir schaffen das«, sage ich. »Wir schaffen alles.«

Bea dreht ihren Kopf zu mir und schenkt mir ein Lächeln. Wärme breitet sich in mir aus, als ich die kleine Zahnlücke betrachte. Ich nehme Beas Hand und drücke sie leicht. Eine vertraute Geste in einer dafür fremden Umgebung. Noch. Ab heute wird es anders sein, ab heute wird mich nichts und niemand mehr davon abhalten können, zu zeigen, was sich zwischen Bea und mir entwickelt hat.

»Selbst wenn sie scheiße reagieren: Wir sind in ein paar Monaten eh hier weg«, sagt Bea, aber es hört sich so an, als würde sie es mehr zu sich selbst sagen.

»Genau«, stimme ich zu.

Bea seufzt leise. »Dann gehen wir jetzt rein«, sagt sie und geht los. Gemeinsam, Hand in Hand gehen wir über den Schulhof, dann ins Gebäude und in Richtung von unserem Deutschkursraum. Ich bemerke ein paar neugierige Blicke, aber die Leute werden noch nicht zuordnen können, was unser Händchenhalten zu bedeuten hat. Mir soll es ohnehin egal sein. Beas Finger an meinen zu spüren, gibt mir Sicherheit.

Wir betreten den Kursraum. Die meisten unserer Mitschüler sitzen schon auf ihren Plätzen. Mein Blick streift den von Freddy, der uns wissend angrinst und seinen Daumen nach oben reckt, als er unsere Hände sieht. Ich lächle ihn an und steure dann mit Bea zu unseren Plätzen.

Ich löse meine Hand und hole Collegeblock und Stift heraus, aber im selben Moment kommt eine Durchsage, die verkündet, dass Frau Schubert krank ist und der Deutschkurs ausfällt.

»Deren Ernst?«, meckert Dalya. »Dann hätte ich ja länger schlafen können.«

»Und jetzt?«, fragt Stefan.

Ein paar stehen auf, um sich vermutlich in die Cafeteria oder in die Bibliothek zu verziehen, oder um zu rauchen oder zum Bäcker zu gehen.

Freddy hingegen grinst in meine Richtung. »Dann machen wir halt ein bisschen Party«, sagt er und holt seine Bluetooth Box heraus. Ein paar rollen die Augen und gehen, aber ein Bruchteil des Kurses bleibt im Klassenzimmer. Einige stehen auf und beginnen zu tanzen, als Freddy seine Playliste laufen lässt. Bea und ich stehen ebenfalls auf und gehen gemeinsam in die Mitte vom Raum, wo gerade ein paar Tische weggeschoben werden, um eine Tanzfläche zu formen.

So what von *Vybz Kartel* ertönt, und Bea und ich grinsen uns an. Es kommt mir vor, als wäre es gestern gewesen, als Bea und ich hier im Kursraum darauf getanzt haben, kurz bevor sich zwischen uns alles verändert hat. Synchron gehen wir in unsere kleine Choreo über, die wir uns einmal dazu ausgedacht haben und seitdem immer wieder zum Besten geben.

Wir blenden alles um uns herum aus, ich lasse die Magie auf mich wirken. Gerade nach diesem emotionalen Wochenende ist das Tanzen wie Balsam für meine Seele. Ich nehme Beas Hand wieder in meine.

»Du weißt, was jetzt kommt«, sage ich zu ihr, genau wie beim letzten Mal, als ich sie noch dazu überreden musste, mit mir auf dieses Lied zu tanzen. Heute ist Bea selbst kaum zu bremsen, sie ist genauso Feuer und Flamme wie ich. Wir neigen unsere Oberkörper nach unten und schütteln unseren Kopf. Dann drehen wir uns. Normal kommt jetzt der Teil, wo wir beide nebeneinander tanzen und uns dabei an der Hüfte halten, aber diesmal ist es anders. Bea und ich scheinen denselben Gedanken zu haben, und gleichzeitig ist es so, als könnte ich gar keinen klaren Gedanken fassen. Wir ziehen die andere jeweils an der Hüfte näher heran, bis wir nur noch Millimeter voneinander entfernt sind. Mein Herzschlag nimmt zu, alles zieht sich in mir zusammen, reagiert auf ihre Nähe ... und dann küssen wir uns. Es ist kein hauchzarter Kuss, bei dem man bloß nicht zu viel Aufmerksamkeit erregen will. Es ist mehr wie eine Explosion, die sämtliche Aufmerksamkeit fordert. Ich höre am Rande, wie einige Leute tuscheln, höre Fragen wie: »Sind die zusammen?«, »Sind die lesbisch?«, aber das ist genauso unwichtig wie Freddy, der uns zujubelt, oder Dalya, die ruft, das sei widerlich. Das alles zählt nicht, das alles rauscht an mir vorbei, als wäre es gar nicht wirklich da. Das Einzige, was ich vollkommen klar wahrnehme, ist Bea. Beas Atmung, Beas Duft, Beas Seufzen und ihre Zunge, die immer wieder mit meiner spielt.

Sie und ich. Das ist das, worauf es ankommt. Darauf, dass wir endlich voll und ganz zueinanderstehen, wir uns nicht mehr verstecken wollen, darauf, dass wir beide eine Zukunft haben. In diesem Moment weiß ich deutlicher als jemals zuvor, dass wir diese Zukunft haben werden. Als beste Freundinnen an der Akademie, die gemeinsam ihrer Leidenschaft nachgehen und ihren Traum leben. Und als Paar, das jedem Widerstand entgegentritt, das jede Meinung zu unserer Beziehung – ob nun gut oder schlecht – ausblendet. Weil das alles nicht wichtig ist. Solange Bea und ich wissen, was wir aneinander haben, können wir glücklich werden. Solange wir zueinanderstehen und nicht mehr weglaufen, solange wir unseren Gefühlen freien Lauf lassen, schaffen wir es.

Ich löse mich von ihr und grinse sie an. Ich betrachte ihre Zahnlücke und das Muttermal, ihre geröteten Wangen und ihre hellblauen Augen, die mich fixieren. Bea achtet genauso wenig auf die anderen um uns herum wie ich.

»Ich liebe dich«, flüstere ich ihr ins Ohr. Dann ziehe ich sie wieder zu mir, so eng, wie es nur geht.

- Neuerscheinungen
- Preisaktionen
- Gewinnspiele
- Events